01
怪奇捷運物語
1
妖狐轉生
芙蘿 著

怪奇捷運物語 1 妖狐轉生

目次

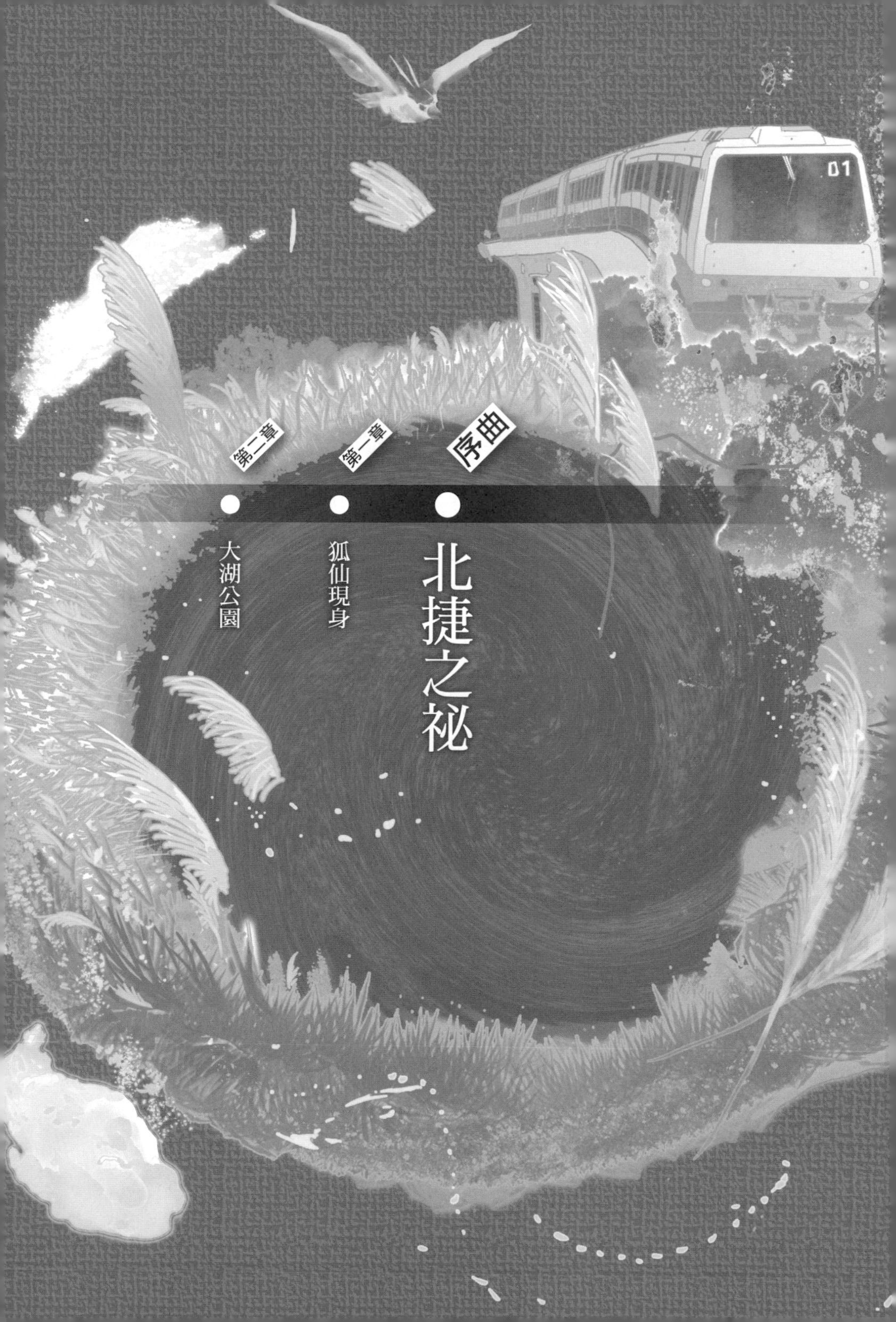

一九八八年十二月的某天夜晚，木柵線捷運，麟光站路段高架軌道施工現場。鐵皮圍欄內工地，紅色警示燈閃爍，各式工程機具不停運作。然而，其中一台打樁機突然停擺下來。

幾個戴亮黃色安全帽和反光背心的工人圍上去一看，立即抱怨連連。

「他媽的，又壞了！怎麼那麼難打？」

「就是啊，這區地質怎麼這麼硬？」

「完了，今晚不知道又要拖到幾點才能下班了！」

「施工順序到底是誰規劃的啊？為什麼要從這一段開始做？」

此時有個男人的聲音從他們背後響起：「不然依你看，應該從哪裡開始做比較好？」

幾個工人回頭一看來人，立即面面相覷、不敢再多嘴。

但是那個抱怨施工順序的工人沒回頭看，他劈哩啪啦地說了一頓：「台北第一條捷運當然要以市區為中心點開始啊。像是台北車站或東區那些熱鬧的地方啊，這樣才能四通八達啊。一通車，就能疏通市區堵塞的道路，施工效益馬上就能拉起來。就算是想從郊區開始做，也不該選這裡吧。到處都是墳山就算了，施工難度還那麼高，現在打樁就已經這麼難了，之後從麟光站到辛亥站得打通整座福州山耶，都不知道要幾年才能挖通隧道！」

「還有呢？」男人問。

「還有之後還得通到動物園，中間還隔著……」那工人講到這，終於回頭了。他一看清背後的男人是誰，聲音就越來越小，「景美溪……」

男人正是他們的工頭。他冷哼一聲，說：「就你聰明，那些規劃路線的工程師都是蠢貨？」

那工人連忙揮手否認說：「沒有沒有沒有，我不是這個意思啦。我就是有些地方搞不懂……」

「廢話，你懂個屁！木柵線的路線可是經過高人指點的，而且之所以做高架，就是因為這些柱子是要……」工頭說到一半，欲言又止。

其中一個工人道：「別話說一半啊，老大。你是不是知道什麼？繼續說下去啊。」

工頭摸了摸鬍渣，一臉高深莫測地說：「你們不要說是我說的啊。聽說木柵線的路線地處陰陽交界，但你們都知道這一帶特別荒涼，到處是墳山，陰氣勝於陽氣，對吧。」

工人們點點頭，工頭繼續說：「本來是有設軍營的，但鎮不住啊。所以高人就指點在陰陽交界的地方打柱下去。這些水泥柱在風水上形同『棺材釘』，可以鎮煞、鎮住陰氣，所以陰氣重的這一段優先施工。」

工人紛紛點頭說：「原來是這樣。」

工頭說：「不只是這樣。木柵線將來還會通到內湖、南港去。」

有工人一臉不信，說：「內湖、南港？怎麼可能！那很遠耶。而且那邊有什麼？」

工頭又道：「怎麼不可能，你懂個屁！木柵線的工程中心在中山國中站，之所以往南通到木柵，往北通到內湖、南港，就是要引兩頭的陰氣來調和中間的陽氣。像這種能帶動龐大人流的大眾運輸工具，在風水上就是陰陽調和，城市的氣運才會興旺。不行你等著看，以後如果有別的捷運線，終點站肯定都是設在靠山靠水、陰氣重的地方，但是那些終點站也會慢慢變得繁華，因為捷運把市中心的陽氣給帶過去了。」

工人忽然搓搓手臂說：「說到陰氣重和墳山，我一想到這附近都是墳墓，就有點毛毛的。老大，現在有點晚了，不然我們今天先做到這，收工吧？」

工頭推他手臂一把，說：「少廢話，工程進度落後，你要負責嗎？趕快檢查機具是哪裡出問題！」工頭說完轉身就走，只留下一群工人們心不甘情不願地回頭檢視機具。

「呼——嗚——」

冬夜中，陣陣刺骨寒風呼嘯而過，使剛才那個抱怨的工人縮起脖子。

倒不是因為冷，而是那風聲嗚咽如鬼泣，之中又摻雜著細微聲響，讓他忍不住多想：究竟是周圍山中老樹隨風摩娑枝葉，還是荒墳中野鬼正窺探著他們、竊竊私語？又或者，是某些非人非鬼的存在？畢竟古往今來，山河湖海日久，便生魑魅魍魎。

「呼——嗚——」

真不知道不久的將來，搭上捷運的除了人以外，還有什麼……

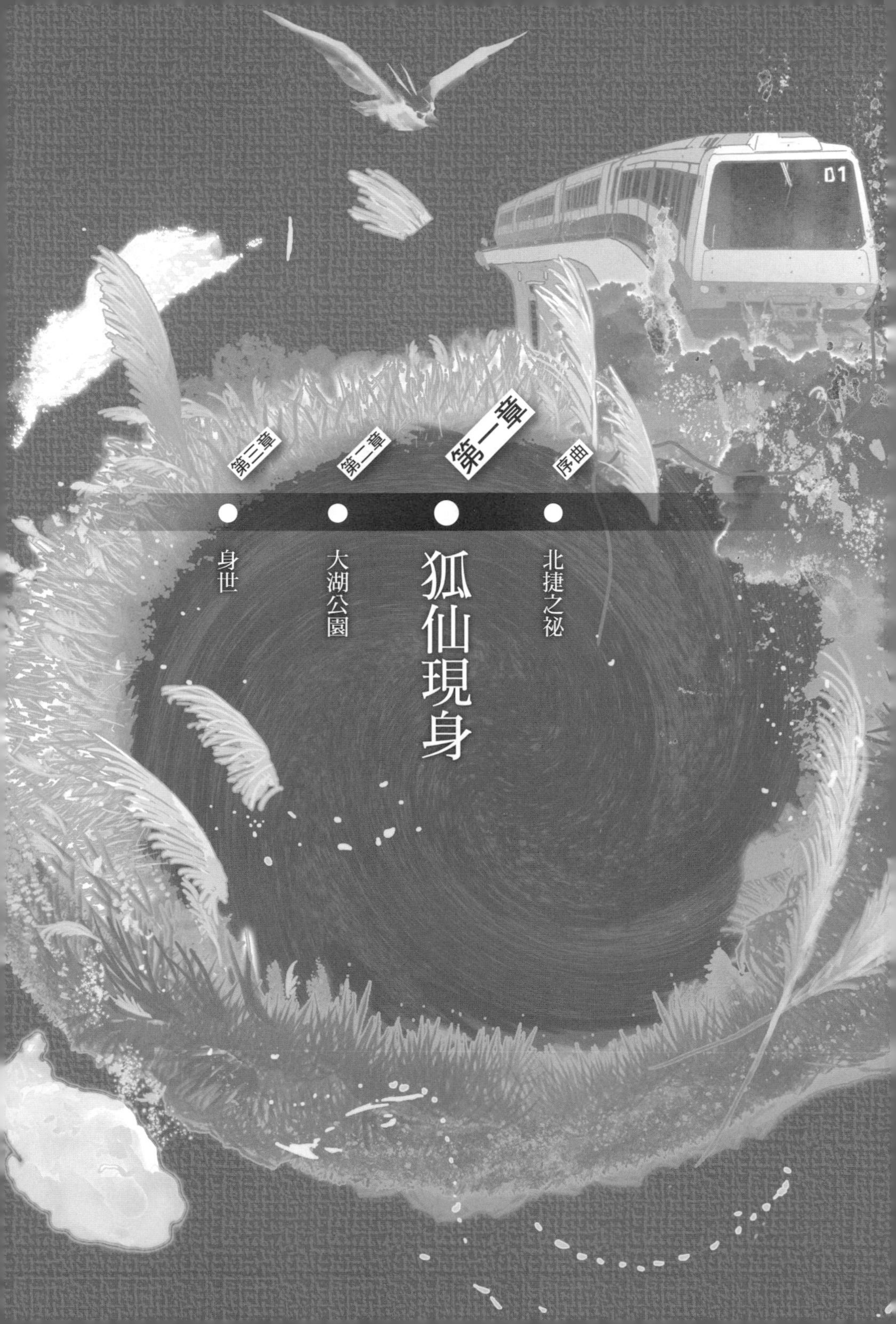

序曲　北捷之祕

第一章　狐仙現身

第二章　大湖公園

第三章　身世

有人的地方就有妖鬼。

人間繁華，妖鬼留戀不去；越是熱鬧的地方，妖鬼就越多。

妖鬼不一定都能穿牆、飛行，或是瞬間移動，而是要修行到一定程度才具備這樣的能力。即便具備了，他們移動也和人一樣，是會耗能量的。只不過對人來說，耗的是體力；對妖鬼來說，耗的是靈力。

自從台北與台灣的第一條捷運——木柵線於一九九六年通車後，捷運就開始影響台北人的生活。隨著台北都會區發展，越來越多的捷運線貫穿城鄉，猶如江河行走於這個小小盆地。

妖鬼的生活習慣也隨著都市發展而改變。風水寶地不是被濫墾濫伐、破壞殆盡就是被占據、開發，因此靈氣充沛的地方越來越少，能提供妖鬼補給、修煉的區域也越來越限縮。偏偏只有神仙和鬼差能有天庭和地府核發的駕照，可以合法在陽間駕駛。尋常妖鬼為了減少不必要的靈力消耗，只能學人類搭車。

最開始是搭公車，但公車到站時間不固定，而且速度慢、行經路線又總是東彎西繞的、很費時。妖鬼要是錯過了一班，自己路上隨意坐上一台汽車或計程車，一不小心又會把駕駛嚇跑，很不方便。

因此台北人越來越仰賴四通八達、快速密集的捷運，妖鬼亦是如此，捷運沒設站的地方才會搭公車。

常人看不見妖鬼，不代表他們不存在。每當夜幕低垂，華燈初上，喧囂擁擠的捷運裡，誰能肯定圍繞在身邊的都是人？

二〇二一年，炎熱的七月底，晚間十一點多，捷運大安站裡。

一個老婆婆牽著一個小女孩，緩緩從人群中飄過；一隻半透明的黑貓跳上詢問處玻璃窗外桌上，但裡頭的站務人員和外頭的乘客絲毫沒察覺，仍舊對談著；有個衣衫破舊的流浪漢，拎著綠色台啤玻璃瓶直接穿過票閘門出站，醉醺醺地往前走。

自二〇二〇年底，高傳染性、高死亡率的新冠病毒引燃了全球性肺炎疫情，在疫情如森林大火般燃燒蔓延之際，世界各國政府均強烈要求並宣導人民外出必須戴口罩。

疫情期間，捷運站裡人人都戴著口罩，沒戴的老婆婆、小女孩和流浪漢特別醒目，但不是每個人都看得到他們。

這時一個揹著灰色背包、穿著襯衫、卡其褲的高瘦男人，匆忙戴上口罩、調整黑框眼鏡位置，繞過那個流浪漢，刷卡進站。

許樂天上手扶梯後一路小跑步衝到文湖線月台時，捷運正發出逼逼作響的警示聲。他習慣性卸下背包，提在手上，跟在其他乘客後面，快步踏進末節車廂中。

下一秒，在另一陣提醒聲中，車門緩緩關閉，捷運往南港展覽館方向駛去。

幸好現在已經深夜，捷運上有不少空位，不用像上下班尖峰時間一樣人擠人，他就近在門邊的位子坐下。

文湖線車廂特別小，冷氣也不太強，即便現在是深夜，他還是覺得有點悶熱，總有股想將口罩拉下來、深呼吸的衝動。

很快地，當窗外出現SOGO忠孝館的時候，他就知道忠孝復興站到了。

捷運沿著軌道，如巨蟒在水泥叢林間遊走爬行，即便它凌駕於平面道路之上，不與下方的汽機車爭道，乘客還是能透過觀景窗感受到城市的繁華與喧囂。

住在步調快速、生活緊湊的台北，身為APP開發工程師的許樂天，時常看著窗外一棟接著一棟的大樓，感到自己不過是這個社會中的小小血汗螺絲釘，渺小得幾乎沒有存在感。

除了偶爾撞鬼以外，他的生活與其他苦命的上班族沒兩樣，都是那般的平凡卻忙碌。

疲憊的關係，他才剛坐定，睏意立即向他襲來。他估計到他住的東湖站還要二、三十分鐘，便打起了盹。

他才閉上眼睛沒多久，就忽然感到一陣涼意。

一睜開眼，就看到有隻小白狗端端正正地坐在他對面一排座位的左邊，而且那雙黑得晶亮的眼睛正直勾勾地盯著他看。

牠的口鼻瘦瘦尖尖的，眼神流露出一股純真，但又帶有一點邪魅。

許樂天下意識別開視線，知道自己看到不該看的。要是牠真的是狗，早在進月台前就被站務人員攔下了。

對於有陰陽眼的他而言，偶爾在捷運上見到妖鬼都是平常事，是以他並沒有太大的反應。

出松山機場站的捷運因地勢向下開、進入隧道，許樂天眼前突然一黑，車廂內的燈和隧道內的壁燈一瞬間全暗了。

怎麼回事？之前從來沒有停電過。

他一動也不敢動。黑暗中，只有對面兩盞如青燈般的眼睛幽幽盯著他，盯得他毛骨悚然。他閉上眼，不敢再看。

等到他再次感受到光線再睜眼，車廂燈光已經亮起，捷運也已經出隧道，正逐漸降速、駛入大直站。窗外一切正常，但是裡面忽然多了好多人。

許樂天一時反應不過來，皺眉心想：這些人哪來的？為什麼都沒戴口罩？

他手臂突然被人撞了一下，轉頭一看，旁邊多了一個女乘客。

她似乎沒有發現她的包撞到他了，依然故我地在照小鏡子。

情況如此詭異，他反射性地站起來，與她拉開距離的時候，捷運停了下來，他慣性往行駛的反方向微微一甩的瞬間，眼前的乘客突然都變成頭破血流、軀體扭曲殘破的鬼！

難道他們是從隧道裡上車的？那我旁邊的……

他轉頭往身旁的女乘客看，她仍然在照鏡子，只不過她一半的臉也變得血肉模糊。

他瞬間起雞皮疙瘩，但仍竭力保持鎮定，抓緊背包，打算車門一開就往外跑。

沒想到車門開啟的瞬間，周圍約莫二十隻鬼同時如喪屍嗅到血般朝他咆嘯！

離他最近的女鬼伸手要抓他的時候，對面座位上的小白狗突然一個躍起，在空中變成一個身穿白洋裝的長髮女孩，朝女鬼撲去。利爪從女孩食指尖端彈出，一刺進女鬼體內，女鬼瞬間解體成灰。

這時許樂天面前又有四隻鬼撲向他，他反射性地抬起背包擋住第一隻鬼，長髮女孩一個迴旋踢踹飛第二隻鬼，接著她空中一轉，利爪掃過另外兩隻鬼，再回頭補刀剛才踹飛那隻，一系列動作一氣呵成。

許樂天利用座椅和欄杆不停閃躲其他鬼的同時，長髮女孩一腳蹬上玻璃窗，一個後空翻，刺滅第五隻，又以極快的速度解決掉其他隻。十秒內，車廂內的鬼就被她滅掉一半。

這時有兩隻鬼左右包夾許樂天，他情急之下把背包砸向左邊那隻，接著雙手抓住拉環，引體向上、捲腹，硬是從右邊那隻鬼的頭上越過，從另一邊車門奔出車廂。

他一出車廂就回頭看，沒想到不過眨眼的時間，車廂內就只剩下長髮女孩，而且她還氣定神閒地一手提著他的背包，一手對他勾勾手指。

他見車廂內的鬼都被她幹掉了，心想她應該不會害自己，於是趕緊在車門關閉前的最後一刻，一個閃身回到車廂。

捷運徐徐前進，女孩將他的背包丟給他，坐回剛才的位子，翹起二郎腿，掏出不知哪來的指甲銼刀，好整以暇地邊磨指甲邊說：「我剛才救了你，對吧？」

抱著背包的許樂天愣了一下，點點頭說：「對。謝謝妳。」他也在她對面坐下。

「你該怎麼答謝我才好？」她抬起磨好指甲的手，滿意地左右打量。

「呃……不知道。」許樂天腦袋一片空白，反問她，「妳希望我怎麼謝妳？」

她突然一個閃身，臉貼在他面前說：「我想要什麼都可以嗎？」

許樂天被她嚇了一跳，大叫一聲，舉起背包來擋，似乎很懼怕或厭惡她的樣子。

她後退一步，問他：「幹嘛？你仇女啊？」

「不是。」他放下背包，「我是恐女。妳能變回小白狗的樣子嗎？」

她面露不悅地說：「什麼小白狗，我可是狐仙。」接著她變回小白狐的樣子，跳到他身旁的座位，問他，「這樣可以了吧？」

許樂天鬆了一口氣，說：「可以了，謝謝。」

待捷運再次出發，許樂天又問小白狐：「對了，狐狸也有白色的？你是什麼品種的，你知道嗎？」

「我是赤狐白子。」牠邊說邊坐下。或許是因為方才的惡鬼都被除去，變回本尊的小白狐沒有剛才戰鬥時的狠勁和戾氣，態度和說話語調都變得軟萌許多。

「白子？白化症的意思嗎？」

小白狐點點頭。

此時窗外五顏六色的燈光照進車廂，許樂天轉頭往窗外看，是美麗華百貨的摩天輪，劍南路站到了。

車門一開，月台上便有三個乘客走進車廂。

許樂天對小白狐很好奇，繼續問牠：「你是怎麼死的啊？」

此話一出，旁邊三位乘客都對他投以異樣的眼神。畢竟常人沒有陰陽眼，是看不到小白狐的。對於他們來說，他是一個人對著旁邊的空位自言自語。

他意識到他們的眼神，有點尷尬地坐正，假裝什麼事都沒發生。

小白狐抖了一下毛絨絨的尾巴，開口說道：「我的第一任主人把我丟到山上，說晚點就會來接我，但是一直沒來。我被困在鐵籠裡出不去，就這樣活活餓死啦。」

牠說得雲淡風輕，他聽了卻很憤慨，一時激動道：「混蛋！太過分了吧！」他一罵完就後悔了，有一個女乘客起身移到較遠的位子，還有兩個乘客在捷運靠西湖站時走到月台，換到別節車廂。

他目送他們的背影，感到有點委屈，心裡埋怨：就算我真的是神經病，你們也不用走吧，又不會傳染。

小白狐說：「真奇怪，其他捷運線車廂都是互通的，只有文湖線不行。」

許樂天解釋道：「文湖線車廂較短且不聯通，是因為有些路段轉彎的角度比較大。如果車廂設計得像其他捷運線一樣，會彎不過去的。」

小白狐歪頭打量著他，圓滾滾的眼睛偶然閃動著綠光，心想：他好像也懂得不少。

許樂天說完又繼續剛才的話題，安慰牠道：「別太難過啊。你現在已經自由了，不會再被困在鐵籠裡了。」

牠爽朗地說：「是啊，而且我後來遇到的主人麗麗是天底下最好的人。」

「是美麗的麗嗎？問你這個問題，好像太為難你了。你不識字吧。」

小白狐不服氣地說：「誰說的！我認識的字可多了。麗麗還教過我國中物理、化學呢。她說我是天才，什麼東西都一教就會，比很多人都聰明。麗麗就是美麗的麗啊。」

「喔？」許樂天心道：這小傢伙還會物理、化學？吹牛的吧。但他個性隨和，沒打算糾結此事，又問牠：「所以麗麗是誰啊？應該是人吧？」

「麗麗是鬼啊。她生前是人。她是我現在的主人喔。」小白狐驕傲道。接著又說，「這次想去大湖公園，也是麗麗推薦的呢。她說內湖是龍首，大湖那裡的風水又特別好，比較能吸取天地靈氣，食物又比較多元，再適合精怪修煉不過。辛亥那一帶山區陰氣盛，比較適合他們修鬼道。」

許樂天點點頭，附和道：「內湖在堪輿學上屬『龍首』這說法，我也是從小聽到大的。聽說這裡山環水繞，容易聚氣生精，龍的雙眼分別是大湖和碧湖。隨著龍的呼吸吐納，這一帶向來聚霧多風，所以又有別稱叫風穴。不過聽說雪山隧道開通之後，就形同於抽走了龍脊椎骨，所以整個風水都被破壞掉了。」

「這真是太糟糕了！」小白狐嬌生嬌氣地喊道，「可是，我還是想去看看。」

「別灰心。」他安慰道，「說不定，大湖對你來說還是全台北最適合修煉的地方。」接著轉移話題，「對了，你跟麗麗是怎麼認識的啊？」

「我死在辛亥一帶的山裡。晚上我閒得無聊，四處繞繞的時候，就看到有一大區的墳墓，到處都是人的靈魂在飄。」牠的聲音趨轉高亢，似乎很興奮，「那個時候，麗麗突然衝到我面前，把我抱得緊緊的，說我好可愛。後來，就是她帶著我修煉的。她還常常燒一些稀有草藥給我，幫我提升功力呢。咦，對了，你有看過其他狐狸嗎？」

「從來沒有。」許樂天搖搖頭，「很抱歉。你一定也很希望能找到同類吧？」

「是啊。唉！那好吧。」牠抬了抬頭，「對了，說不定你以後也會遇到麗麗喔，她很常搭捷運呢。」

「不要、不要，我一點也不想。」他連忙說道。一想到過去曾經見過幾位殘破身軀、陰森恐怖的鬼魂，他就覺得一片心涼。

「想不到第一次搭捷運就這麼幸運。」牠搖著尾巴，「跟你說喔，這是我第一次跟活人講話呢。我好想當人啊！」

「當人有什麼好？」他忍不住抱怨，「你看我，終日勞碌，錢也沒賺多少，累都累死了。」說完，還不忘抬頭伸展脖子，捏捏後頸。

小白狐又不服氣地說：「你沒當過畜牲也沒當過妖，怎麼知道當人有多好？」

時間過得很快，轉眼就快到了大湖公園站。

捷運正在進站的同時，許樂天和小白狐都忽然聽到一陣淒婉空靈的歌聲。

同車廂的女乘客倏地站起，眼神空洞、茫然，搖搖晃晃地走下捷運。

許樂天看她的手提包遺留在位子上，便趕緊拿起她的包，追出車廂。

「不是說恐女嗎？怎麼還多管閒事？」小白狐小聲唸了幾句，也跟在他後面。

許樂天叫了好幾次女乘客，她才終於回神，停下腳步。

許樂天將她的手提包遞給她，說：「小姐，妳忘記拿妳的包了。」

她接過來後，眨了眨眼睛，環顧一圈，一臉疑惑地問他：「這是哪？」

「大湖公園站。」

「我怎麼會在這裡？」

「不知道，妳自己下捷運的。」許樂天突然想起了什麼，神情轉為嚴肅，對她說，「現在已經很晚了，我勸妳還是不要在這逗留比較好。」

他說完便直接轉身離開。恐女的他向來對成年女性態度較冷漠少言。

女乘客跟在他身後說：「當然，我本來就不是要在這站下。」

這時又有一列捷運進站，許樂天、小白狐和女乘客都搭這班捷運離開，不過許樂天、小白狐他們，和女乘客上的是不同車廂。

小白狐一上捷運便問許樂天：「你剛才為什麼勸她不要在大湖公園站逗留？」

「說來話長。有些捷運站周遭都有著地方傳說和祕密，只有當地人才知道。譬如大直站附近的明水路，聽說在日治時期曾經是刑場；公館站附近的水源區、西門町站的紅樓一帶則是亂葬崗。又譬如，文德站附近的碧湖公園和大湖公園站的大湖公園都有著水鬼抓交替的傳說。」

「水鬼抓交替？」

「對，尤其是大湖公園最詭異。歷年溺斃的死者有些是意外落水，有些似乎是輕生，但都有一些共通點：死者都是女的，而且生前最後被拍到的畫面都是在大湖公園站。曾經有社會線記者深入調查之後發現，這些女人當中只有一位是住大湖公園附近，其他都是外地人，而且生活圈和大湖公園沒有交集。她們的家屬或友人都不知道她們為什麼會搭到大湖公園站。」

小白狐思索了一會，說：「剛才在捷運上聽到的奇異歌聲，應該是一種『勾魂曲』，專門用來勾人出站、到湖邊的。」

「勾魂曲？怪不得……」許樂天若有所思地說。

捷運轉眼就停靠葫洲站。小白狐對許樂天說：「我該下車了。」接著朝他伸出小爪，「我們做個朋友吧。」

噢——這腳掌圓滾滾、毛絨絨的，好可愛喔！他心想。

有那麼一瞬間，牠的眼睛閃過一道妖異的綠光，但當時他的目光都在牠的腳掌上，所以沒看到。

他伸手與牠握手時，牠咧嘴衝著他笑，眼睛瞇成兩條弧線。半張臉藏在口罩下的他也回以微笑。一根白狐毛從牠腳掌下方鑽進了他的掌心，但他絲毫無感。

小狐狸收回腳掌，靈巧地躍到車門前，對他說：「再見。」

「再見。不過我想我們也不會再見到了啦。」他揮著手對牠說。

捷運停下，車門緩緩開啟，又是一陣提醒聲催促著乘客上、下車。

「很難說喔。」牠俏皮地對他眨了眨眼，跳出車外。

他順著牠的動作跟著起身，站在車門口，望著牠的身影。

「你可別忘了，我救過你，是你的恩人喔。」牠口氣驕傲，沒有回頭，踏起碎步離開。

他微笑地看著牠，心想：沒想到這樣幼小的身軀，也能如此指高氣昂！

車門隨即關閉，捷運再次啟動，往下一站東湖站徐徐前進。

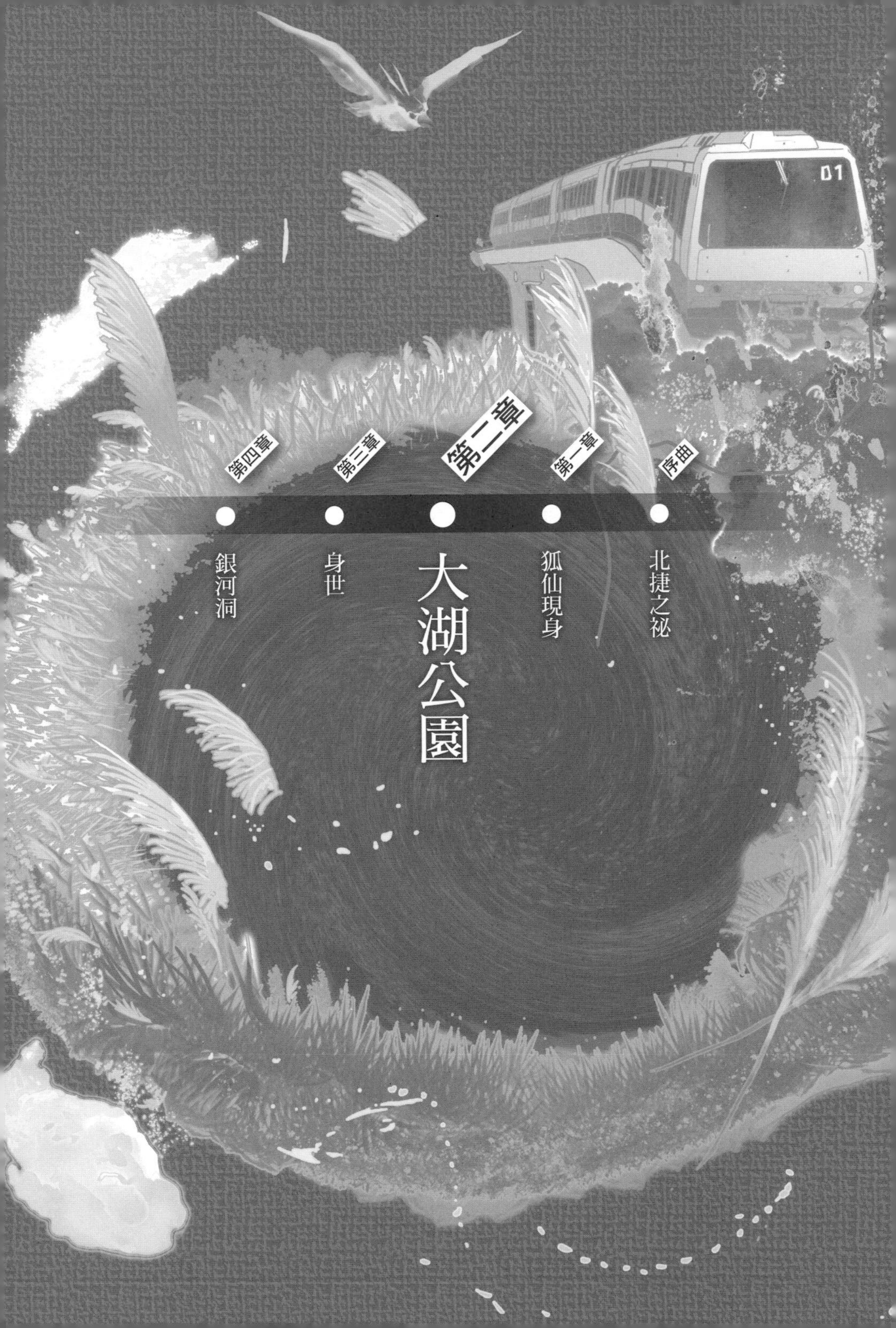
序曲 北捷之祕
第一章 狐仙現身
第二章
大湖公園
第三章 身世
第四章 銀河洞

夜空下，星月無光，一隻小白狐蹲坐在葫洲站的屋頂上，目送捷運出站。

當捷運駛遠，白狐站起的瞬間，再次幻化為穿著白洋裝的長髮女孩。

她膚白賽雪，身材玲瓏有致、盈而不柴。小巧的圓臉上，有一雙靈動勾人的桃花眼、精緻的翹鼻和櫻桃嘴，像是個甜美嬌俏的大學生。

「哼，在精怪面前談風水，班門弄斧。」夜風吹拂著女孩的長髮，她單邊嘴角勾起，抬起右手，瞥了一眼掌心說：「愚蠢的傢伙，竟然真的跟我握手了。只不過是單純的幻術，就把你耍得團團轉。」

她剛才在大安站的時候，一眼就看見人群中，靈魂清澈透亮的許樂天，當場口水都差點流下來了。

對於獸類精怪來說，主食是天地靈氣；而活體動物的精氣則類似於營養品，不只美味還能快速補充靈力或療傷，十分誘人。尤其是靈魂乾淨的許樂天，更是稀有美味。

她一路在乘客間穿梭，尾隨他上月台，但怕被他發現，所以一開始是進隔壁的車廂，透過兩車廂間的觀景窗觀察他。一直到松山機場站的時候，她才換到他的車廂內。

她知道人對於小動物都容易放下戒心，所以才以小白狐本尊的形象在他面前現身，給他留下「無害」的第一印象。

方才捷運進隧道的時候，她把握時機對他催眠，讓他以為捷運上出現惡鬼。其實那些都只是幻術罷了。

現在站在葫洲站屋頂上的她，看向遠方的捷運，嫣然一笑，神態更顯嬌媚。

「這麼乾淨的靈魂，吃了肯定靈力大增，味道肯定也是最好的。」

現在她的狐毛已經寄生在許樂天的魂上，不論他是死是活，她都能隨時知道他的所在之處。

她雙手結印、施展追魂術，晶亮的雙眼再次閃起綠光，唸道：「現！」

一束細細白光頓時從遠方地面，向上直衝天際。白光忽明忽滅，一路跟著捷運閃爍，直到葫洲站的下一站——東湖站。

「原來就住在東湖啊！」

她眼睛轉了一圈，想起剛才在大湖公園站，他雖然恐女但還是好心地將女乘客遺留在捷運上的手提包交還給女乘客。

「是個好人啊。嗯……暫時放過他好了，反正已經下了追魂術，以後想吃隨時可以吃。」

她又搭末班捷運回到大湖公園站。出站後發現大湖公園就在眼前。

她才走沒幾步路，肚子便開始咕嚕嚕地叫。

「啊，這下真的餓了。」

她輕蹙著眉頭，揉揉肚子，東張西望了起來。馬路對面正好有個男人從巷子裡走出來。

她嘴角一勾，喜道：「來得正好。」

說完便現身，讓普通人也能看到她的女孩化身，引誘對方上門，接著趁路上沒車，快步過馬路到他那頭。

只不過她一走上人行道就後悔了。

男人的靈魂烏黑汙濁，周身的氣韻濃得像醬油膏似的，明顯是個作惡多端的歹人。

兩人四目相交時，男人眼睛為之一亮，眼神毫不避諱地對她上下打量，似乎馬上就被她的美貌給吸引了。

然而她卻皺眉心想：這個男人的靈魂好噁心啊！他的精氣肯定也很臭！

她立刻轉身背對男人，邊走邊拍拍自己的額頭，懊惱地想：唉，我剛才怎麼不先看清楚再走呢？算了算了，還是再找找吧。

她加快腳步離去，卻聽到背後的腳步聲也隨之加快。那個男人跟上來了。

她雖然看不到背後，但聽力極為敏銳，當男人打算從她背後一手摀住她嘴，一手拿彈簧刀抵著她背脊時，被她以迅雷不及掩耳的速度給閃過了。

他還沒反應過來，拿刀那隻手的手腕就已經被她牢牢抓住了。

她雖然平時會裝神弄鬼嚇人，但這還是她頭一回與人有真正的肢體衝突，所以她一時很難置信，讓飛禽走獸都聞風喪膽的「人」的攻擊力，竟然這麼弱！

「太慢了。」她瞪著無辜的雙眼，有些困惑地說，「活人……都這麼弱嗎？」

男人偷襲不成，登時惱怒，另一隻手正要朝她揮拳時，突然聽到一聲清脆的「咔啦」。

他的手腕斷了！被女孩單手折斷了！

一陣刺骨的劇痛襲來，他正要放聲大叫，女孩又突然一個躍起，猛然膝擊他的胸口，接著又一個迴旋踢將他踢倒在地，這下他的肋骨也斷了兩根。

「哼，遇到我，你也是倒楣。」她說完便隱身離去。

男人才一眨眼，她就消失在空氣中，頓時嚇得瞪大眼睛。

「啊！鬼啊！」

他邊叫邊向後倒退，接著連滾帶爬地逃走。

夜色之中，小狐狸變回本尊的小白狐樣貌回到大湖公園外圍，就近挑了一棵枝葉茂密的老樹，站起身用兩隻前腳掌貼著樹幹，藉以吸收靈氣。

過了一會，牠才收回腳掌，再度化身女孩的樣子，自言自語道：「勉強算飽了，應該可以再撐一天。」

除非是神木，一般的花草樹木能提供的能量有限，只能暫時止飢，獸類精怪吸收後很快就會餓了。

她橫跨公園外圍的綠地，慢慢往深處走去。然而她越往湖邊走，陰氣就越重，甚至比她住了二十幾年的辛亥墓區還重。

「怎麼會這樣？」她不解地說，「難道真的像捷運上的傢伙說的那樣，這裡的風水已經被破壞了？」

她想起剛才許樂天說的水鬼抓交替，以及勾魂曲勾女乘客的事，喃喃道：「難道內湖的妖鬼都這麼強？」

整座大湖連帶湖濱一圈有妖和強大惡鬼盤據，而且從那渾厚的陰氣和氣場來看，她的實力絕對打不過。

她卻步了。環顧四周，雖然有零星燈光，但仍舊黑暗陰冷且陌生。

「還是先回辛亥吧。」她轉身往捷運站走沒幾步又道，「不行啊，這麼快就回去，大家肯定會笑我俗辣，還是在捷運站過夜，等天亮再說。」

台北捷運站沿線都設有鎮煞物和風水陣，除非是地縛靈，否則尋常妖鬼都只是將捷運當作交通工具，不會在捷運站久待。但是她不一樣，她雖年輕，道行可不弱。

她喜歡在高處過夜，便跳到大湖公園站的屋頂，盤腿坐了下來，接著若有所思地凝視著右腕上精緻華美的藏經環。上方六圈是鐵灰色，下方兩圈則是金色。

「我都已經有能力開啟第二圈了，難道還是不夠強？」

她對許樂天說的話並不全然是真的。她生前確實是被人關鐵籠裡、拋棄山野，因而活活餓死。

但其實拋棄她的並不是她的主人，而是族人。而她手上這副藏經環，正是那個人送給她的。

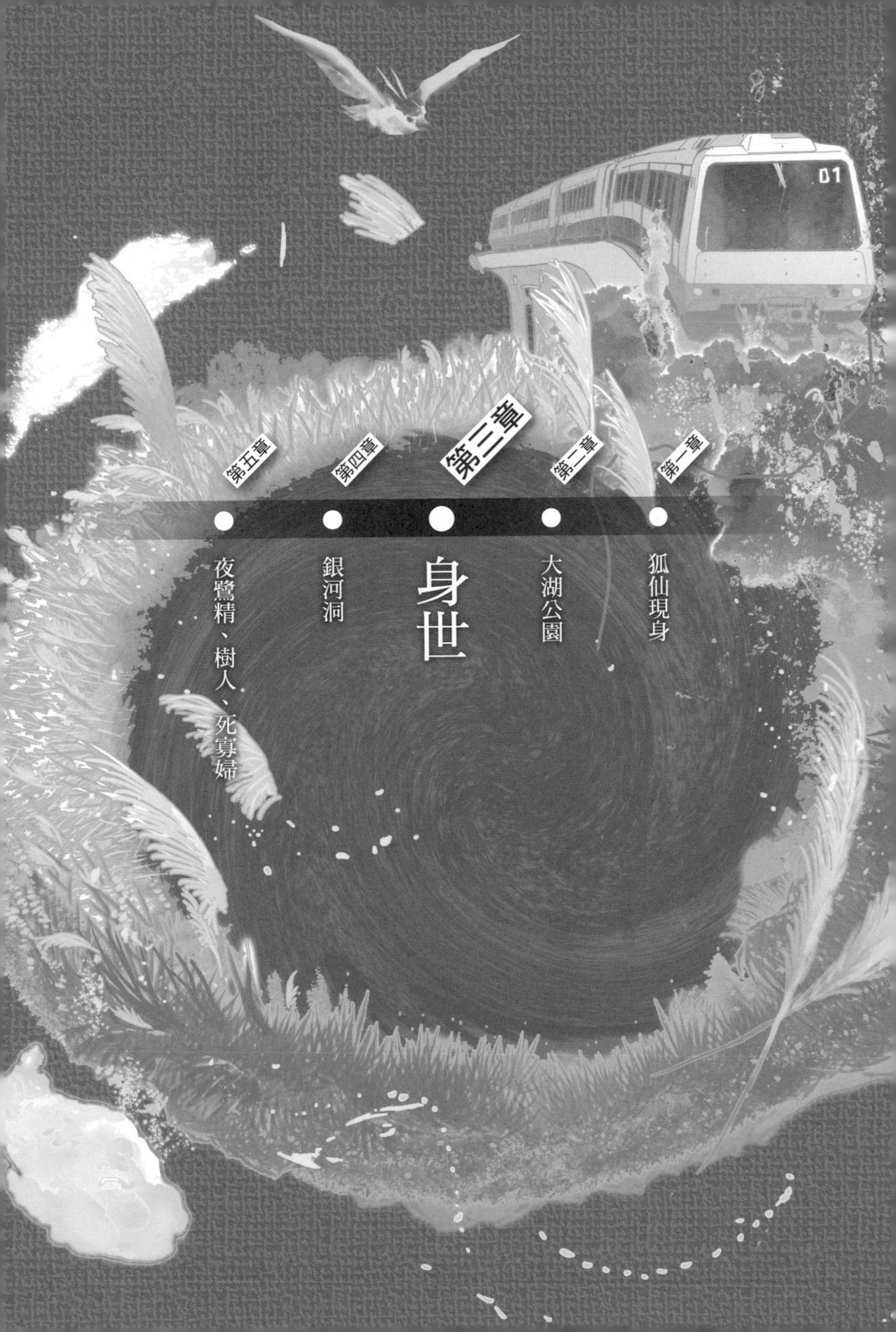
第一章 狐仙現身
第二章 大湖公園
第三章 身世
第四章 銀河洞
第五章 夜鷺精、樹人、死寡婦

二〇〇八年年底，捷運中山國中站附近。

這裡是台北繁忙的地段之一，雖然時間還是清晨，街頭上已有不少車輛和行人。

一個身材高瘦的年輕女人正牽著一個大約小五、小六年紀的女孩站在捷運站附近的錦州街口。然而，沒有人能看見她們。因為她們一個是鬼、一個是妖。

女人外貌清秀，留著過肩長髮，戴著一副眼鏡，氣質溫柔文靜，身穿簡單合身的淺色T恤、牛仔褲和黑色帆布鞋。

而小女孩則綁著雙馬尾，渾身散發著湖水般的藍綠色光暈。她穿著一件又舊又髒的白T恤和淺色短褲，T恤上有著多年前流行的「貪食蛇」幾何圖案。

女孩就是小狐狸精。當時女孩還沒有能力自己變衣服出來，T恤是女人在小狐狸死亡那年、得以幻化成人形時，在附近的公墓區垃圾桶裡找到，燒給她穿的。這麼一穿，就是十二年。

小狐狸抬頭仰望高架軌道，上頭又有一班捷運開過。

「哇……」她發出一聲驚嘆，對女人說，「麗麗妳看，又有捷運來了。為什麼我們剛才搭捷運過來的時候，都沒有其他人？人是不是怕高？」

麗麗溫柔地笑道：「不是的。這條木柵線為了與內湖線銜接，現在正在做整合測試，所以暫停對外營運。其實木柵線已經完工很久了，只不過以前妳年紀小，前幾年捷運又發生過幾次火燒車和脫軌，所以今天才帶妳來搭。」

小狐狸睜著大眼，似懂非懂地點點頭。

她看著行人人手一支翻蓋或滑蓋手機，便好奇地問麗麗：「他們拿的是什麼？」

「那個叫手機。有了手機，就可以和距離很遠的人講話。」麗麗拉著她往錦州街上走，「這條街很熱鬧，一整排都是店家。我們去逛逛。」

這是小狐狸第一次來到市區，周圍的一切對她來說是那麼的新鮮有趣。每個行人穿的衣服對她來說都好新、好漂亮；每間店賣的餐點、飲料看起來都如此精緻誘人。

小狐狸看了又嘴饞又嫉妒，心想：怎麼天底下好吃、好看的東西都只有人可以享用，要是我也能成為人該有多好？

想成為人的念頭越來越強烈，光是幻化成人形已經無法滿足小狐狸，她想要成為真正的人！

她東張西望的時候，忽然看到有隻狗戴著項圈，項圈上繫著繩子，正被人牽著走。

她指著那隻狗問道：「麗麗，牠為什麼要戴項圈？牠看起來很不舒服，我們去幫牠解開，好嗎？」

麗麗說：「不行，那是牠主人給牠戴上的。」接著又向小狐狸解釋了一會。

小狐狸還是疑惑地說：「妳也是我的主人，但是妳從來不會這麼對我。」

此時那隻狗突然吠叫了幾聲，拖著主人、朝一旁的寵物店跑過去。

麗麗和小狐狸轉頭一看，只見那隻狗以後腿站立，前腿趴在櫥窗上，對著裡頭的狗邊搖尾巴邊叫。

小狐狸見寵物店裡的貓狗都被關在小小的鐵籠裡，腦中突然浮現自己生前被關在鐵籠裡掙扎、哭泣的景象。

剎那間，驚慌、恐懼和憤怒湧上她的心頭，她正要奔向寵物店，卻被麗麗攔了下來。

不明就裡的麗麗問她：「怎麼啦？妳也想進去逛逛？」

「我要把裡面的籠子通通打開，讓牠們自由。」

「那怎麼行呢？」麗麗勸阻道，「這樣會給人家添麻煩的。」

「那又怎樣！人類都不怕給其他動物添麻煩，為什麼我要怕給人類添麻煩？」

「那些動物是他們的，他們自然有權決定怎麼處置牠們。」

這句話彷彿在小狐狸心中劈下了一道雷。

麗麗回答得理所當然，小狐狸卻震驚得說不出話。

那一刻，小狐狸第一次意識到：即便是那麼疼愛她的麗麗，在麗麗和其他人類的眼中，動物就是動物，和人是不同的、也不可能平等的。在人心中，人永遠都凌駕於其他動物之上。

人為什麼覺得自己比其他動物優越？為什麼覺得自己有權利處置其他動物？

小狐狸又惱又氣，很想和麗麗爭辯，但又不知道該怎麼用言語表達，於是氣呼呼地轉身拔腿就跑。

麗麗在後頭邊追邊喚著她：「妳要去哪啊？小狐狸？等等我。」

小狐狸跑得很快，一溜煙就消失在人群中。

等到小狐狸冷靜下來的時候，才發現天空正下著綿綿細雨。她就近躲進中山國中站避雨時，突然聞到一股熟悉的味道。

這股味道不是來自食物，也不是她所認識的妖鬼，但她就是莫名感到很熟悉。

她被引了過去，穿過票閘門，搭上手扶梯上到月台時，正好有列往動物園站方向的捷運靠站。

透過開啟的車門，她看到第二節的車廂內有三個人，面貌都十分俊美出眾，穿著華貴。

其中一個是黑短髮女人，看起來約三十歲左右，身穿合身剪裁、風格俐落的白色西裝，儘管面無表情，周身卻有一股不容置疑的威嚴和肅殺之氣。她頭後方有一大圈光環，是個神仙。光環上有四支光簇，所以是一個「武」屬性的仙。

一個是棕髮、棕瞳的男孩，大約國中生年紀，身穿休閒白襯衫和淺色牛仔褲。他袖管捲到手肘，領口扣子解到第三顆，整個人看起來隨性放鬆。他周身散發著銀灰色的光暈，是一個修道之人，而且是人間道的「悉罪階」，相當於妖道的第三階「乘風階」，比位於「湧泉階」的小狐狸高了一階。

他抱胸，不屑地對女人說：「我看這捷運也沒什麼稀奇。妳的雲比較快，還比較酷。」

另外一個同樣棕髮、棕瞳的男孩則年齡看起來稍大，大約是大學生的年紀。他的穿著最正式，是三件式西裝，有著不同於年輕人的沉著內斂。他散發的是天藍色光暈，是妖道的「乘風階」。也就是說，他是半人半妖，人身妖魂。

小狐狸感到奇怪：現在捷運不是在測試嗎？他們怎麼也在捷運上？

此時捷運上的三人同時轉頭看向小狐狸，她嚇得後退一步。

兩個男孩眼睛閃動了一下血色紅光，表情似乎都很詫異。而黑短髮的女人雖面無表情，眼睛卻閃過一道碧綠光芒。

小狐狸一激動，眼睛也同樣閃動綠光。

一瞬間無數的問題在小狐狸心頭閃過：這個女人跟我一樣！她是狐狸成仙嗎？她身上的味道是狐狸的味道嗎？她會是我的家人嗎？

一想到有機會遇到同類，甚至是家人，小狐狸既興奮又開心，狐狸耳朵一下子就彈出來。

她一邊往他們跑，一邊朝女人揮手、傻笑道：「哈囉！哈囉！」

女人很快就收回視線，好像什麼也沒看到。

年紀較大的男孩似乎對小狐狸很好奇。他正想走下捷運和她說幾句，便感受到一股冰冷的視線。他一轉頭，就看到女人正冷眼瞪著他。他抖了一下，馬上轉一百八十度，坐到藍色波浪椅上。

捷運車門關閉，即將離站。小狐狸立刻加速奔跑，趕在捷運開走之前，穿過車殼進到最後一節車廂內。

她透過車廂前端的觀景窗往前看的時候，年紀較小的男孩突然朝她的方向奔跑過來，一路穿過第二節、第三節車廂。

她怕被他撞倒，往後退了好幾步。沒想到男孩一跳進到她所在的第四節，隨即止住勢、停了下來。

男孩打量了她幾眼，對她說：「妳跟上來幹嘛？野種，妳是怎麼成妖的啊？」

小狐狸還沒反應過來，就聽到麗麗的聲音從她背後傳來：「你太過分了！她才不是野種。請你道歉！」

一路沿著軌道追上捷運的麗麗，將小狐狸拉到自己身後，與男孩對視。她的眉眼間是小狐狸從未見過的怒意。

小狐狸有些高興，心想：是麗麗！她追來了，她果然還是關心我的。

男孩站直身，一臉不屑道：「敢頂嘴，妳知道我是誰嗎？」

他雙眼閃了閃紅光，伸手往旁邊一拉，就拆下行李架處的橫桿。他抬手時，鐵桿發出「鏗鏗」扭曲的聲響，被憑空捏塑成一把長槍。

槍尖朝麗麗射去時，護主心切的小狐狸立即閃身跳到麗麗前面，雙眼轉綠，額上顯現由三點碧綠星芒連成的三角型，十指彈出利爪，一揮就將長槍削成數段。

「夠了！」出現在男孩後方的短髮女人一打響指。

周遭的一切都瞬間靜止；人、妖、捷運的動作都停下，就連外頭的雨滴、飛鳥、被削斷的鐵桿也懸在半空中。

時間凍結了。

女人沉聲道：「你們幾個在復興北路上開打是想上新聞嗎？左右兩邊都是大樓，你們就不怕被看到？」

隨後才解除男孩、小狐狸和麗麗的禁制，讓他們可自由活動，但此時周遭的時空仍舊是處於靜止狀態。

方才小狐狸額上一顯出綠色的三角星芒時，女人和男孩便立刻認出那是他們青丘(註1)一族專屬的「心宿」(註2)胎記。

所以毋須女人制止，男孩一見到胎記便已火氣全消，只是錯愕道：「妳是自己人。」

接著又上前問小狐狸，「妳到底是誰？妳為什麼會在這裡？又為什麼護著人類？」

他一下子問得太多，小狐狸沒辦法記下全部，只回答最後的問題：「麗麗是我的主人，我當然要保護她。」

男孩再次問她：「妳額頭上為什麼會有這個花紋？」

「我怎麼知道？反正我生氣的時候，它就會跑出來。」

男孩語氣放柔許多，他親切道：「妳是我們東青丘的孩子。我們自成一國，採行的是英國的君主立憲制。我是王子——岳鐸。」

接著男孩又指著女人說，「她是我們東青丘的將軍——邱灩。後面那個是我的近身侍衛，也是我從小一起玩到大的好兄弟——邱壇。」

註1：商周時期，盛行「青丘」古國的傳說。如《山海經．南山經》：「又東三百里，曰青丘之山，其陽多玉，其陰多青雘。有獸焉，其狀如狐而九尾，其音如嬰兒，能食人，食之不蠱。」又如《山海經．海外東經》：「青丘國在其北，其狐四足九尾。」

註2：中國古代崇拜星辰，在神話、天文學與占星學中，有著「四象」、「七曜」和「二十八宿」之說。「二十八宿」中的心宿雖屬「四象」中的東方青龍，但心宿本身象徵圖騰是狐狸。而心宿三星分別是心宿一、心宿二、心宿三，三點若連成線則成△型。

岳鐸一口氣說了許多，但小狐狸關注的點只有第一句話。她回問：「東青丘是什麼？是一種蚯蚓(註3)嗎？好吃嗎？」

岳鐸戳戳小狐狸的額頭，取笑道：「妳這個鄉巴佬，連東青丘都不知道。它在陽明山啊。二戰快結束的時候，我們的祖輩跟隨張天師和部分道士輾轉來到台灣。全台北風水最好的地方就是陽明山(註4)。張天師在陽明山中相中了一處風水寶地讓我們定居。從此以後，那裡就是東青丘(註5)。」

「那我也要去。」接著小狐狸想起了什麼，氣嘟嘟地叉腰道，「我才不是鄉巴佬，你才是鄉巴佬！」

岳鐸先是一臉訝然，接著笑道：「妳居然敢罵我？」他看向邱灩說，「她好有趣。」接著他又看向小狐狸，「走，我現在就帶妳回去。從此以後有我罩著妳，妳到哪都可以橫著走。」

「真的嗎？」

小狐狸正要答應，邱灩便冷冷拒絕道：「不行。就憑她現在的道行，恐怕一到山腳下就會被其他妖鬼給撕成碎片。」

邱灩又對小狐狸說：「陽明山處處都是不同妖鬼的地盤，怎麼能讓妳一個來路不明的小妖闖進來。」

岳鐸不解地說：「她怎麼會是來路不明的小妖，她是我們東青丘的孩子，而且有我們護著她啊。」

「她不是。」邱灎懶得多做解釋，只道，「總之你不能帶她回東青丘。」

岳鐸還想說什麼，邱灎一記冷眼掃來，他就馬上閉嘴，顯然很聽她的話。

麗麗不明白道：「陽明山是很多妖鬼的地盤嗎？可是我生前去過陽明山好幾次，那裡明明就是台北人常去旅遊的地方，並沒有什麼特別嚇人的啊。」

邱灎道：「人當然可以上山，平凡妖鬼就不行。」

好勝的小狐狸雙手握拳，不服氣道：「只要我修煉成很強的妖，到時候我想上山，你們誰也攔不住。」

註3：狐狸屬雜食性動物。蚯蚓也是牠們的食物來源之一。

註4：根據風水堪輿學，大屯火山群屬於伏龍（即火龍）龍脈，主權貴。而陽明山左右有青龍、白虎山勢夾護，又有松溪、磺溪環繞，形成「玉帶圍腰」吉祥之勢，堪稱全台北風水最好的地點。而根據內湖在地者老的說法，內湖本身屬於蛟龍（即水龍）龍脈，旺財富。

註5：香港著名都市傳說《一九八一年 香港溫莎公爵大廈狐仙事件》，相傳二戰末期，龍虎山天師府分崩離析，張天師率領部分道士與部分青丘狐族輾轉到台灣。但中途經過香港時，有幾隻狐仙寶寶走散了，因而於香港各地撒野作亂，害得當地人心惶惶。張天師得知後，又返回香港將這些狐仙寶寶一一帶回東青丘，讓牠們與家人團聚。溫莎公爵大廈一事也自此落幕。

岳鐸苦笑道：「妳當陽明山那些妖鬼是吃素的啊？除非妳修行千年成了妖皇或魔，否則都不可能打得過我們山上任何一個地盤的首領。如果單純只是要上山的話，還不如花百年轉生成人，到時候至少能正大光明地去賞花。」

小狐狸又說：「那我就去當神仙。神仙是最強的，不是嗎？」

岳鐸失笑道：「妖怎麼能成仙？只有人才能長出仙骨、成仙。妳想成仙，就得先轉生成人。」

小狐狸心理不平衡地說：「怎麼天底下所有好處都給人占盡了。」

邱灩突然將手上的金環取下，以迅雷不及掩耳的速度給小狐狸戴上，並說：「看在同是狐族的份上，這個就當是見面禮吧。」

這個金屬製的手環樣式精巧華美，總共由八環組成。原本每一環都是金色，但是一碰到小狐狸，上面七環就變成了鐵灰色，只剩下最下面那一環還是金色。

岳鐸震驚道：「藏經環！」他還想再多說點什麼，邱灩一抬手制止他，他又馬上乖乖閉嘴，但表情似乎很不高興又很困惑。

邱灩教小狐狸掐訣開啟藏經環，環上的祖母綠立即全息投影出一個巨大、半透明的環形書櫃，直徑足足有十公尺，比雙向軌道加起來還寬，幾乎橫跨半條街，將四人環繞其中。

小狐狸和麗麗環顧一圈，驚嘆不已。

邱灩說：「一般而言，精怪能修行的術別受限於出身。譬如：草木族精怪只能修木術，飛禽只能修風術，水族只能修水術，爬蟲族只能修土術。但青丘狐族自古以來就有得天獨厚的天賦，那就是除了本身幻術媚術天賦之外，還能不受出身限制，再從五行之術中，根據個別資質選一系修行，能力強者甚至能做到雙修或三修。」

麗麗問她：「五行指的是金、木、水、火、土嗎？」

「對。我們東青丘狐族是等選定了五行術後才取名的，所以我們的名字部首與我們修習的術法有關。」

「那如果我想選風術怎麼辦？我也想像麻雀一樣在天上飛。」

「東青丘狐族和其他走獸族都不具風術資質，除非有特殊機緣能承襲風術，否則光是連奠基都做不到。」

小狐狸奇道：「那妳讓時間暫停，又是哪一系？」

岳鐸道：「笨，那要等到轉生成人、長出仙骨，才能再修進階的『萬象術』，才能控制時間和空間。萬象術是建立在五行術之上，所以兩者可以並用。」接著他揚起下巴，得意道，「所以像我們將軍這種真正的『狐仙』實力已經與武仙呂洞賓不相上下，三界之內幾乎已經沒有對手。要不，怎麼能稱霸陽明山那種臥虎藏龍的地方。」

小狐狸總結道：「所以我要先轉生成人，才能長出仙骨，才能修萬象術？」

岳鐸：「沒錯。不過妳也太好高騖遠了吧！」

邱灩對小狐狸說：「妳性子剛烈，就學火術吧。」

她的決定自有深意，因為她本身的底子是水術。水能剋火。若有朝一日這隻白子作亂，她也能輕易制她。

邱灩一說完，揮一揮手，其中兩櫃書架上的書便憑空消失，只留下火術祕笈，不讓小狐狸有機會看到其他金、木、水和土術的奧祕。

她又隨意點了架上一本書，向上一挑，它便在空中攤開。小狐狸這才發現這些書都是摺頁式的，而不是像普通的書那樣裝訂成冊。

「依妳的天資是可以自學的，照著上面的圖譜練就行了。」

接著邱灩又點開另一櫃書架上的書，攤開來是各種草藥的繪圖和用途說明。

麗麗眼睛一亮，驚喜道：「這是什麼？有點像《本草綱目》。」

邱灩說：「可以這麼說，只不過它不是給人用，而是給妖鬼仙用的。特定草藥透過焚燒產生的煙，能助妳們修行、療傷或治病。」

這時麗麗看出岳鐸的欲言又止，也注意到他手上配戴著同樣的藏經環，心思細膩的麗麗不免有些擔心，便問邱灩：「無功不受祿，再說這副手環那麼貴重，為什麼要送給小狐狸呢？」

邱灩淡淡地說：「我剛才說過了，這不過是給狐族的普通見面禮。這種小東西我們東青丘多得是。不必放在心上。」接著她又看向小狐狸，再次強調說，「只有人才能成仙，妳得修行到一定的程度，才有足夠的底子轉生成人。」

小狐狸忙問：「那是什麼程度？」

「等到妳有能力開啟第二圈藏經環的時候。」

「我要怎麼開啟第二圈藏經環？」

邱灩以食指點點太陽穴，示意小狐狸得自己用腦袋想辦法。

接著邱灩又提點小狐狸：「除了透過修煉提高道行以外，在自然界生存，武力也是很重要的。能不能學會火術、找不找得到這些草藥，就得看妳自己的本事了。」

小狐狸用力點頭，眼神堅定地說：「我一定可以。」

邱灩嘴角微微一勾，很快又恢復原來的冷峻。她教小狐狸關閉藏經環，環形書櫃隨之消失。

接著邱灩輕打響指，空中斷成數截的鐵桿應聲落地，捷運外頭的雨也再次落下。

小狐狸和麗麗發現這列捷運瞬間移動到辛亥站。

車門一開，一道強勁的冷風猛然將麗麗和小狐狸掃下月台。

小狐狸落地的瞬間起了疑：「為什麼邱灩要將捷運移動到辛亥站？難道她知道我們住這裡？」

順著這個思路，她的腦海裡忽然浮現斑駁的記憶：邱灩就是那個當年拋棄她的人！

這麼多年過去，邱灩的容貌絲毫未變。

同時，捷運上的岳鐸和邱壇也嚇了一跳。岳鐸正要下捷運去扶小狐狸，就被邱灩一手擋住。

小狐狸邊爬起身邊問邱灩：「是妳拋棄了我，對不對？」

邱灩別開視線，沒有回答。

小狐狸一邊扶麗麗起來，一邊問邱灩：「如果我真的是東青丘的孩子，那你們為什麼拋棄我？為什麼把我關在鐵籠裡、丟在山裡，害我活活餓死？」

岳鐸一聽，震驚地看向邱灩道：「將軍，她在說什麼？這怎麼可能？」

邱灩微蹙眉頭，眼神中有著一絲悲憫。她微微側身，但沒有看向小狐狸，而是垂下視線，聲音低沉道：「因為妳是白子，是異種。」

岳鐸抗議道：「喂！白子又怎麼樣？既然她是我們東青丘的孩子，就該把她帶回去，怎麼能讓她流落在外？」

邱灩沒回答他，她一揮手，整排車門馬上關閉。小狐狸想再穿過車身進到車廂，眼前卻突然出現一排雨水凍結成的冰牆，而且冰牆上有施咒，她穿不過去。

捷運隨即駛離站。

捷運上的岳鐸趴在窗上，看著月台上的小狐狸。小小的她追著捷運跑，邊跑邊喊著什麼。

邱灩道：「別看了。」

岳鐸一臉不悅地問邱灩：「這到底是怎麼回事？我們東青丘的子民怎麼會流落在外？妳怎麼可能會做這種事？但我看她又不像在說謊。」

邱灩沉默以對。

岳鐸難得以嚴肅的口吻說：「我以王子的身分命令妳，跟我說實話！把事情說清楚！」

「她沒有說謊。確實是我把她丟在山上，任她自生自滅。而且這種事，已經不是第一次。」

「為什麼？」

「首相的命令不能違背。」

「首相？」岳鐸一臉迷惘道，「我不懂。他怎麼會下這種命令？更何況妳不也是白子嗎？」

「殿下現在已經成年了，有些事也該讓殿下知道了。殿下讀過《青丘史》，請告訴我，殿下對於我們青丘一族到底了解多少？」

「這該從哪裡開始？」

「隋朝末年。」

「隋朝末年……」岳鐸憑藉著記憶，講述起青丘史的概要。

隋末唐初之際，群魔亂舞，天下大亂。青丘狐族因數次協助龍虎山天師府降妖有功，張天師特地焚天書，為青丘一族向天庭祝禱、請求封仙獲准，因此後代才「有機會」享有仙格。

青丘狐族是自然界唯一一出生就有機會獲得「仙骨」的動物。但是否有仙骨卻取決於新生兒的狀態；若是岳氏皇族，一出生就是人形，即有仙骨，待仙骨發育成熟便能羽化成仙。邱氏貴族有半人半狐和赤狐兩種，雖然沒有先天仙骨，但兩者皆可透過修行和東青丘的祕寶力量迅速轉生為人，再進而長出仙骨。不論是三者中的哪一種，東青丘狐族的智力都等同於人類，容易融入人類社會。

邱壇忽然開口：「還有第四種：變異的赤狐白子。」

「是。」邱灩點頭，接著補充，「青丘有一句老話：『赤狐白子，注定不凡。』赤狐白子的天資更勝於人，但個性自我、桀傲不遜、愛恨分明又過於執拗。所以每當一隻白子誕生，對於東青丘而言就像是擲筊，不是大好就是大壞；不是兼愛天下，就是生靈塗炭。東青丘無法冒這個險，因此白子若是在出生三個月後還無法被馴化，便只能將其消滅，以絕後患。」

岳鐸錯愕地說：「這些我從來都不知道……所以妳是被成功馴化的？」

「是。」

「但是……妳絕對不是冷血無情的人啊。妳……妳怎麼忍心對其他白子下手？」

「是。正因為我是白子，所以我始終下不了手。我將那些無法馴化的白子丟在深山裡，任牠們自生自滅。不過牠們都是被關在鐵籠裡，所以十之八九都難逃一死。」

岳鐸頹然倒在椅背上，喃喃道：「本是同根生，相煎何太急……」

相較於感性的岳鐸，冷靜理性的邱壇在意的則是另一件事。他問邱灩：「不好意思，請問將軍又是為什麼送她藏經環？有什麼目的嗎？」

邱灩說：「沒有，只是愧疚。她的主人似乎很疼愛她，她也因此懂得回報主人的愛、懂得保護她的主人，這是好事。但是她的主人太弱了，保護不了她。她得自己變強才行。既然命運安排我們再次相遇，也許是想給我機會彌補她，所以我才送她藏經環。」

岳鐸更茫然了，他問她：「可是這樣就矛盾了啊。妳送的是『藏經環』啊！既然東青丘忌憚白子，妳怎麼還送藏經環？」

藏經環歷代以來，只有青丘貴族和將軍可以配戴，裡頭有著東青丘「藏經閣」裡的所有經史子集，包括修行、咒術、陣法、草藥、兵譜……等各種知識。而八環分別對應八個樓層的藏書，每開啟一環，就可讀取該層的祕笈。

邱灩明白岳鐸的隱憂，她回道：「殿下放心，我只有開啟第一層的權限給她。至於能不能修習完第一層的內容，就看她的機緣了。要是有朝一日，她真的開啟了第二層，我也能馬上感應到。到時我會親自去找她取回藏經環。」

岳鐸這才安心下來。他擺擺手說：「不可能啦。光是第一層的書就已經爆炸多了，沒有一百年的時間，根本不可能看完。要不是有人逼，誰會有那個耐心看超過一個月啊！」

「殿下似乎太低估白子了。」邱灩又說，「說到這個，殿下好像到現在都還沒看完第一層的史書？」

岳鐸回以一個尷尬的微笑。

「等一下！」

捷運開走時，小狐狸就在月台上追，之後又從沒有冰牆的月台邊緣跳下軌道繼續跑。她還有好多好多問題想問。她想知道自己和他們是什麼關係，她想知道自己在東青丘還有沒有家人，她還想問她的家人有沒有想過她或找過她。

但是她才追了一會，軌道上又出現雨水凍結成的冰牆，擋住她的去路。她又是用手捶、又是用利爪刺，但被施了法的冰牆一點裂紋都沒有。

等到冰牆自動消融時，捷運早已遠去、不見蹤影。

細雨依舊，狐族的氣味也漸漸被雨水給打散了。

小狐狸很困惑也很失落。當她意識到自己可能再也見不到他們時，她忍不住傷心地哭了起來。

她心中的問題可能永遠也得不到答案了。

麗麗在她身旁蹲下，溫柔地幫她拭淚。

小狐狸問麗麗：「什麼是白子？」

「是一種遺傳疾病。簡單來說，白子身上常伴隨其他缺陷或病症。在自然界中，壽命比較短。」

「我之所以被拋棄，是因為我是劣種，他們覺得我不配待在東青丘，對不對？」

麗麗牽起她的手，柔聲哄她：「我們家的小狐狸這麼漂亮又這麼聰明，怎麼會是劣種呢？」

「如果我不是的話，他們為什麼要拋棄我？那個將軍一定是個大壞蛋。我討厭她。」

心善的麗麗搖搖頭說：「不，我覺得他們都不是壞人。妳想啊，那個將軍雖然嘴上說這個藏經環只是普通的禮物，但明眼人一看就知道它非常貴重。她送妳這麼貴重的禮物，不就代表她對妳有掛念、有關心嗎？我想她是有不得已的苦衷。」

小狐狸仍堅持道：「可是不管怎麼說，他們都不應該拋棄我！」

「是。」麗麗摸摸她的頭，「我不知道他們為什麼拋棄妳，我只知道妳是我們辛亥山區最有名的天才。」

小狐狸越聽越不甘心。不論是自尊心還是好勝心，都不允許她屈居人下或被人拋棄。她心想：既然那些東青丘的傢伙看不上我、拋棄我，我就要變得比他們更強！只要能成仙，我就能和那位將軍旗鼓相當了吧。到時候，還有誰敢瞧不起我。但是要成仙就得先成人。到底該怎麼做，才能成為人呢？

「麗麗，我想轉生成人。」

「好，我幫妳。妳要是成了人，就是我的妹妹。」麗麗又擦了擦小狐狸的眼淚，「別哭了。既然妳現在有了明確的目標，就不應該把時間拿來哭泣，而是要趕快開始培養轉生的底子。搭配那些草藥，一定可以事半功倍的。」

小狐狸愁道：「可是我去哪找那些草藥啊？我覺得那些草都長得差不多。」

麗麗輕點一下小狐狸的鼻子說：「妳忘了我是念森林系的嗎？我從小就喜歡到處蒐集花草，一定能幫得上忙。」

「麗麗……」小狐狸伸臂抱住她。那是她表達愛的方式。

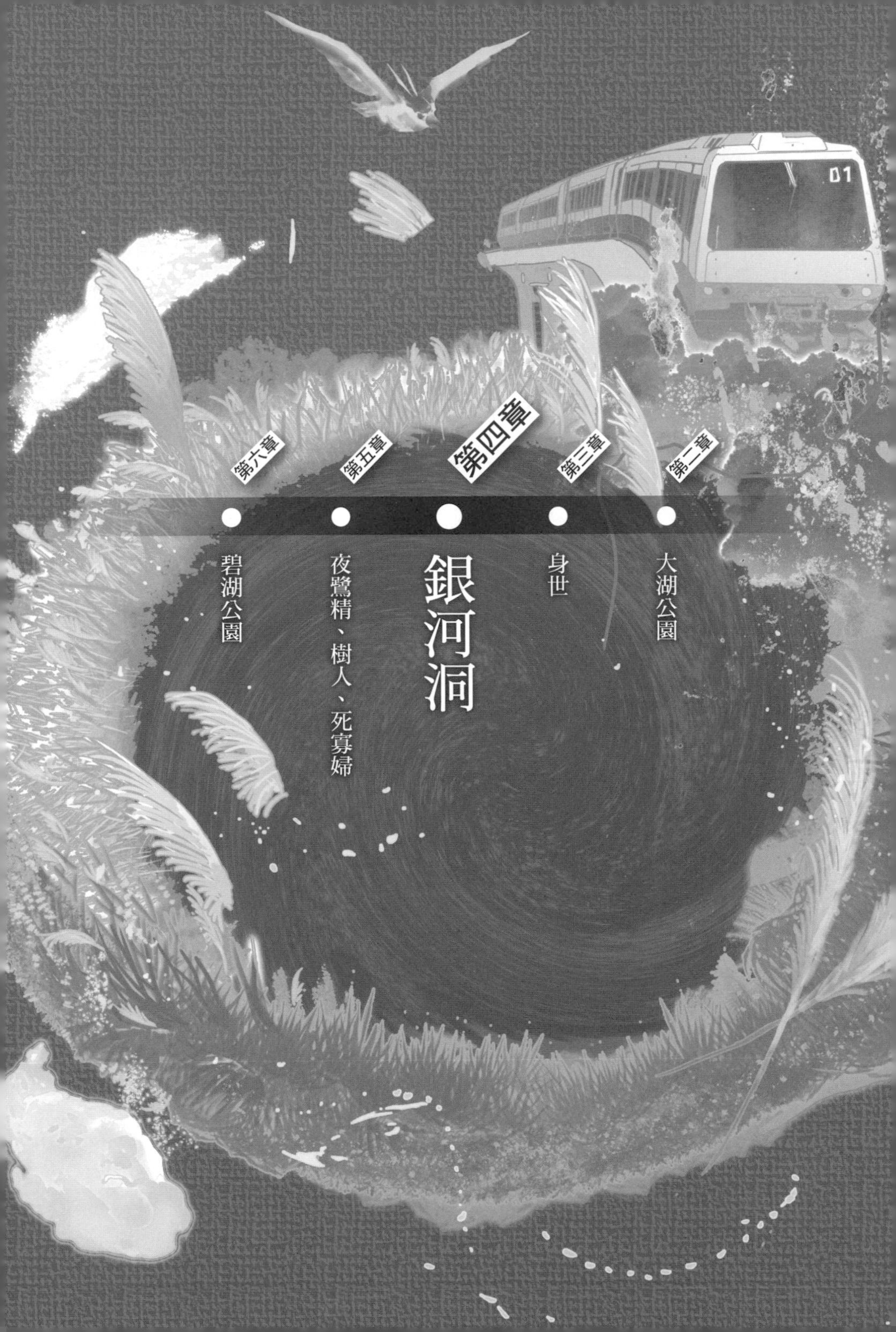
01
第二章
大湖公園
第三章
身世
第四章
銀河洞
第五章
夜鷺精、樹人、死寡婦
第六章
碧湖公園

小狐狸盤腿坐在捷運大湖公園站屋頂，看著藏經環、回想過去的時候，忽然感受到一股強大的風壓。

她抬頭一看，居然有一朵厚實烏雲快速朝自己飄來！

她察覺有異，迅速站起身、後退幾步，正要跳下捷運站屋頂時，忽然有道白影從烏雲跳下、落在她面前。

她定睛一看，馬上認出來者，是邱灩。

邱灩與小狐狸一樣膚白髮黑，且都喜歡身穿白色或淺色的衣服。然而時間似乎在她身上未曾留下任何痕跡，這麼多年來，她的容貌還是一模一樣。

邱灩上下打量了一會小狐狸，道：「妳長大了。」

小狐狸有些防備地說：「妳來這裡做什麼？找我？」

邱灩開門見山說：「是。我來取回藏經環。」她低頭看向小狐狸腕上的藏經環說，「不錯，短短十幾年，妳就開啟第二圈了。能告訴我，妳是怎麼想到的嗎？」

小狐狸早預料到邱灩遲早會來收回藏經環，因此她在確定邱灩沒有惡意後，便稍稍放下心，據實以告。

「我開始按照第一層書庫修行的時候，就發現火術需要一定的靈力和道行才能練，也就是說兩者之間是相輔相成的。

等到我練完第一層的祕笈時，我就開始在想：要怎麼開啟第二層？一開始我把注意力都放在『如何把第七圈變得和第八圈一樣的金色』，但後來我才想到，重點其實是在於祖母綠，因為投影出書櫃的是祖母綠。」

邱灩眼神帶著欣賞，點點頭說：「沒錯。重點就在於控制祖母綠。」

小狐狸繼續說：「妳雖然在送藏經環給我的時候，拿掉了金、木、水和土術祕笈，但藏經環一開始並不是專門設計給火術士用的，所以我就在想：有什麼是五行術士都能對祖母綠做的呢？

為了研究祖母綠，麗麗還特地帶我下山到圖書館，用電腦google資料，還教了我物理、化學。

然後我才知道，高級的祖母綠內會含三相物，也就是同時有液態、氣態、固態物質。而五行術士能做的不就是控制元素或改變元素的三態嗎？

我用火術將祖母綠中的固態物熔成液態的瞬間，第七圈就變成了金色，而投影出來的書庫也出現了第二層。」

「沒錯。第七環其實是感應到祖母綠的變化，才改變了顏色。妳能自行想通這點，確實很厲害。」邱灩伸手，「好，交出來吧。」

小狐狸看了藏經環一眼，有些惋惜地輕嘆一口氣，道：「好吧，能學會第一層，我也該知足了。」

她乾脆地摘下藏經環，還給邱灉，說：「謝謝。」

邱灉將它戴回自己的腕上，八環頓時全都變回金色。

邱灉看她表現乖巧，便想再提點她一下，於是問她：「妳現在還想轉生成人嗎？」

小狐狸毫不猶豫地說：「當然。」

「東青丘的轉生祕寶不能外借，但這世上還有其他轉生法寶可用。」

小狐狸瞪大眼睛，興奮地問：「在哪？」

「我不知道，但呂洞賓可能知道。」

小狐狸在辛亥山區住了二十幾年，自然是知道木柵那位鼎鼎大名的神仙。她問：「呂洞賓？所以我要上木柵指南宮問他嗎？」接著她有些為難道，「可是神仙只管人鬼的凶吉，而我是妖，大型寺廟宮府都不能進去的。」

「門神確實不會讓妳進去，但不代表廟裡的主神不願意幫。」邱灉又說，「妳知道呂洞賓為什麼是沒有官職的散仙嗎？」

小狐狸搖搖頭，她哪知道啊？

邱灉說：「因為他個性太過隨性不羈了。除非妖鬼作亂，否則只要談得來，他甚至能和妖鬼稱兄道弟。」

小狐狸半信半疑地說：「真的假的？妳怎麼知道？」

邱灩說：「早在我長出仙骨之前，我們就已經是好朋友了。妳現在搭捷運去木柵，天亮之前趕到銀河洞，應該能遇見他。妳告訴他，是我叫妳去的，他也許會願意指點妳。」

邱灩說完，正要跳上烏雲離開時，小狐狸喚住她：「等一下！」

邱灩停下動作，轉頭看小狐狸。

小狐狸問她：「為什麼幫我？」

邱灩沉默了兩秒，才說：「就當是彌補我對妳的虧欠吧。」

「如果有天我轉生成人，妳還會嫌棄我嗎？」

邱灩轉身走向她，雙手搭著比她嬌小的小狐狸的肩膀，神情嚴肅卻真誠地對小狐狸說：「我從來沒有嫌棄過妳。」

「那妳為什麼把我丟了？」

「這是東青丘的規定。」

「什麼爛規定！爛死了！」

邱灩露出難得的微笑，說：「是。所以妳一定要轉生成人，而且要成為一個好人。證明給東青丘看，讓那些傢伙知道這是一個『爛規定』。」

她說完便轉身，一躍便登上烏雲。

烏雲眨眼間便已飄遠，屋頂上只剩下仰望夜空的小狐狸。

小狐狸面露困惑地想：「成為一個好人？好人應該是怎麼樣的？對了，得趕快去銀河洞才行，還好捷運站還沒關。」

此時一列往動物園站方向的捷運正在進站。當捷運停下、車門開啟時，她穿過屋頂，直接落在其中一節捷運車廂中。

小狐狸在黎明前趕到了銀河洞下方的步道。

此時月黑風高，四下無人，寂靜的林間卻突然傳來一陣唰唰聲，似乎有什麼東西正朝她飛奔而來。

她額間亮起三點綠光，雙眼登時轉綠，狐狸耳朵和尾巴也彈出，十指指甲也變得又長又利，全身緊繃地環顧四周，進入警戒狀態。

一個老婦蒼老沙啞的聲音隨之傳來：「唷，我還以為是誰呢，原來是我們家小狐狸啊。」

小狐狸一看，原來是阿娟。她立即收回利爪，熱情地撲上去抱住她，撒嬌道：「阿嬤！」

阿娟是個死去的寡婦，周身有著惡鬼道濁濃、不停躍動的黑影。她身材微胖，穿著清朝時期的大紅襟衫，配黑色馬面裙，相貌蒼老，卻綁著兩坨肥碩雙髻，嘴唇塗得血紅，臉又塗得死白。她雖是容貌嚇人的惡鬼，但內心仍有良善的一面，對女性、小動物或孩童都特別照顧。

阿娟拍拍小狐狸的背，慈祥道：「乖乖。」

兩人分開時，阿娟馬上就注意到小狐狸的手腕上空空如也，便問她：「妳的手環呢？怎麼不見啦？」

小狐狸將邱灩來找她的事告訴阿娟。

阿娟知道後，為小狐狸感到可惜，便說：「她就這樣把手環收走了？唉，多可惜啊。妳和麗麗好不容易才想到方法開啟第二層書庫的。」

「是啊，不過……」小狐狸賊賊一笑，「其實我和麗麗早就在打開第二層的時候，日夜不停地將架上的書都看過一遍了。雖然做不到過目不忘，但至少也記得八成，足夠我再繼續修煉十幾、二十年了。」

阿娟用小圓扇輕拍小狐狸手臂，用台語笑說：「水喔。啊對了，我記得妳以前跟我說，只要有能力開啟第二層，就代表有底子可以轉生，對嗎？」

小狐狸點點頭。

阿娟又說：「我聽說，精怪要是想轉生，必須用到屍首才行。妳還記得自己的屍首在哪嗎？」

「什麼！」小狐狸一驚，接著苦惱道，「我根本不知道！這都多久以前的事了，我怎麼會知道自己的骨頭被扔在哪？再說，我死了以後，有一段時間是沒有意識的。等到我恢復意識的時候，正在被那群亂葬崗的渾蛋當球踢呢。」

「嘿啊。唉，妳那個時候真的好可憐。阿嬤看了都心疼。」

「好險後來被妳和麗麗救了。」小狐狸感激地再次抱住阿娟。

「沒關係，妳現在這麼強。誰要敢惹妳，妳就放火燒他。」阿娟拍拍她，言歸正傳道，「反正厚，能不能找到屍骨，就只能看緣分啦。妳現在自己在內湖修行，要注意安全捏。」

「嗯。知道。」

「妳沒事就多吸吸男人的精氣，多補充、補充營養。」

「我知道，妳說過好幾次了。」

「最好是心善的男人。」阿娟警告道，「千萬不要吸食惡人的精氣，否則妳會和我一樣走火入魔，最後只能往『惡鬼道』修煉。精怪一旦進了惡鬼道，就不可能轉生了。」

小狐狸點點頭說：「這個妳也說過了。還有呢？」

「還有，同樣一個男人不能一次吸食太多或太久，最好交替著吃。」

「喔？是怕那人死掉嗎？」

「不是，是一旦對同一人吸久了精氣或鮮血，就會開始感受到那人的情緒和心聲，漸漸地，妳就會與那人產生牽絆，無法離開他太久、太遠。這樣對修行不好。」

「可是天底下哪有那麼多好男人啊？妳不是說男人大多是壞人，好人非常稀有嗎？」

「是啊，十個男人九個壞，還有一個特別壞。唉……總之，妳以後要是看到好男人，一定要馬上下追魂術，知道嗎？」

小狐狸突然想起在捷運上遇到的男人，興奮地說：「阿嬤我跟妳說，我前幾天在捷運上看到一個好男人，他看起來好好吃，我帶妳一起去吃好不好？」

阿娟苦笑道：「我現在只能吃壞人了。」

「可是壞人都很臭的。」小狐狸拉著她的手，同情道，「阿嬤好可憐。」

「不可憐，可以替天行道，慢慢折磨他們到死，我也不虧。」

此時遠方雲層間曙光乍現，晨曦給大地帶來一片祥和的光芒。

一陣山嵐飄過銀河洞時，阿娟忽然感受到一股仙氣，驚道：「唷唷，差點忘了這裡是他老人家的地盤了！我先溜囉。」話一說完，人影就消失了。

「誰？還有人比妳老？」

小狐狸正納悶，就有個男人從霧氣中走出來。

他膚色偏白，有著一雙個性的單眼皮和高挺鼻梁，看起來年齡與小狐狸的化身差不多大，都是大學生的樣子。身穿休閒的長袖帽T，窄版牛仔褲將他的長腿修飾得更長，整個人就像是從韓劇走出來的一樣。

小狐狸疑道：「你是誰？」

「我是誰？」男人似乎被她逗笑了，「妳不知道我是誰？」

「我為什麼要知道你是誰？那你知道我是誰嗎？」

男人笑道：「是一隻漂亮的小白狐。赤狐白子，在這島上不多見呢。」

小狐狸驚道：「你一眼就看出我的真身？」她心想：這男人看起來平平無奇，怎麼這麼厲害？他沒有陽氣所以不是活人，但身上也沒有妖氣、沒有鬼氣，到底是什麼東西？

男人不滿道：「胡說八道，我這麼帥，怎麼會是『平平無奇』？至於我的身分嘛，給妳一個提示。」

說到這，他頭後方顯露出一圈光環，上頭與邱灪一樣是四支光簇，也是武仙。

她立刻反應過來說：「你就是呂洞賓！怪不得能聽見我的心聲。沒想到你看起來這麼年輕！」

男人滿意地點點頭，走到她跟前，對她上下打量幾眼說：「噢？比尋常精怪多了一節靈根！」

靈根的位置就在頸椎的上方，外觀如同半透明的綠竹，唯有天眼以上才能看到。凡間只有人是「全靈根」，也就是完整的七節。樹、石節數最短，飛禽走獸多為三節，唯獨猿猴和狐族有四節，成妖之後便可再生一節，即五節。

然而，精怪要增加多一節靈根不只非常困難，更需要機緣。凡間唯有全靈根族的真心淚才能澆灌靈根。也就是入土安葬時，曾有人真心為牠們掉淚才行。而人大多時候都是利己主義，很少完全無私、真心地為他人掉淚，所以人的真心淚額外珍貴。

小狐仙疑道：「靈根？什麼靈根？」

呂洞賓沒回答她。他再催動法眼一看，大概看出了因果，便開始來回踱步，低聲自言自語：「這隻小狐狸本身就是青丘白子，死後又因為真心淚多生了一節，所以成妖後就有六節。正因為多了這麼一節，她的領悟力才會那麼高，學什麼都快。所以才能無師自通，短短幾天就成妖；又在二十幾年內，修成東青丘的基本功，法力已經勝過多數妖鬼，只要能得到法寶，轉生為人，指日可待……」

「你在那邊嘰哩咕嚕地說什麼啊？」

「稀有啊，真稀有。」呂洞賓又再走近一步，「小狐狸，妳看起來很順眼，不如認我當爺爺吧。妳要是認我當爺爺，我就教妳修行，怎麼樣？」

「憑什麼啊！才不要。」

被果斷拒絕的呂洞賓錯愕道：「不要？多少人想求都求不來。」接著又看向她的背後說，「喂，妳的尾巴毛絨絨的，好可愛喔！讓我摸摸看好不好？」

「走開，別碰我！」

她的指甲頓時變尖長，伸爪朝他猛力一揮，被他輕鬆閃過。

呂洞賓雙手放背後，笑道：「真是初生之犢不畏虎啊。」

她側身朝他一踹，又被他避開。她攻擊的速度越來越快，但朝他快攻了幾輪，都被他輕而易舉地躲過。

她暗暗心驚：好快！根本打不到他。這難道就是神仙的力量？

「妳這點拳腳功夫根本不堪一擊，怎麼不用武器攻擊我呢？亮武器出來，讓我看看。」

呂洞賓這麼說純粹是出於好意，想提點她一下。但心高氣傲的她卻誤解了他的意思，以為他看不起自己。偏偏她又沒有武器，於是氣得牙癢癢道：「我偏不給你看！」

「那妳出絕招吧。先說好喔，要是再打不過我，就要認我當爺爺喔。」

「誰理你！」她向後一躍，朝他跟前射出數片枯葉，高喊，「起！」

好幾隻腐爛的手臂霍然破土而出！

那些手馬上抓住呂洞賓的腳，但他一點掙扎、一點驚恐也沒有，只面露不悅。他一打響指，那些手便同時煙消雲散。

小狐狸的絕招是火術，但由於五行術皆耗費靈力，所以一般不會輕易使用。她見幻術對他不管用，好勝的她才開始催動火術。她雙手摸地，兩道火焰立即燒向呂洞賓，並繞著他順時針打轉，形成火圈將他包圍。

呂洞賓微微皺眉，但不是擔心自己安危，而是說：「喂，在山裡用這招就過分了！要是引起森林大火，我可要打妳屁股喔。」

小狐狸沒理他，繼續催動火勢。

火焰一下子就竄得兩、三公尺高，就在烈焰朝內彎曲，即將將呂洞賓徹底吞噬時，他忽然輕輕吹了一口氣，火焰瞬間被打滅，化成一縷縷黑煙。

小狐狸呆住了。她怎麼也想不到，呂洞賓能這麼輕易就滅了她的火。那可不是普通的火，是妖火啊！

她知道自己遲早會輸，於是她眼珠轉了一圈，開始耍賴道：「不打了不打了，你欺負弱小。」

「冤枉啊，我都還沒出手，哪有欺負妳啊。」呂洞賓朝她走來，口氣認真道，「妳這點微末的術法對付活人或是尋常妖鬼，綽綽有餘，但對於道行高的妖鬼來說，還是太弱了。」

小狐狸雖然已經認知到自己與神仙的差距，但還是嘴硬道：「那又怎麼樣！你也不要得意，只要我轉生成人，再修行幾年，肯定就會長出仙骨；到時候成仙了，就可以打敗他們，還有你！」

呂洞賓繼續朝她走來，她邊後退邊說：「你幹嘛一直靠過來？」

「看妳可愛啊。」他又說，「妳很想轉生為人？為什麼？」

「干你屁事！」

他並未動怒，而是好言相勸：「這世上眾生皆苦，當人未必就比較好過。」

「我才不信！人再怎麼苦，也比當畜牲、當妖好。」說到這，小狐狸才想起來邱灩交代她的話，便對呂洞賓說，「是東青丘的邱灩叫我來找你的。她說你可能知道轉生法寶的位置。」

「邱灩！妳不早說。這個嘛，要告訴妳也不是不可以。」呂洞賓說到這便打住，只是盯著小狐狸看。

小狐狸催促道：「那你快說啊！」

呂洞賓故意逗她：「妳叫我一聲爺爺，我就告訴妳。」

他以為小狐狸會很抗拒，沒想到她只是眨了眨眼，便甜笑道：「爺爺！」

「嗯？怎麼這麼快就……」

小狐狸拉著他的手，柔聲撒嬌道：「爺爺，你快說嘛。」

「好好好，我說我說。真不愧是狐族，撒嬌這方面的戰鬥力天下第一。」呂洞賓苦笑，「東青丘裡的祕寶，妳是碰不到了。但是現在在民間還有一組『公共』的轉生法寶，分別是驚雷珠、戲月玦和轉蓮環。既然這些法寶是公共的，妳在成功轉生後，就要物歸原位，成他人之美。」

「它們在哪裡啊？」

「水通三界，滋養萬物，這三樣法寶的所在地都在水中。當然，要是有人拿了，沒有物歸原位，就另當別論囉。」他頓了一下又說，「就我所知，這三寶都散落本島各地，傳說第一樣寶物——驚雷珠就在內湖『依山傍水圓月之地』。至於戲月玦和轉蓮環，我也不知道在哪裡，妳得自己找。之後能不能成功轉生，也得看妳自己的造化。」

小狐狸點點頭，又問他：「聽說轉生需要用到自己的屍骨，是不是真的？」

他說：「當然，而且必須在骨頭徹底腐化前。這裡的氣候溫暖潮濕，骨頭在自然環境裡，可能三十年內就會徹底裂解消失。」

小狐狸苦惱道：「那不是快了嗎？只剩不到五年！可是我根本不知道自己的骨頭在哪。」

呂洞賓有法眼能觀盡因果，方才一催動，自然也已看出了一些事，但是他不能說，因為小狐狸有她自己的機緣。

因此他隨口塘塞道：「杞人憂天。不該是妳的，強求不來；該是妳的，也跑不掉。妳要是有機緣能轉生，那麼就一定有機會找到屍骨。妳還是先找到驚雷珠再來煩惱這個吧。」

「說得也是。」小狐狸點頭應道，「好，我現在就去內湖。」

她想起了那個被下追魂術的男人，露出一抹微笑，喜孜孜地心道：該是吃他的時候了。

「喂。」呂洞賓忽然喚她。

「嗯？」

「妳下次要是再用髒我的鞋，就要賠喔。」他指著自己的球鞋說，「這可是Nike限量款。」

「什麼限量款？」

「就是……」呂洞賓欲言又止道，「算了算了，跟妳說，妳也不懂。」

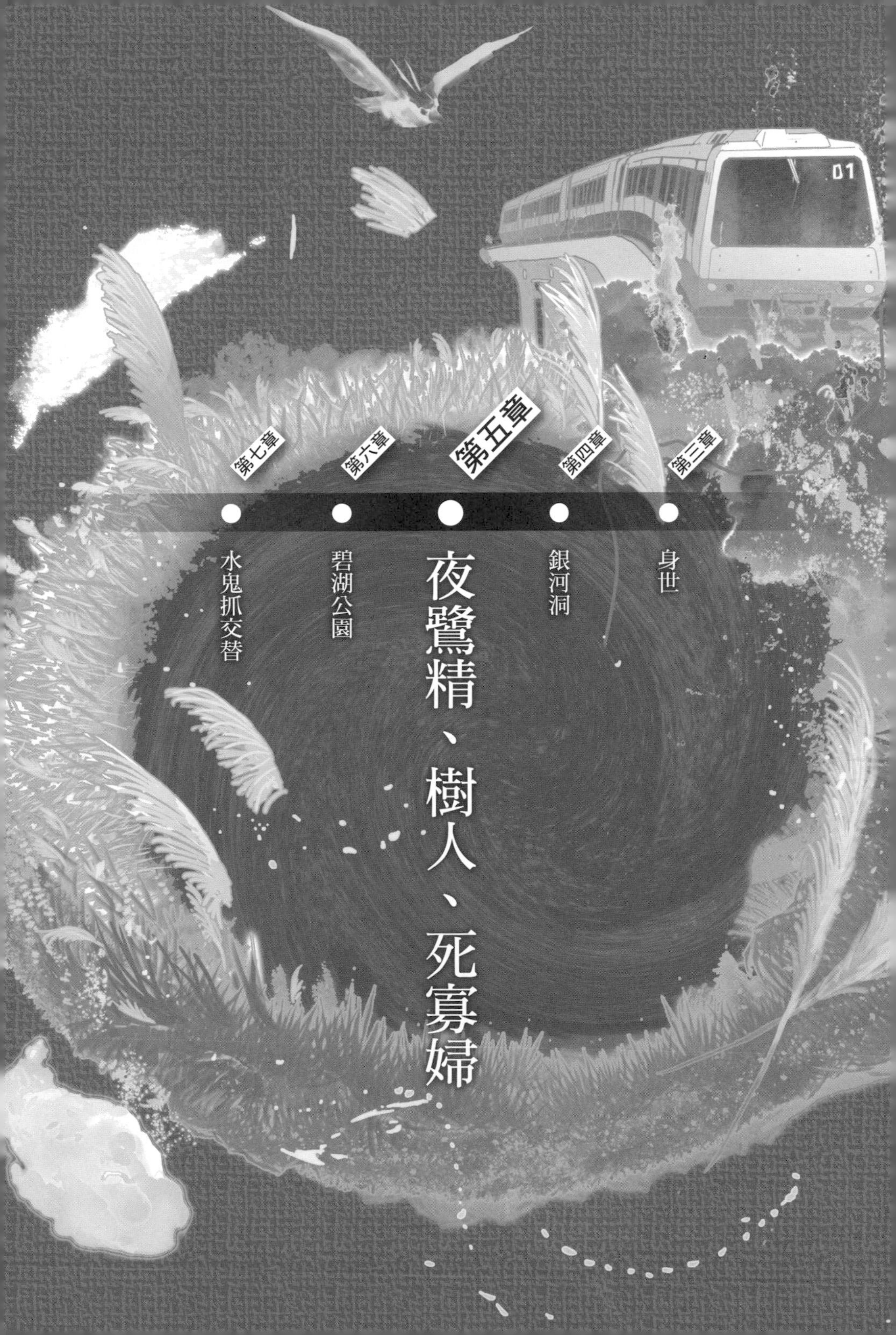

第五章 夜鷺精、樹人、死寡婦

晚上八點多，一列捷運正沿著文湖線的高架軌道前進，美工刀般將夜景上、下切割開來。

大安站的月台上，捷運正進站。

當月台門與車門一同開啟，車上的人潮如打翻的水流瀉而出。

有些人以為文湖線人流最高的站都分佈在內湖科學園區，其實根據統計，最擁擠的是松山機場站到大安站這段。

這個時間點雖然已是離峰時間，但文湖線車廂小，很容易就爆滿。排在隊伍後的許樂天提著背包，很勉強才擠上去。

時逢夏天，車廂內各種混合的氣味令他感到有點不適，他下意識地把口罩往上拉了一點，眼鏡鏡片頓時起霧。

輕微近視的他把眼鏡拿下來，環顧一圈，發現裡面空間其實滿充裕的，但其他乘客可能因為即將下車，所以都擠在門口。

他一邊說著「不好意思」，一邊努力往裡面擠時，忽然感到鼻子癢，一打噴嚏，周圍的乘客都反射性地退後一步。疫情期間，大家都對這些症狀特別敏感。

這下他可以暢行無阻地往裡面走了。

他才站定，面前的座位就有人起身要下車，他趕緊一屁股坐下。一想到自己可以坐著一路睡回東湖，他就覺得很幸運。

周圍的乘客們或坐或站，有些正滑著手機，有些正閉目養神，還有人在小聲討論捷運月票和常客優惠差在哪裡。

坐在椅上、雙手抱背包的許樂天很快就打起瞌睡。

沒多久，手機就傳來LINE的訊息聲。他睜開疲憊雙眼，打開LINE一看，是客戶傳的，就不想再細看下去，直接把手機塞回口袋。

天大的事都明天再說吧。

這時他發現車廂內的人變得好少，便感到奇怪。照理說他才瞇沒幾分鐘，最多到松山機場站，怎麼可能人變那麼少？於是他抬頭張望，想看現在到哪裡。

窗外月台柱子上寫著站名，他戴上眼鏡定睛一看，低聲咒罵道：「靠！辛亥站。」

他的聲音不大，但在安靜的車廂內，就近的乘客都聽得一清二楚，有一、兩個還掩嘴偷笑。

此時他也顧不得面子了，趁車門關閉之前，一肩揹起背包，急忙衝出車廂，上天橋走到另一頭月台等捷運。

他一開始想不通，大安站文湖線的兩個月台明明是分開的，為什麼像他這種天天通勤的上班族還有辦法搭錯。但後來想想，好像是因為他習慣一邊走路一邊玩手機，一不留神就跟著前面的人群走的關係。

這時往南港展覽館方向的捷運也進站了。車門打開時，他還不敢馬上衝上去，再三確認行駛方向後才敢上車。

車廂內乘客不多，他很快就找到空位坐下。

正當車門即將關閉時，他忽然聽到「沙沙沙」那種枝葉摩挲的聲音。

他轉頭朝聲音來源的方向一看，有兩個墨綠色頭髮、小麥色肌膚的小孩正從另一邊車門進來。他們一男一女，看上去大概五、六歲的年紀，隨著車廂前進晃頭晃腦。

小男孩頭頂有一株小嫩芽，而小女孩留著一頭齊瀏海妹妹頭，頭頂冒著小白菇。

小男孩見窗外的建築飛馳遠去，似乎很興奮，他說話的語速卻極慢：「好、快、啊……」

這是許樂天第一次見到樹人，是以他眼睛為之一亮，心裡奇道：是樹人！沒想到會在都市裡見到。聽老一輩的說，樹要成精非常困難，所以樹人非常稀有。沒想到今天居然就讓我撞見了。

許樂天很好奇他們到底要去哪，又是從哪裡來，但是車上有其他乘客，他也不好意思走過去跟他們搭訕。

他收回視線後，陡然一顫。

他正對面座位忽然冒出一個人。確切來說應該是鬼才對。她上半身穿著大紅古裝，下半身穿黑色長裙。相貌蒼老，卻綁雙髻，一點都不青春無邪，反而像是劣化的米奇。臉上脂粉塗得像水泥牆般的厚實，臉上龜裂成幾十道深深的裂紋，好像捷運一煞車，就會掉下好幾塊水泥塊一樣。

「看什麼看！」她突然拿著小圓扇指許樂天，衝著他大吼，「我是你想看就可以看的嗎？」

許樂天嚇得馬上垂下視線，假裝在玩手機，心想：怎麼捷運上什麼妖魔鬼怪都能見到？

「喂！我在跟你說話，你為什麼不理我？」

許樂天心想：遇到神經病都知道要閃遠一點，遇到發神經的鬼當然更要裝傻！

他假裝沒聽到，繼續低頭滑手機。

「難道他看不到我？」老婦自言自語道，「只是剛好往我這邊看？可是他的反應又……」

「八婆！還以為全世界的男人都對妳有意思？」一個渾厚低沉的聲音說道。

許樂天剛才已經學乖了，立即克制住轉頭的衝動，只是緩緩站起身走到門邊，假裝研究捷運路線，趁勢偷瞄。

原來他剛才坐的位子旁邊，行李架上不知道什麼時候多了一隻灰背紅眼的夜鷺精。後腦杓生有兩根細長如稻稈的白色蓑羽，就是牠最大的特色。

「干你什麼事！」老婦手沾口水梳理頭髮，「那麼多男人貪戀我的美貌，我怎麼知道他是不是也對我一見鍾情？說不定……他也想獻上精氣給我。」

許樂天一手將口罩往上拉，一手摸胸口，心想：我要吐了！拜託妳下車。

夜鷺精說：「別噁心了，誰不知道妳都是霸王硬上弓！快走吧，省得我看妳看久了想吐。」

老婦面有怒容地站起身。

夜鷺精霍然化為一個高大魁梧、皮膚黝黑的男人。他留著一頭髒辮、挑染一撮白毛，穿著還很嘻哈，看起來很有個性也很強悍。

他上前一步，語帶威嚇地對老婦說：「還不走？想打架嗎？」

許樂天一聽，推了下眼鏡，裝作若無其事地走到距離他們最遠的位子坐下，就怕被掃到颱風尾。

老婦似乎對夜鷺精有些忌憚，她往窗外一瞥，捷運即將進站，於是她扭著屁股往車門移動說：「哼，我本來就要在這站下車。你留我，我還不願意呢。」

她一下車，許樂天立刻覺得車廂內的空氣變得好清新。他吸了幾口氣，剛才的嘔意頓時全消。

台北是個不夜城。到了忠孝復興站的時候，擁擠的人潮唰地一下子湧進車廂內，坐著的許樂天一下就被兩個乘客踩到，立即悶哼一聲，腳往內縮。

有乘客一進車廂就撞到躲避不及的樹人，一臉錯愕地愣在原地好幾秒，才又被後面持續湧進來的其他乘客給推到別處。

兩個小樹人躲到沒地方躲，女的就近縮在行李架下方，男的則躲在車廂尾端觀景窗窗台處。

許樂天突然覺得他們蠻衰的，都已經那麼晚了，還是這麼多人。這幾個重要轉乘站很少有所謂的離峰時段。除非他們是深夜時間搭，否則都很難避開人潮。

想著想著，許樂天再度睡著。等到他再次醒來，已經到文德站了。

這節車廂內，只剩下他和另外三個活人乘客；一個戴耳機的正在玩手機，一對情侶頭靠在一起，正在小睡。

「其實你看得到我們吧？」

旁邊的夜鷺精突然開口，令許樂天猝不及防。他下意識回道：「嗯，你怎麼還在啊？」

一回答他就後悔了：為什麼講話這麼不經大腦啊我？

他轉頭看看那三位乘客，確定他們都沒朝他看過來，才小聲對夜鷺精說：「剛才謝謝你。那個黑山老妖實在太嚇人了。」

「黑山老妖？」夜鷺精拍腿大笑了幾聲，「真貼切！我們常開玩笑地叫阿娟『死寡婦』。不過，阿娟生前也滿可憐的，被整天上妓院的丈夫傳染了性病，丈夫發病後先她而去，她馬上就被趕出家門，後來餓死街頭。」

「也太慘了吧。嗯？那你怎麼會知道？」

「辛亥一帶就那麼點大，大家又都相處了幾百年，當然知道啦。」

「這樣啊，那你又是誰啊？」

「我啊——」夜鷺精發出一連串嘎呀怪叫。

「呃，有中文嗎？」

「聽不懂就算了。反正，」他一腳踩在行李架上，故作瀟灑地頭仰四十五度角，一撥髒辮，以台語道，「拎北是個遊俠。」

許樂天心想：其實你看起來比較像遊民……

夜鷺精又說：「我已經修行太久了，覺得生無可戀，所以總是四處逛，想找些好玩的事來做。不然整天沒事幹，真的太無聊了。唉……再這麼無聊下去，拎北都要自我了斷了。」

「不行啦，幾百年的修為就這樣沒了，太浪費了。」

「不然就一直杵在這世間嗎？我都想死了，還怕浪費修為？」

「現在流行器官捐贈、遺愛人間嘛。你可以把修為分出去啊，像是給那兩個小樹人之類的。對了，你說你原本住在辛亥一帶，那你認識那個小狐狸嗎？牠現在在大湖公園修行，說那邊風水好。要不然你把修為送給小狐狸好了，牠很想修行成人。」

「大湖公園？我還真沒去過。好，今晚就去那逛逛。等等，你說的小狐狸……是不是麗麗的寵物？」

「麗麗？」許樂天不太確定地說，「好像是吧，我不太記得牠主人叫什麼。」

「你說的是隻小白狐對嗎？情緒激動的時候眼睛會閃綠光。牠可是妖界有名的天才。」

「天才？怎麼說？」

「拎北花了九十七年才成妖，你猜小狐狸花了多久？」

許樂天對成妖這件事完全沒概念，隨便猜測道：「呃……五十年？不對，牠說牠才死二十幾年，所以應該是二十年左右吧？」

「錯！」夜鷺精比手勢說，「七天！短短七天就成妖！我活了那麼久，從沒見過這種怪事。」

許樂天驚訝地嘴呈O字，點頭同意道：「那牠確實是個天才。」

頭上長嫩芽的男樹人興奮地說：「大、湖……公、園……」他現在已經從窗台移坐到地板上了。反應遲緩的他，現在才接許樂天和夜鷺精的上一個話題。

頭上有白菇的女樹人也說：「一、起、走、吧……」她的聲音很軟萌。

夜鷺精毫不留情地拒絕：「不要，你們動作超慢。」

許樂天怕被其他乘客以為他在自言自語，就刻意背對他們，低聲對夜鷺精說：「友善、包容，好嗎？帶他們走一趟會死喔？還說自己是遊俠。強者就應該要保護弱者啊，你看他們還那麼小。」

沒想到男樹人非但不領情，反而叉腰、氣嘟嘟地說：「你……亂講！她兩百歲，我兩百二，肯定……都比你們大。而且，我們一點……也不弱，我們……很強！」

「可是你們真的看不出來哪裡強……」許樂天實話實說。

女樹人嘟起嘴說：「你再……說，我就要……跟阿姨說。等我們……找到、阿姨，你就……完蛋了。」

完全感受不到被威脅的許樂天，回以一個鼓勵性的微笑，心想：等妳找到阿姨，把這件事講完，可能是半個月以後的事了。

「笑死！」夜鷺精看戲不嫌事大，笑她道，「妳又不知道他住哪，還想找他算帳。」

女樹人委屈巴巴地掉下淚來，男樹人連忙安慰：「不哭……」他抬頭看著許樂天說，「過分……」

「嗯？干我屁事？」許樂天指指自己，又指指夜鷺精，「明明就是他。」

女樹人一哭，臉和雙臂居然慢慢轉為深褐色，而且開始出現一道道皺紋，頭髮顏色也漸漸變枯黃，令人觸目驚心。

許樂天驚道：「靠！該不會快要枯死了吧？」

他趁捷運抵達大湖公園站，立刻衝到廁所拿保特瓶裝水，然後跑回來朝逐漸乾枯的女樹人身上潑。

此時她頭髮有一半已經變成土黃色，許樂天看了不禁想到他老爸灰白又稀疏的頭髮，所以感到於心不忍。

他拍拍哭泣的女樹人說：「我們剛才只是開玩笑，你們不要當真啦。」又補了句，「不要哭了好不好？強者怎麼可以這麼輕易就流眼淚呢？再哭就不漂亮啦。」

五、六秒後，女樹人才止住哭聲，緩緩抬頭對他說：「你是說……我不哭……就漂亮嗎？」

「呃……妳要這麼理解也可以啦。」

女樹人破涕為笑，總算不再流樹汁了。

「快走吧、快走吧。」許樂天趕緊打發他們，順道趁沒人的時候，跟他們揮手，「我也要回家了，拜拜。」說完，他就轉頭往月台的方向走。

女樹人說：「他真是……好人……」

許樂天聽到樹人在誇他，得意得屁股都翹起來了，立即放慢速度，偷聽他們講話。

男樹人說：「對啊……」

「就是笨了點。」夜鷺精說，「他往反方向的月台走是要去哪裡。」

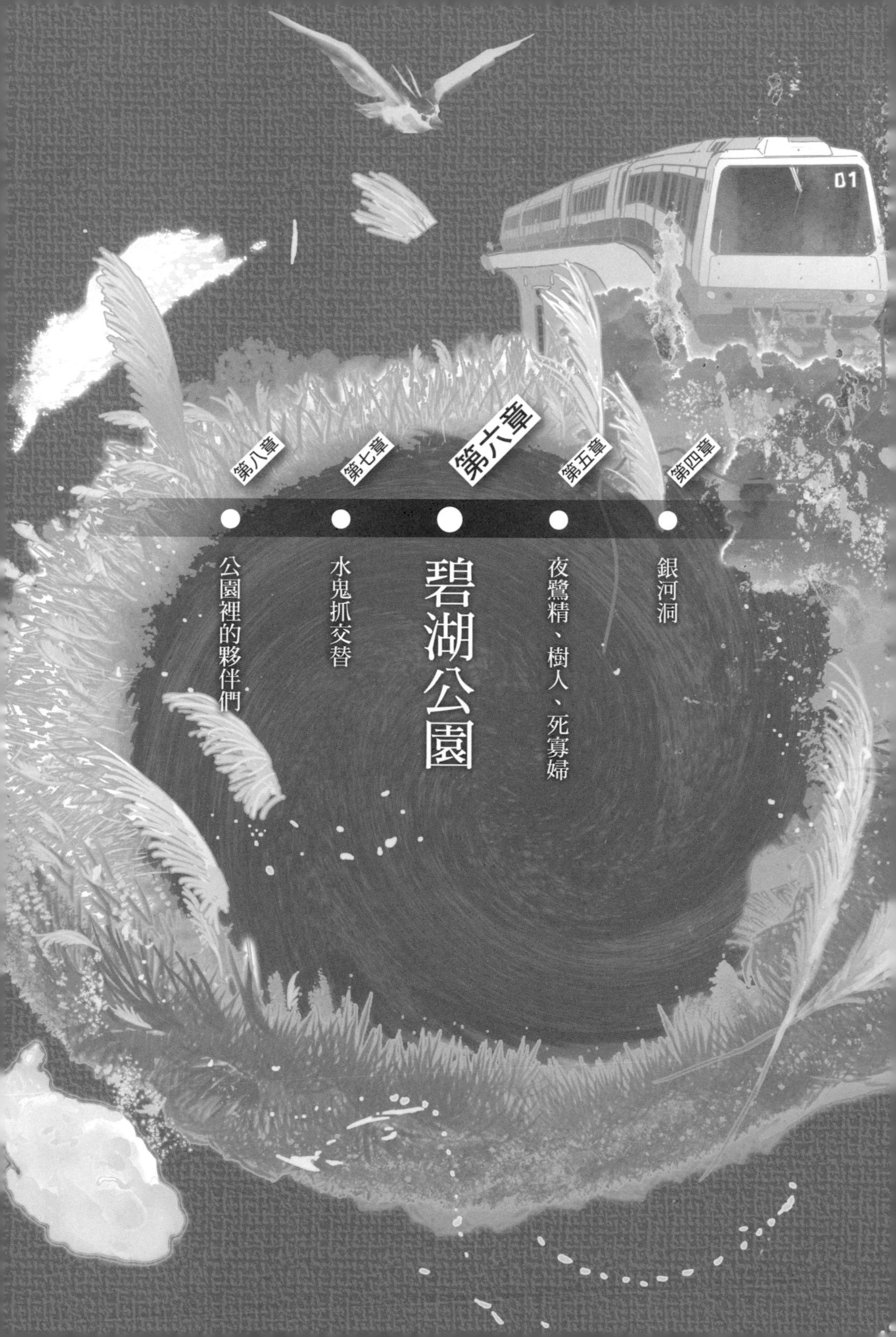

第六章 碧湖公園

幾天後的夜晚，捷運文德站附近的碧湖公園內，涼風拂過碧湖湖面，激起湖畔一陣蛙鳴。

雖已過了十點，公園內仍有些許人在散步或遛狗。

身穿襯衫、卡其褲、揹著背包的許樂天站在公園內的兒童遊戲區東張西望，似乎在等人。

寶可夢熱潮雖已過，但許樂天還是很愛抓寶可夢。他得知今晚碧湖公園有稀有神獸——水君，就匆匆搭捷運趕過來了。

神獸只有VIP團體戰才會出現，但是他在這等了老半天，都沒有其他玩家，根本沒辦法打團體戰。

他東張西望後，唉聲嘆氣道：「神獸『三鳥』早就已經集齊了，『三獸』就只差一隻水君。今天要是再打不到，又要再等好久。拜託，快來幾個玩家啊……」

就在這個時候，一隻棉花糖般的小白狐穿過遊戲區的沙池，直奔他而來。

他瞥了一眼，覺得眼熟，正在回想自己在哪看過時，小白狐停在他跟前，仰頭咧嘴而笑：「又見面了，我們真有緣。」

他馬上就想起來了。

「是你啊！」他又驚又喜地蹲下來對牠說，「真的好巧喔！你怎麼在這？」

「沒事閒逛而已。」牠回問他，「上次忘了問你，你叫什麼名字？」

「許樂天。你呢？」

「小狐狸。」

他心道：這哪是名字啊？

接著他想到了什麼，又問牠：「喔。對了，我戴著口罩，你怎麼認得出我？」

「不告訴你。」牠搖了下尾巴，「除非……你答應我一件事。」

「什麼？」

牠低下頭，彷彿有些害羞地說：「我這幾天四處流浪，晚上都睡得不安穩，你家能不能讓我借住幾天？」

許樂天有些為難地說：「可能沒辦法。我聽說人鬼、人妖殊途，不能待在一起，否則對雙方都有害。」

「只待幾天不會有影響的。」小狐狸抬起頭，無辜的圓眼望向他，可憐兮兮地說，「拜託你嘛。」

「呃……」他搔搔頭，有些動搖了。

小狐狸又低下頭，發出嗚嗚的哀鳴。

他一時心軟，忙抱起牠，柔聲安撫道：「好啦好啦，我答應你，不要哭了好不好？」

「真的？」小狐狸對上他的視線，水汪汪的大眼惹人憐愛。

他摸摸牠的頭，語氣加重強調：「真、的。不過你得等我一下，我還要再待一陣子。」

牠瞄了一眼他沾到狐毛的手，見它們迅速隱沒，雙眼登時閃了一下綠光。

「好。那我先在公園裡晃晃。」

「你還是別亂跑吧。這湖每年都會死人（註1），而且屍體撈上岸後都是枯骨，死因都是不明。老一輩的都說他們是枉死的，死後還會在公園徘迴，所以過了晚上十二點，這裡陰氣就會變得很重，我們在地人都不會待超過十一點半。你要是迷路了，一不小心待到十二點怎麼辦？」

「不會的，我只是附近看看而已，馬上就回來。」

「可是我要離開的時候，找不到你怎麼辦？」

「我聞得到你的味道。要是你走遠的話，味道就會變淡，我就會馬上來找你。」

他恍然大悟道：「原來是味道啊！所以你是前幾天記下了我的味道，剛才才有辦法認出我吧。」他頓了一下又說，「可是……」

小狐狸撒嬌道：「這是我第一次來碧湖公園，你就讓我逛一下嘛。」

「好啦好啦，」他叮嚀道，「別跑太遠喔。」

「嗯，你放心。」

他輕輕把牠放到地上，還是不太放心地說：「你自己小心。」

小狐狸邊跑邊回他：「知道。」

待小狐狸跑到公園轉角，路燈照不到的陰影處，才化為人身。

她轉頭看向許樂天，賊笑道：「真笨，你什麼時候離開，當然是我說了算。」

隨即開始對著空氣筆畫，特別在他四周佈下無形結界，讓他走不出方圓五十公尺。

碧湖公園內除了湖以外還有座小山丘，她環顧一圈，看見夜空中高掛的弦月，思酌道：「呂洞賓說驚雷珠就在內湖『依山傍水圓月之地』，不知道會不會就藏在這？」

許樂天繼續在兒童遊戲區等打團體戰，但還是沒出現其他玩家；時間一過十一點，他再怎麼不甘願也只能放棄。

他四處張望，眼下公園內沒其他人，也沒有小白狐的身影。他開始擔心起牠的安危，便打算快速走環湖步道一圈找牠。但沒多久，他就發現自己被困住了。

註1：碧湖公園幾乎每年都有人身亡。死因多為溺斃，亦有上吊、失足或死因不明等等，因此當地傳說湖裡有水鬼在抓交替。

不管他走了幾步，前方的路燈還是離他一樣遠。但他回頭走，卻可以很快就走回兒童遊戲區。

他又往另一個方向，公園的出入口走，但最遠就是只能到九曲橋橋口。

他開始發毛了，心裡暗罵：靠！鬼擋牆？不會這麼衰吧？

公園到了晚上本就昏暗陰森，此時又是四下無人，一點風聲就足以令他心慌。

他原想離湖邊遠一點，但他一轉身往兒童遊戲區一看，那裡忽然出現一大群小孩子！

孩子們在沙池裡嬉戲，旁邊有兩個小女孩正在盪鞦韆，還有個小男孩站在木船的高處對他招手，要他過去。

「叔叔，過來啊！」

原本正在盪鞦韆的兩個小女孩也對他喊：「叔叔，快過來幫我們推。」

他嚇得後退幾步！從小就看得到鬼，不代表他不怕鬼啊。尤其是這種小鬼，鬧起來比誰都瘋，完全不講理也不講邏輯的。

「他看得到我們。」孩子們開始竊笑了起來，「嘻嘻嘻……」

「咯咯咯……」其中一個小女孩緩緩從鞦韆起身，開始朝他飄來。

他轉身就跑，偏偏就是跑不出公園。這時他異想天開，想著：說不定走九曲橋到湖的另一頭，就能破解鬼擋牆了。

他狂奔上橋，沒想到最遠卻只能到橋中間的白色八角亭，沒辦法再走到湖的另一邊。那個小女孩飄到九曲橋口就停下，似乎不敢再靠近。她聲音空靈地對他說：「叔叔快回來，不然會被吃掉喔。」

他快被那群孩子嚇死了，哪敢再回去。

他想打電話報警，但是他才拿起手機，看到螢幕顯示時間 00:01，都還沒解鎖，就自動關機了！

「怎麼會這樣？」他試圖將手機開機，但手機像是沒電似的，完全沒反應。

他站在涼亭的石椅上，朝公園外的大馬路方向揮手求救，希望有路人經過時，能看到他。

「救命！救命啊！有人嗎？喂！」

但此時公園外只有呼嘯而過的汽車、機車，根本沒人經過。

他轉頭往來時的方向看，這下好了，九曲橋口又多了兩個小孩。他們不再招手叫他，就只是死死地瞪著他，好像在埋怨他，又好像在守株待兔一樣。

他頹喪地坐下來，喃喃道：「該不會要等到天亮吧？」他東張西望道，「不知道小狐狸在哪，現在怎麼樣了。」

按理說他現在驚魂未定，應該是處於精神緊繃的狀態，但他不知為何突然萌生睏意。

感到頭昏昏沉沉的，他眨了眨眼，扶額道：「奇怪，我怎麼……」話還沒說完，他便失去了意識。

他上半身趴倒在桌上的同時，橋口的孩子們像是察覺到了什麼，面露驚慌地往遊戲區的方向逃跑。

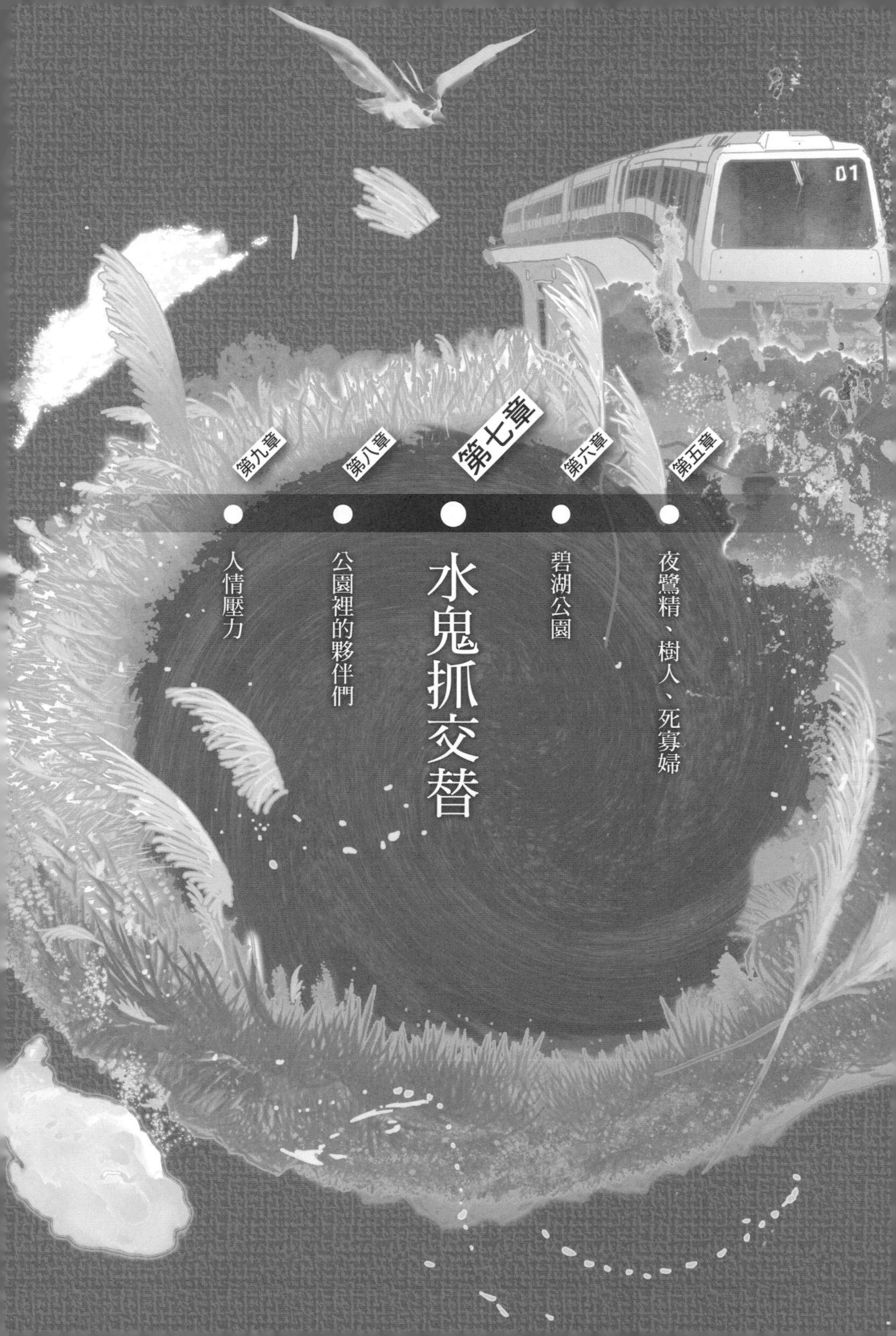

第七章 水鬼抓交替

公園的另一頭，位在木棧道上方觀景台的小狐狸正倚著欄杆，以手托腮，凝視著平靜的湖面。

她有些失望道：「這公園的『勢』是沒辦法養法寶的。驚雷珠不在這裡的話，會在哪裡呢？」

「勢」無關規模大小，而是風水格局。法寶需要風水寶地滋養，如果置在不夠格的地理環境，周遭的山水很快就會被吸盡靈氣而顯現破敗之相。

在野外仰賴天地靈氣修煉的精怪，天生對「勢」額外敏銳，因此小狐狸在這繞一圈，便知法寶絕無可能在此。

突然間，湖面起了一圈圈漣漪。

她鼻子動了動，警覺道：「有妖氣！」同時往後一躍，遠離水面。

水下有妖，氣場還不弱，可能還與我不相上下。

她心中琢磨之際，數道人形鬼影正迅速往湖的對面游去。

還有水鬼！

她順著他們移動的方向，往遠方看去，是九曲橋。

小狐狸有股不祥的預感，再用追魂術一看，一道白光在橋中央的涼亭上方亮起。

「他在涼亭裡做什麼？」

待她趕到橋旁時，涼亭下方的碎石坡上，面朝下趴著的許樂天正被一雙蒼白浮腫的手臂拖下水。

小狐狸氣得耳朵都彈出來了。護食的她罵道：「我的食物，你也敢搶！」當即高高躍起，兩手各夾數片枯葉，朝那隻水鬼凌厲射去。

被灌注法力的葉子猶如飛刀，「唰唰」割破水鬼雙臂。水鬼吃痛，立即收手，沒入水中。

豈料下一秒，另一隻水鬼嘩啦一聲破水而出，接棒將許樂天拉下水。

當他真的「滅頂」時，小狐狸氣得跳腳大罵：「王八蛋！我一口都還沒吃耶！」

她衝下湖濱草坡，正要跳水時，卻突然猶豫了。

雖然她會游泳也想搶回許樂天，但她並不擅長水戰，更何況這湖裡不只有數隻水鬼，還有尚未露面、潛藏在深處的水妖。但是不搶，她又會心痛，那可是稀有的好男人啊！要是許樂天沒了，她去哪找別的好男人啊？

她糾結之際，許樂天的手突然破水而出，似乎在努力掙扎求救，但下一秒又再次沉進水裡。

「啊——」她雙手抓髮怒道，「最討厭別人跟我搶吃的了！」眼神中倏地多出一股堅定，「看來要搶回來，只能費些靈力了。」

水面之下，許樂天一被拖入水，整個人就瞬間清醒。

湖水混濁骯髒，他雙眼一睜，發覺周遭暗得幾乎什麼都看不見，同時眼睛感到一陣刺痛，只得再閉上雙眼。

感覺腳踝被人抓住、正在往下拉。他雙腳狂踢，但什麼都沒踢到。他揮動雙臂，試圖往上游，身體卻還是一直下沉。他肺裡快沒氣了，雙臂朝上，用盡全力一蹬，身體霍然上升。

他想喊：救命！我不會游泳！

但他手才露出水面，就感覺往下拉的力道猛然增強，於是整個人加速下沉。

就在這個時候，他感到似乎有東西掉入水中，接著一股強大的衝擊波朝自己襲來，他瞬間被撞出去，肺裡的氣也全都吐出來。

正當他反射性想張嘴呼吸時，忽然有什麼東西堵上了他的嘴，度氣給他，腳下的力道消失了，而且手正被人往上拉。

誰？是誰救了我？

他一張開眼，昏暗之中，赫然看見一個長髮飄盪的女人正拉著他往上游。

女人！

有恐女症的他，頭一個後仰，當場嚇昏。

小狐狸粗魯地把許樂天扔在九曲橋旁的環湖步道上。這裡離湖面有段距離，水鬼沒辦法靠近。

方才在兒童遊戲區玩鬧的小鬼們都湊過來看，興奮地頻頻問小狐狸：

「他死了嗎？」

「死了沒？可以幫我們推鞦韆嗎？」

「姊姊為什麼要把他撈起來？他死了不是更好嗎？」

小狐狸不耐煩道：「都給我閉嘴！閃一邊去！」

她嘴對嘴灌氣給許樂天時，小鬼們又鼓譟道：「親親！親親！」

小狐狸將小鬼們趕跑後，地上的許樂天忽然皺起眉，劇烈地咳嗽了起來。

她趕緊變回本尊白狐的樣子，蹲坐在他旁邊。他吐出了些湖水，才總算止住咳嗽。

他坐起身，小狐狸便說：「你不是住內湖區嗎？這裡有湖又有河，你居然不會游泳，真奇怪。」

他這才注意到牠，問牠：「剛才是誰救了我？」他環顧一圈，四下哪有別人，於是又問牠，「該不會是你吧？」

「那當然！活人哪打得過水鬼。」小狐狸仰頭，很是自豪道，「你剛才都沒看見，我用靈力彈一下子就震飛了五隻水鬼喔。」

他激動地抱住牠直道謝，又說：「沒想到你那麼有義氣。」接著他有些疑惑地說，「可是我剛才在水裡看到的，好像是女人……」

「一定是你看錯啦。」

「喔，也是。這裡根本沒有別人。」他抱緊小狐狸，感激地說，「以後我家就是你家，你想住多久就住多久。」

「真的嗎？這可是你說的喔！」在他懷中的小白狐眼睛再度閃過綠光，咧嘴而笑。

清晨的微光照亮了許樂天的家。

他家只有他一個人住，房子不大，走的是簡單現代風，整體呈灰白色調，沒有複雜的裝潢和家具，看起來乾淨清爽。不過廚房占的比例很大，除了L型的歐化廚具以外，還多了一個中島。上頭琳琅滿目的廚具、電器處處透露著屋主常料理的習慣。

臥房內，遮光的白色窗簾隨風擺盪，灑進室內的陽光也彷彿因此有了生命，在床上、地上跳動著。

許樂天睡得正熟，小狐狸在他身旁坐下，他也絲毫未覺。

沒有了眼鏡和口罩遮臉，他的全貌在沉睡、放鬆的狀態下顯得更為舒展。

這是小狐狸第一次認真端詳他俊帥的面容。他的臉型窄卻有稜有角，眉眼深邃，鼻梁高挺，嘴唇略薄，整體形象疏離高冷。

她嘴角微勾，心裡暗笑道：誰能想到你是個單純好騙的傻子。

她將一邊髮絲別在耳後，俯身向下，輕輕覆上他的唇，開始吸食精氣。

感覺到源源不絕的力量湧入喉中，又隨即化入體內，欣喜不已的她，瞳色立即轉為瑩綠。他的精氣比她想像的更有效，也更美味。不過幾秒鐘，她的靈力就全恢復了，而且感到神清氣爽。

她津津有味地吃到一半，他就忽然睜開了眼。兩人四目相交，她一驚，正想著要怎麼向他解釋，他就雙眼一翻、嚇昏了。

她忍不住笑了出來，食指戳戳他的額頭，小聲道：「膽小鬼。」

他的氣味很合她胃口，她的食指從額頭一路滑下鼻梁，最後停在嘴唇。

她滿意地說：「這個宿主真香。」

不久，床邊櫃上的手機鬧鐘響起，闔著眼的許樂天，右手在櫃上胡亂摸索，摸到手機後，便用大拇指滑過螢幕，將鬧鐘關閉。

他很快就感到有些喘不過氣，睜眼一看，小白狐正縮成一球睡在他胸口上。

噢，一醒來就被牠萌到了。

他微微一笑，溫柔地撫摸了牠兩下，將牠輕輕抱到一旁才坐起身。

他揉揉凌亂的頭髮，打了一個呵欠，邊伸懶腰邊說：「怎麼感覺好累？」

他自然不知道自己被吸取了精氣，還以為精神不濟是因為太晚睡的關係。

接著他下意識地瞥向床頭櫃，又左顧右盼地找眼鏡；視線再度掃到小白狐時，才想起眼鏡昨晚掉在公園了。

他被小狐狸救上岸的時候，已經很晚了，又加上現場昏暗、手機又開不了機、沒辦法照明，所以他附近找了一會沒找到便放棄。

此時他忽然感到眼睛一陣刺痛，便馬上走進廁所照鏡子，眼睛果然又紅又腫，他對著鏡中的自己說：「一定是湖水太髒了。」

他打電話請了一天假後，換上衣服，便走到廚房，打算隨便吃點東西當早餐。現在他看什麼東西都糊成一團，瞇著眼睛對咖啡機用了半天才泡好一壺黑咖啡。

咖啡的香氣濃烈，床上的小狐狸鼻子動了動，馬上就被這香氣吸引到廚房。牠站在許樂天腳邊，抬頭仰望著他。

「你醒啦？」他看向地上的牠，將牠抱到一旁的餐桌上，又將咖啡和葡萄乾吐司放到桌上後才就坐、用餐。

「這是什麼啊？」小狐狸的小爪指向咖啡。

「這是咖啡，提神用的。」他說完便拿起馬克杯喝了一口。

小狐狸對這個味道深深著迷，牠吸了一口氣，滿足地閉上眼、動了動耳朵道：「好香啊！」

喝到一半的許樂天驚覺咖啡突然沒味道了！

「嗯？」他愣了一下再喝一口，還是沒味道。

怎麼會這樣？我該不會得了新冠肺炎、失去味覺了吧？

這時小狐狸又指著餐盤問他：「這又是什麼？」

「葡萄乾吐司。」

小狐狸點點頭，鼻頭湊近盤子再深吸一口氣。

許樂天看出端倪，急道：「不會吧。」他咬下一口吐司，果然味道也沒了，「你把它們的味道都吸光了？」

「對啊，我是妖，吃東西都是用『吸』的。」

「那你也吃得太乾淨了吧，一點味道也不留給我。」

「它們太香了嘛！我從沒聞過這麼香的東西。」牠對他眨眨眼。

他又喝了一口咖啡，味道像熱開水；又再吃了一口吐司，真是味如嚼蠟。

「算了。」他無奈地放下吐司，問牠說，「你這樣吸味道，就會飽嗎？」

「當然吃不飽啊，我還是要吸食天地靈氣才行。人類的食物對我來說就像是零食，好吃但不夠營養。」

「說到這個，你之前不是說要去大湖公園修行嗎？為什麼你昨晚說，你這幾天都睡不安穩？」接著他想起大湖公園的勾魂曲一事，又說，「難道你遇到水鬼了？」

「沒有，但是我一直感受到很重的陰氣，那裡一點也不像你和麗麗形容的『好風水』。」

他想了一會說：「其實白天的時候，尤其是晴天，大湖公園都很正常，甚至可以用『山明水秀』、『風景如畫』來形容，或許你可以等到晴天的時候，再在白天時去看看。」

「白天？」

「對。」他將食物收到廚房水槽，對牠說，「我得去看眼科，順便去配眼鏡，大概中午才會回來。」

「跟我說這個幹嘛？」

「喔。」他搔搔頭，「我也不知道為什麼，就覺得應該跟你說一聲。等我回來，再做烤雞給你吃。」

「烤雞？你會做烤雞啊？」小狐狸聽了開心地搖起尾巴。

「是啊，我很喜歡煮飯。只不過最近因為常加班的關係，不是每天都有空自己煮。現在的案子結案之後，應該就不會那麼常加班了。」

「雞肉超香的！」小狐狸對許樂天心生一咪咪好感又有點得意。牠心想：這人好賢慧啊，不愧是我選的，我眼光真好。

「你喜歡雞肉啊，那以後我常常煮雞肉給你。」他彎腰摸摸牠的頭，對牠露出微笑，「好啦，我先出門，拜拜。」

他一離開，小狐狸便變成女孩樣貌，歡呼一聲。一邊嘴裡唸著「雞肉、雞肉」，一邊快步走到廚房，捧起咖啡機上的咖啡壺來聞。

她閉上眼，露出一個心滿意足的微笑。接著她湊近咖啡機嗅聞兩下，又好奇地啃起咖啡機。

啃到一半，她突然停下動作，自言自語道：「為什麼會突然夢到那個夢呢？」

她剛才吸完許樂天的精氣、在他身旁入睡後，就夢到一個小時候常做的夢。確切來說，是她剛成妖時，常做的夢。

夢裡，大樹下有個打赤膊、穿短褲的小男孩背對著她、跪在地上，雙手似乎正在埋東西。他的肩膀微微地顫抖著，似乎在哭泣。

她好奇地走向他，正想拍他肩膀，問他在埋什麼的時候，就被咖啡香給香醒了。

想到這，她一臉迷茫地再次問自己：「這麼多年沒夢到，怎麼今天又突然夢到了呢？」

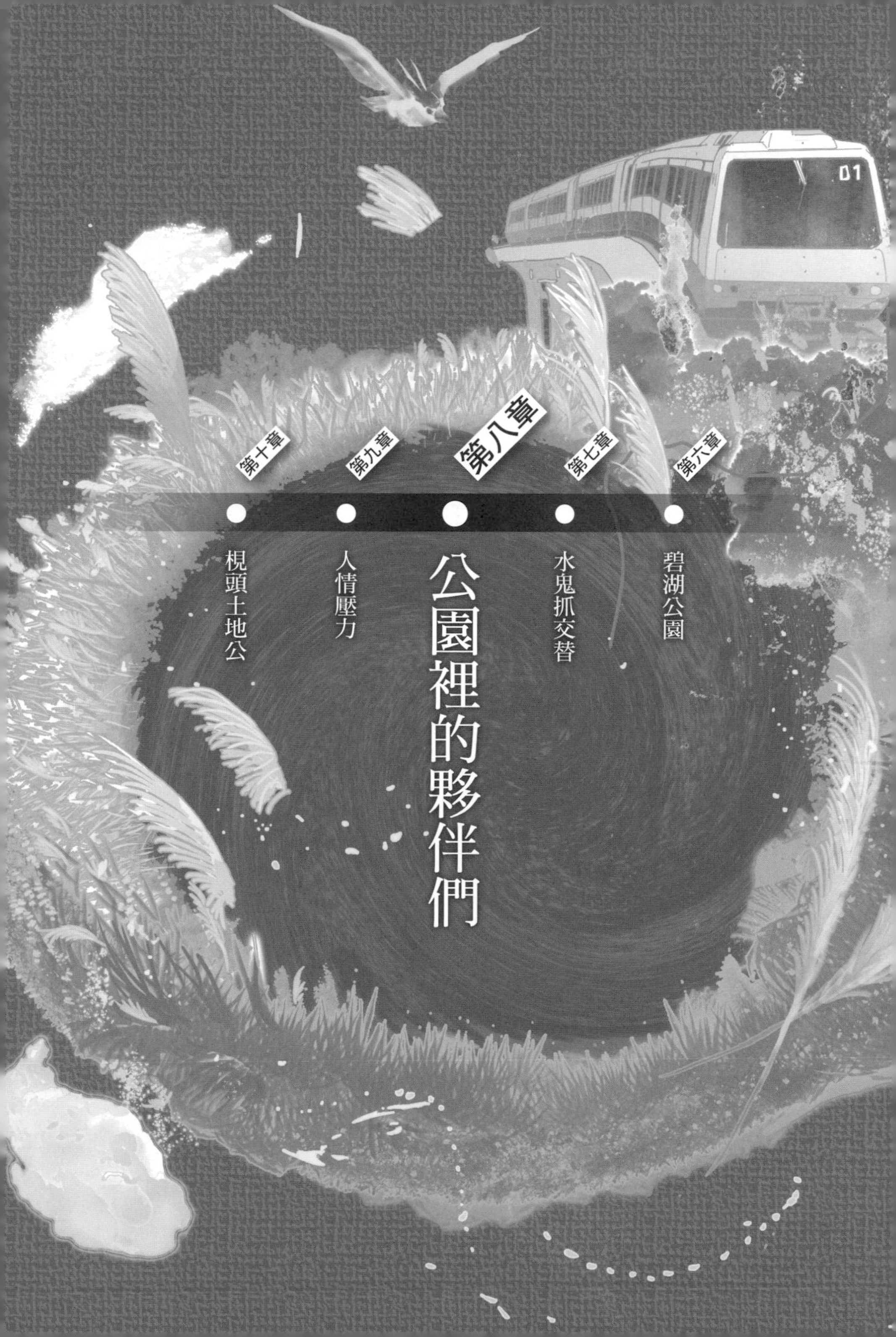

第六章 碧湖公園

第七章 水鬼抓交替

第八章 公園裡的夥伴們

第九章 人情壓力

第十章 梘頭土地公

日正當頭，陽光炙熱，飛鳥掠過大湖公園捷運站上方。

大湖公園內實際上不只有一座湖，而是一大湖連通兩小湖。而大湖上，橙中綴白的「錦帶橋」與紅白相間的「水榭歌臺」相映成輝，同為大湖公園的標誌。

小狐狸化身為女孩，不懼豔陽，站在捷運站的屋頂上，俯瞰眼前的公園。

果然如許樂天所說，晴朗無雲的日光下，這裡山青水秀、靈氣充裕、鳥語花香，哪有半點入夜後陰森恐怖的樣子。

她初時雀躍道：「沒想到這裡的『勢』這麼好！」

大湖公園的「勢」絕對可以養得起法寶，而且這裡也是她目前見到風水最好的地方，但是小狐狸並沒有感受到異樣的氣息。

她輕嘆一口氣，自我安慰道：「雖然驚雷珠不在這，但在這修煉也很好。只不過……內湖那麼大，又該從哪裡找起？」

此時偌大的大湖公園幾乎沒有人，湖畔的飛禽也都躲在樹上或叢中乘涼。她直接從捷運站屋頂縱身一躍而下，輕巧地落在地面上。一個人在公園裡閒晃，對新環境很滿意。

樹梢上一陣嘎嘎鳥鳴打斷了她的思緒，一個男人的聲音從她頭頂上方傳來：「好久不見啊，小狐狸。」

這聲音好耳熟。

小狐狸一抬頭，便看見一個高大黝黑的男人從樹上跳下來，渾身散發著妖道第四階「薄雲階」，較深邃的琉璃藍光暈。

她看他一眼，就認出是夜鷺精，沒好氣地說：「你也在這啊。」

夜鷺精是都市化的精怪，很少出現在山裡，所以他們過去雖同住在辛亥一帶，但彼此並不熟。

夜鷺精摘下了太陽眼鏡，對她說：「有個男人特別麻煩我照顧妳，還勸我把道行都過給妳。」

「誰？」

「就……」一個男人。」他絞盡腦汁後又擠出一個形容詞，「靈魂特別乾淨。」

「你說許樂天啊？」

兩人又形容了一下許樂天的長相才確認是在說同一個人。

「拎北身為一個遊俠，自然是要說到做到的。我想了好幾天，終於決定要怎麼照顧妳了。」夜鷺精挺胸道，「我決定認妳當孫女，以後就有我罩妳了。來，叫阿公。」

小狐狸回以一記白眼，抗拒道：「又來了，怎麼到處都有怪北北要認我當孫女！」

夜鷺精一聽火就上來了，急道：「妳說我是怪北北？等等，妳說『到處』？哪個不要臉的東西要妳叫他阿公？敢跟拎北搶孫女！」

「呂洞賓啊。」

夜鷺精還不信了，哈哈大笑幾聲後說：「小孩子就是小孩子，終究是too young, too naive。八仙都是沒官職的散仙，每位都過著閒雲野鶴、雲遊四海的日子，哪那麼巧讓妳遇到。妳肯定是被人騙了！不過沒關係，下次讓拎北看到他，一刀把他砍成兩半，替妳出氣。」

小狐狸露出一抹賊笑，說：「這可是你說的喔。」

「當然。」夜鷺精繼續催促，「別管那不要臉的傢伙了，快叫我阿公啊！」

「才不要！認你當阿公有什麼好處？」

「呃……」他想了一會忽道，「有了！妳要是認我當阿公，我就教妳煉武器，怎麼樣？」

「真的？」小狐狸驚喜道。

「當然是真的。而且我還會教妳如何將靈力灌注到武器上，這樣進攻力道可以更精準、集中，殺傷力也可以加倍。喔對了，還能和武器搭配創造新的招式。」

小狐狸心道：上次和呂洞賓過招就是因為沒武器，所以輸得那麼難看。煉出了武器，就算還是打不過，起碼不會像上次那樣輸得那麼慘吧！

想到這，她立刻態度放軟，拉拉夜鷺精的籃球球衣，用軟萌的聲音撒嬌道：「那要怎麼煉啊，阿公？」

夜鷺精活了那麼久，還是第一次被狐狸精撒嬌。他感到一陣暈眩，渾身說不出的舒坦無力，奇道：「孫女妳這是什麼招術？殺傷力好強啊！」

「哪有什麼招術，不就是撒嬌嗎！」

夜鷺精這才想起了什麼，說：「喔對，我聽說蛇妖和狐妖天生就魅力十足，根本不用另外修習媚術，就能輕易蠱惑人心。」

「那你還不快教我怎麼煉武器。」

夜鷺精定了定神，道：「妖有個優點是鬼沒有的，那就是我們能將魄體的一部份挪作武器。妳看我這條白辮。」他一摸後腦杓那撮白辮，馬上就化為彎刀，「這是我的蓑羽變的。」

「哇！」小狐狸興奮地蹦蹦跳跳，將刀搶過來把玩，「你這把直接送我吧。」

「想得美！用魄體轉化而成的武器，只有自己可以用。」夜鷺精又說，「妳也可以用妳的魄體轉作武器，至於是什麼武器，就看妳的喜好。」

小狐狸看了一下自己的手腳，又露出了狐狸耳朵和尾巴，問他：「我能用哪裡做武器？」

夜鷺精繞著她打量一圈，說：「尾巴吧。我看它很適合當雞毛撢子。」

小狐狸回以一記白眼，說：「少拿我珍貴的白狐尾和野雞毛相提並論。」

她回想自己看過藏經環裡的兵器譜，便說：「當長鞭還差不多。」

「也行，鞭子的話，可以遠距也可以近身攻擊。反正武器的外型是可以改的，妳用得順就好。」夜鷺精又說，「妳先用靈力把尾巴割斷。」

「啊！那要接不回去怎麼辦？」

「不會啦。我當初還不是照樣把蓑羽給割了做彎刀。」

「你的蓑羽怎麼能跟我的尾巴比！夜鷺可以沒有蓑羽，但狐狸不能沒有尾巴。」

「什麼話啊！妳不用的時候，再用靈力把它接回去，不就得了嗎！妳看。」夜鷺精把刀往頭後一放，又變回白辮。

「不行，太危險了。」小狐狸還是猛搖頭，緊抓著尾巴。

「快點啦！婆婆媽媽的。」

這時，一個小女孩從一棵樹幹後探頭出來，散發的光暈與小狐狸一樣是湖水綠色，同屬「湧泉階」。她頭上長的那朵小白菇特別顯眼。

「不用怕，我也是用氣根做了這個，真的可以再接回去。」她對小狐狸說，「妳快點做出來，我們一起練習。」

小狐狸瞧瞧她手上的東西，疑惑地說：「這不是笛子嗎？」

「是吹箭。」夜鷺精招手要小女孩過來，「小白菇，妳最近講話越來越快啦。」

小白菇害羞地走到夜鷺精和小狐狸面前說：「嗯，這裡靈力很多，所以我的功力也進步得很快。」

夜鷺精又對小狐狸說：「小白菇在這生長的速度很快，所以可以轉化出源源不絕的箭。之後練出飛箭，殺傷力更強。」

小狐狸點點頭，鼓起勇氣使用靈力將尾巴割斷，問夜鷺精：「然後呢？」

夜鷺精回道：「妳先想像鞭子的形狀，然後用靈力把尾巴煉成鞭子。慢慢來，不要急。多試幾次就會成功了。」

小白菇鼓勵道：「我也是花了整整兩天兩夜才成功。」

沒想到兩人話才說完，小狐狸就成功煉出一條潔白的長鞭。

夜鷺精和小白菇震驚得目瞪口呆，夜鷺精先回神道：「妳這個是幻術吧？怎麼可能第一次就煉出來，而且這麼快？」

小狐狸說：「我沒用幻術啊。不信，你試試。」

她忽然調皮一笑，甩鞭而出，立即將夜鷺精五花大綁。

小白菇這時才回神，她開心地拍手道：「好棒好棒！妳成功了！」

小狐狸說：「妳那麼開心幹嘛？我煉成武器，干妳什麼事？」說完又將鞭子收回道，

「做成伸縮鞭更好。」

她再次甩鞭，這次將夜鷺精和小白菇捆在一起。

小白菇仍傻笑道：「我也不知道啊，可是我就是高興。」

「哼，又一個傻子。」小狐狸說是這麼說，但還是示好地捏捏小白菇有些嬰兒肥的臉。

陸生動物與草木天生有著密切的關聯，只要是陸生動物修煉成的精怪都對草木系精怪有種微妙的情感，會下意識地照顧、保護他們，尤其是樹人。因此樹人可以說是精怪界人緣最好、團寵等級的存在。

「喂！還不放開我！」夜鷺精說，「我要是用刀把鞭子劈開，也會傷到妳的魄形。」

小狐狸收回鞭後又好奇問小白菇：「妳為什麼要選吹箭當武器？」

小白菇道：「以防萬一而已啊。」

夜鷺精補充說：「樹人天性溫和善良，討厭暴力，從不主動攻擊。就算小白菇現在使用靈力加快速度，也還是比不上人，更不用說我們這些妖了。而且他們對人有根深蒂固的恐懼，所以比較適合遠攻型的武器。」說到這，夜鷺精有些憂心地說，「做這吹箭，雖說是要防身，但依他們的性子，真要遇到危險，可能還是沒什麼用。」

小白菇天真地說：「不會的，只要我們不要招惹別人，別人就不會傷害我們的。」

夜鷺精說：「天真！妳以前住深山裡，現在住城市裡，能一樣嗎？」

小白菇困惑道：「為什麼不能一樣？」

「呿！」夜鷺精懶得多做解釋。

與此同時，小狐狸謹慎地施加靈力，將鞭子變回尾巴。直到她順利接回去後，才鬆了口氣。

夜鷺精忽想起一事，提醒小狐狸：「這公園的『勢』雖好，但湖裡有妖又有很強大的惡鬼，吸走了大半天地靈氣。只有晴天的時候，日光才能震住他們。所以妳以後來都要選現在這種陽光普照的時間來，才能吸收到純陽的天地靈氣。還有，妳要是晚上在這附近，最好離湖遠一點，和我們一樣待在捷運站附近。妳道行不錯，直接在捷運站裡過夜也行。」

既然他提到了勢，小狐狸趁機打聽：「你們有沒有感受到這裡藏有法寶？」

兩人都搖頭，反問她提這個做什麼。小狐狸簡要將呂洞賓說的轉生祕術及三法寶告訴他們。

小白菇聽得驚駭連連，雙手遮臉地說：「妳為什麼想變成人？人那麼可怕！」

小狐狸道：「人有什麼可怕？要是可怕的話，就更好了。大家都怕我，我豈不是很威風！」

夜鷺精本就不信小狐狸真的遇到呂洞賓，現在這麼一聽更是堅信她被人騙了。

他說：「妳別白費力氣了，我們精怪就算轉生成了人，心智年齡最多也只能像幼兒，根本無法融入人群，而且會活得非常辛苦。妳看吧，我就說妳被那自稱呂洞賓的傢伙給騙了吧。天真！」

小白菇疑惑道：「當妖不好嗎？我常聽人在抱怨，他們好像都不太開心。」

小狐狸不認同地說：「那是他們身在福中不知福。人吃的、穿的、用的、住的都是最好的。」

夜鷺精則說：「妳要是真轉生成人，可能會失去妳現在的法力。」

小狐狸說：「那又怎樣？只有當人，才能長出仙骨，成仙啊！」

「天真！妳以為仙骨跟種綠豆一樣，隨便種就能發芽啊。長仙骨難得很！而且不是長出仙骨就能成仙，還得成功歷七次劫才行。聽阿公一句，還是當妖好。我們妖比人強、活得比人久，也比人快樂自在多了。」

小狐狸個性偏執，一旦認定或決定的事就會蒙著頭走到底。這些話她自然是聽不進去的。她一定要成人，然後成仙。

她懶得再繼續糾結此事，執意道：「要你們管！反正我就是想當人！你們要嘛幫我，要嘛滾！」說完便掉頭就走。

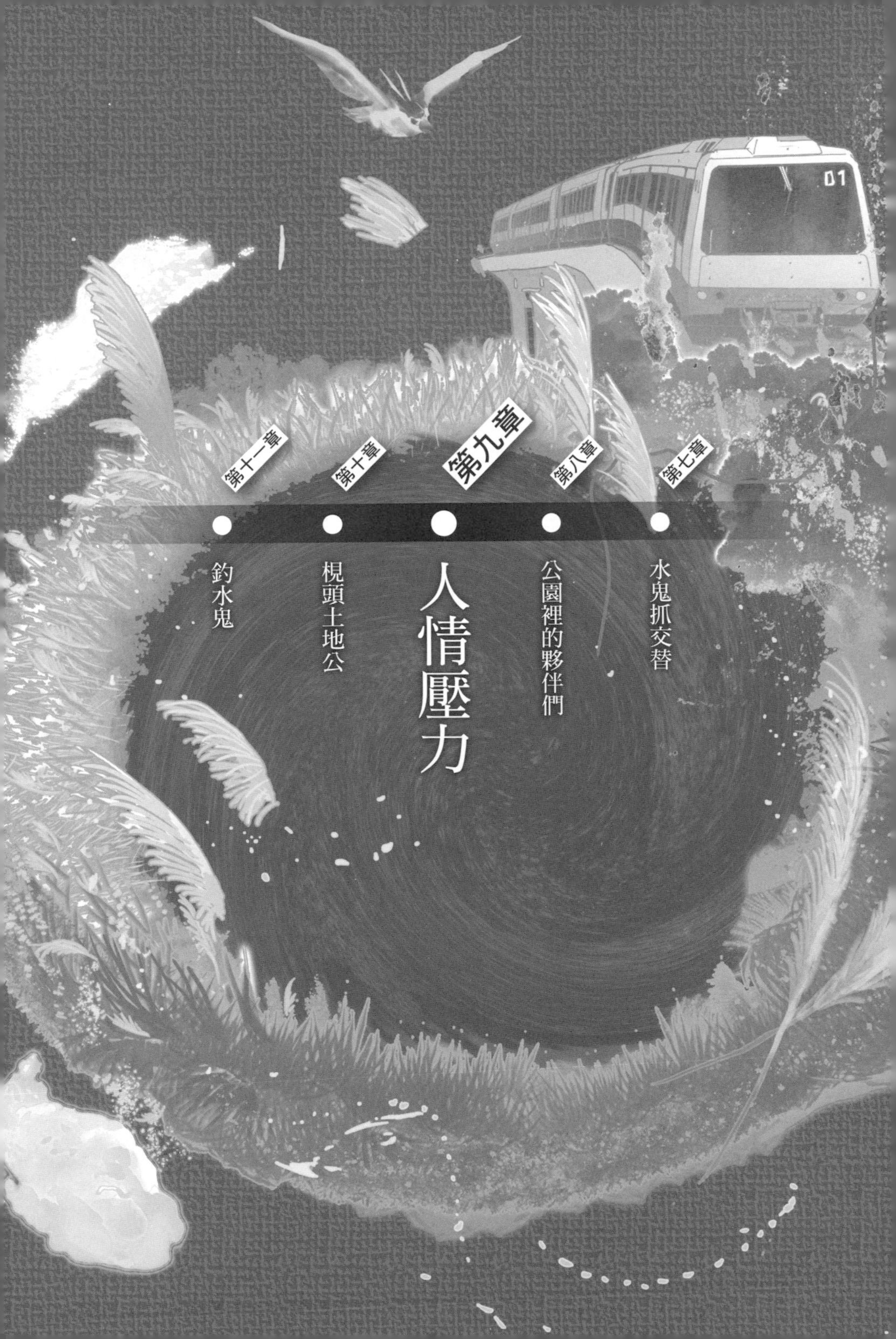

第九章 人情壓力

過中午不久，戴著新眼鏡的許樂天提著一袋食材回家。

他一邊放東西一邊說：「小狐狸，我回來了。剛才眼科診所等比較久，所以現在才回來。」

家裡沒人回應。

「嗯？不在嗎？」

他客廳、廚房掃視一圈後，又走進房間看。不看還好，一看差點沒嚇死。有個女人居然四肢呈大字型，大剌剌地躺在自己床上睡覺！

許樂天過去一個人住慣了，家裡對他來說就是一個私密的地方。現在家裡突然冒出一個女人，對恐女的他來說，就好比突然出現一隻巨大的灰老鼠那樣的可怕。更何況這個女人是出現在他的床上！

「啊！」

他失聲大叫，馬上轉身拔腿狂奔，正要奪門而出時，背後傳來熟悉的聲音。

「是我啦。」小狐狸打了聲呵欠，有些起床氣地說，「叫什麼叫啊！才剛睡著就被你吵醒。」

他轉頭一看，女人走到房門口，在他眼前一轉圈，就變成了小白狐。

他這才停下腳步，但聲音仍顫抖地問她：「妳是小狐狸？妳怎麼會突然變成女人？」

「有什麼好大驚小怪的啊，修煉到一定的程度，自然而然就會變成人形。」說完小白狐又變成女人的樣貌，慵懶地抱胸倚著門框。

許樂天躲到客廳沙發後，探頭出來說：「快變回來啦。」

被他吵醒的小狐狸起了惡作劇之心，便裝作好心地說：「不行啦，你看你這樣一直離女人遠遠的，也不是辦法。要是有個女人一天到晚在你家閒晃，你就會慢慢習慣女人的存在，恐女症就會根治了，我這樣做都是為你好啊。」

「我不需要。」此時許樂天的肚子突然發出咕嚕、咕嚕的飢餓聲。

小狐狸這才發現他還沒吃午餐，便有些心軟。畢竟許樂天是個善良的人，而且對她又還不錯。

於是她變出了狐狸耳朵和尾巴，問他：「這樣應該就沒那麼可怕了吧？」

他凝視了她一會，觀感上有種「灰老鼠」變「天竺鼠」的感覺。

他呆呆地點頭道：「好像真的有差耶，真神奇！」

小狐狸問他說：「你為什麼會有恐女症啊？」

他也不想隱瞞她，便一邊進廚房備料一邊告訴她，自己小時候被女同學們欺負，雖然沒受什麼傷，但從此就對女性產生了恐懼感。

隨著心理治療和年齡增長，他現在已經能忍受與女人相處，日常溝通也沒有大問題，只是還是不喜歡與女人靠得太近，甚至是肢體接觸。

不久，許樂天便從廚房裡，端出香噴噴的烤雞出來。

早已等得心癢難耐的小狐狸立刻衝上前，朝它吸了一大口，才閉眼滿足道：「好香啊——」

「啊等等！」許樂天有種不祥的預感，「該不會……」

他把烤雞放在餐桌上，忍著燙、撕下一小片肉來嚐，接著一臉眼神死地說：「果然味道都沒了。」

小狐狸狡辯道：「這不能怪我，是它太香了！」

他本來想唸她幾句，但又覺得自己好像不該跟一隻小狐狸計較，於是兩人大眼瞪小眼了一會，他讓步了。

他嘆了一口氣，起身回廚房拿醬油，但想想還是放了回去。畢竟烤雞只是沒味道而已，上面的鹽分其實還在，要是再淋醬油下去，恐怕要洗腎了。

於是他從冰箱拿可樂出來配，默默將沒味的雞肉吞下。

小狐狸隔著餐桌，在他對面坐下，抱胸對他說：「說吧，你要我怎麼報答你？」

「報答？」他訝異道，「為什麼？」

小狐狸沒好氣地說：「我本來就是有仇報仇，有恩報恩。再說，麗麗教過我：『受人恩惠，當湧泉以報。』你請我吃這麼好吃的烤雞，我當然得報答啊。」她邊說邊仰頭道，「我才不要欠人情呢。」

其實麗麗當初告訴小狐狸的時候是希望她記得所有人對她的幫助，並且一有機會就盡可能報答。但是小狐狸很直觀地以為只要報「人」的恩，不要欠「人情」。所以她不怕欠神仙、妖鬼的恩情，唯獨怕欠「人」情。

小狐狸心裡又補充說：欠你人情，我還怎麼好意思繼續吸你精氣！

許樂天想都沒想就說：「不用了啦，又沒什麼。」

「不行！你現在就給我想。」

「真的不用了，而且明明是妳那天在碧湖公園救了我。如果說要報恩的話，也應該是我報答妳才對。」

小狐狸心道：可是你已經報答了啊，雖然是「被動」報答啦。我已經吸過你的精氣，只是你不知道而已。

但是這些話，她又不能說出口，實在是憋死她了。

她擺擺手說：「那不算啦。反正你趕快再想一個。」

他一下子實在想不出什麼願望，便蠻不在乎地說：「就先欠著吧。」

小狐狸喪氣地倒在椅背上，心想：完了，我接下來都不能再吸他精氣了。然後又找不到驚雷珠。我到底來內湖幹嘛啊？好像也只剩下修行了。嗚……

幾天後，藍天白雲之下，大湖公園一片生機盎然。

大湖旁的小山古名為「十四份埤（陂）山」；山名由大湖公園的古名「十四份埤」而來，現今山名為「白鷺鷥山」。

山林之中，「知知」蟬鳴聲不絕於耳，穿著白T恤、牛仔褲和小白鞋的小狐狸，正氣定神閒地揮舞著長鞭，擊打如落葉般飄落的木箭。

這些木箭來自於她上方的樹冠，而往下撒箭的正是恢復原始樣貌的小白菇，牠在幫小狐狸練習鞭擊的速度和精準度。同時，這也有助於幫助小白菇自己修煉木術。

漸漸地，木箭掉落的速度越來越快，到後來快得像暴雨，又快得像難度最高的電玩遊戲《俄羅斯方塊》，但小狐狸依舊姿態輕盈矯捷地「嗖嗖」揮鞭。

接著木箭的方向改變了，變成來自四面八方，稍不留神就會被扎成刺蝟。小狐狸也不是省油的燈，她在鞭子上注入火術，在周身迅速地甩起火鞭，一眨眼就將無數木箭燒成灰。

「停！」夜鷺精低沉的聲音從小狐狸背後響起，箭雨也隨即驟停。

同時他們上方傳來小白菇的聲音：「累……我要睡了……」接著便傳來小小的打鼾聲。

夜鷺精揮了揮漫天飛舞的煙灰，走向小狐狸說：「不愧是妖界天才！短短幾天，進步就這麼多。妳現在的反應速度比我還快了。」

「那又怎麼樣。」小狐狸一點也感受不到喜悅。

因為她與呂洞賓交手過，清楚知道即便是方才那般箭雨，和神仙的速度比起來也還是不值一提。她的實力與神仙比起來實在是太懸殊了。

只不過……對付其他妖怪，是不是綽綽有餘了呢？

狐狸的領地意識性強，她也不例外，她一直想在內湖區占下一個好地盤。

她一邊收鞭一邊對夜鷺精說：「阿公，你幫我打下碧湖公園，我幫你打下大湖公園，以後這地盤歸你，碧湖歸我，我們各自稱王，怎麼樣？」

「啊？」夜鷺精茫然道。他常常無法理解小孫女的小腦袋瓜裡在想什麼，話題總是講著講著就突然跳到十萬八千里外。

「畢竟一山不容二虎嘛。」

夜鷺精這才追上她的思考速度，回罵一聲：「無聊！我對爭地盤一點興趣也沒有。」

「為什麼？」

「拎北可是遊俠啊，四海為家。再說，那大湖裡的傢伙我可打不過。」

「如果我們兩個加起來呢？」

夜鷺精仍搖頭，進一步分析道：「湖中的魚妖數量雖多，但還不足為懼。但是躲藏在底部的那隻惡鬼，我們兩個是絕對打不過的。」

小狐狸望向遠方的台北101大樓，沉思了一會，又問：「那惡鬼到底是什麼來歷？如果能查到，也許也能順勢找出他的弱點？」

「這我不清楚。」夜鷺精習慣性地摸摸他的髒辮，「不過聽妳這麼一說，我也開始對那惡鬼產生好奇了……這樣吧，等我打聽到再告訴妳。」

小狐狸朝他點點頭，接著轉頭看向大湖平靜的水面，暗自心想：大湖的狀況和碧湖很類似。如果我能想出辦法解決碧湖那些妖、鬼，說不定就能用類似的方法解決大湖了。

許樂天答應小狐狸的事，真的做到了。

只要是假日或平日沒加班，他都會煮不同的雞肉料理。除了炸雞、烤雞以外，還有滷雞腿、鹹水雞、雞肉飯、桶仔雞、麻油雞……

許樂天不知道，他已經在無形中征服了小狐狸的胃。

她漸漸被他的善待和溫暖給感動，不再當他只是糧食。但她也越來越苦惱，因為她的人情越欠越多了。

雖然她的主食是天地靈氣，但人類的食物就好比是零食一般，都是那樣的美味、那樣的令她欲罷不能。

再加上她自己又貪吃，每次都說不要吃，但只要菜一端出來，她就忍不住衝上前大快朵頤一番。

這天晚上，她在吸食完口水雞後終於受不了了。

她對許樂天說：「明天不要再煮了，我要去外面吃。」

「為什麼？妳是覺得我煮得難吃？」

「才不是……反正我就是要在外面吃！」

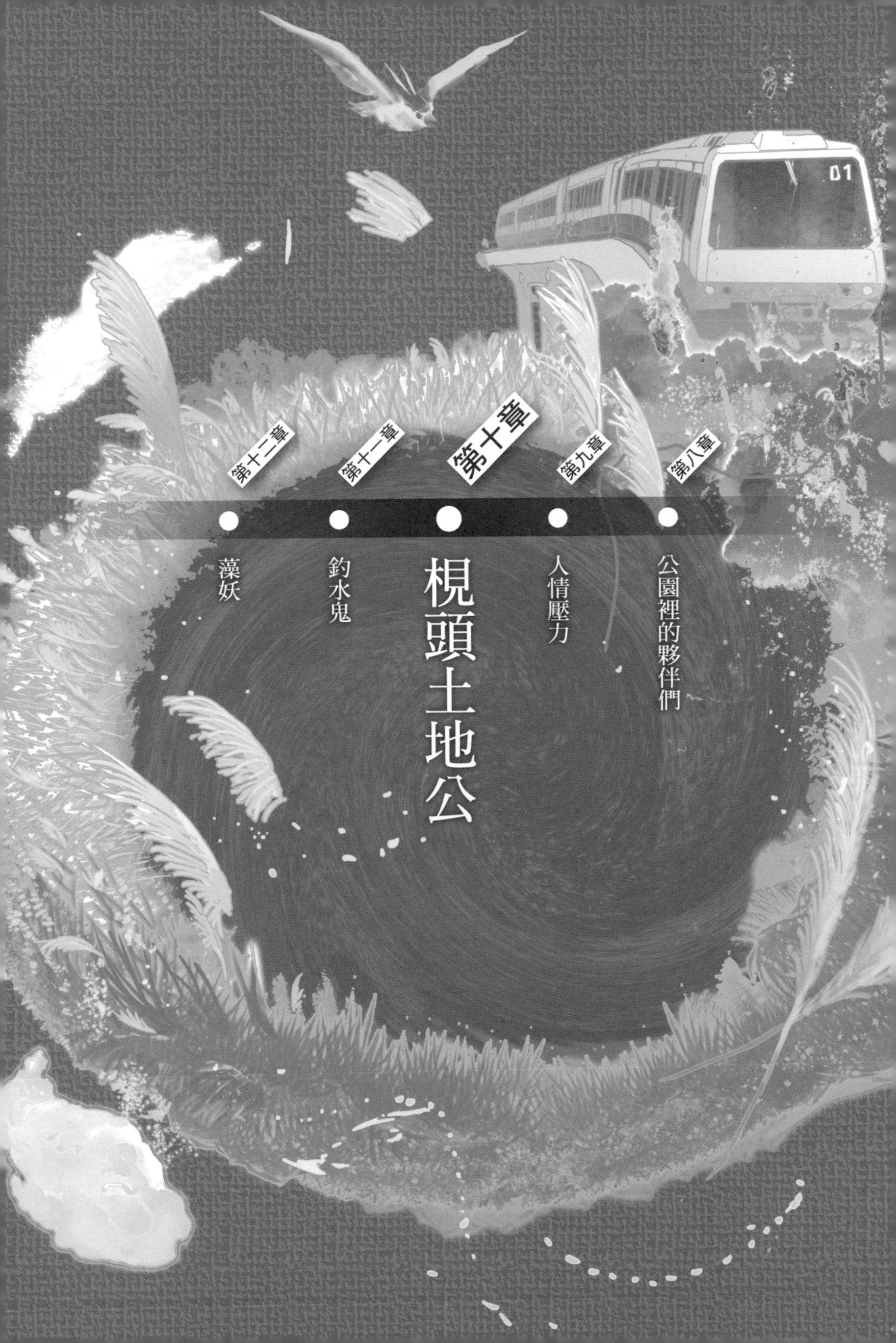

第八章 公園裡的夥伴們

第九章 人情壓力

第十章 梘頭土地公

第十一章 釣水鬼

第十二章 藻妖

隔天夜晚，許樂天和小狐狸從熱鬧的內湖捷運站CITYLINK用餐完後，一同步出站。

小狐狸神情更加鬱悶了。她原本天真地以為，只要吃別人煮的，就不算欠許樂天人情，但是剛才許樂天結帳的時候，她才意識到：付錢的是許樂天，她自然還是欠他。這麼一來，她現在又多欠了一頓飯的人情。

許樂天察覺到她的不開心，便問她：「妳怎麼不太高興啊？是剛才的餐廳不好吃嗎？」

「不是。」她皺眉抱胸道，「就是太好吃了，所以我才不高興。」

她苦惱啊，再這樣欠人情下去，還得了？

她感慨道：「怪不得夜鷺精來到城市以後，就很少回山上。人類的食物實在太好吃了。」

「啊？」

許樂天一臉疑惑，正想問個明白，小狐狸便聞到一股香火味，先發話道：「這附近有廟嗎？」

「有一家很有名的土地公廟。」

小狐狸打聽道：「廟大嗎？」

「不大，還滿小的，但聽說很靈驗，所以香客很多。」

「太好了，正好可以打聽一下驚雷珠。」小狐狸心道：要是沒有門神，可就沒人攔我進廟了。

「驚雷珠？」

「嗯。我需要三樣法寶才能轉生成人，第一樣就是驚雷珠。聽說它就藏在內湖，但我一直找不到。」

「喔？那我們馬上去問問。」說的當下，許樂天又習慣性地拿出手機google「驚雷珠」，結果什麼也沒找到。

兩人徒步到捷運站附近的梘頭土地公廟。廟宇占地雖極小，但香火鼎盛、供品擺得跟流水席似的。土地公在當地人心中的地位可見一斑。

他們才來到廟前，便有個中年男人從內殿走出來，朝小狐狸笑臉相迎：「大仙您好您好，不知道來到我這個小廟有什麼事啊？」

男人外貌大約四十左右，散發著月光般的銀白色光暈，是個常行善積德的善鬼。若是將來修行有成，很有機會成仙。他身穿短袖polo衫、卡其長褲和高爾夫球鞋，一副剛從高爾夫球場回來的樣子，看起來精神健朗之中，又帶有一絲上流社會的雍容。

小狐狸被稱作大仙很是高興，回以笑顏道：「你眼力不錯啊。」

男人笑了笑，說：「我活到這把年紀了，這點眼力還是有的。您的妖氣不但強，而且氣場祥瑞，想必也是修正道的。」

「跟我講話不用這麼客氣。」小狐狸又問，「你就是這裡的土地公，對吧？」

「是啊。不知道妳來我這，有什麼事嗎？」

「你有聽說過驚雷珠嗎？」

土地公想了一會，道：「沒有啊。那是做什麼用的？」

小狐狸簡單告訴他用途，他聽了驚愕道：「天底下居然還有這種法寶？我以前從沒聽說過妖能轉生為人。」接著他煩惱道，「要是真有這東西在內湖，豈不天下大亂？唉呀，在哪裡不好，偏偏在內湖，希望不是在我的轄區內。」

許樂天問：「為什麼這麼說？」

「要是這驚雷珠真的出現在我的轄區，到時候肯定會有更多精怪趕來我這兒搶。我這兒精怪都已經夠多、夠亂的了，再這樣下去還怎麼得了。」

小狐狸疑道：「還會有其他精怪想轉生嗎？我說我想當人，我同伴和那些神仙都不能理解，都覺得我傻。」

「海畔有逐臭之夫嘛！既然妳想當人，自然也會有其他妖想啊。」

「說得也是。你剛才說的精怪是什麼？」

「多囉。不過最讓我頭疼的還是……唉，說來話長，你們要是不趕時間，就跟我一起巡邏吧，我們邊走邊說。」

此時突然下起雨，而且越下越大，天空不時傳來雷鳴聲。

許樂天從背包裡拿出傘，為小狐狸和土地公遮雨。

小狐狸和土地公互換眼神，都心想：「這個傻子。」

一定道行的妖鬼都有能力控制自己的「虛實」，除非他們願意，否則大部分都是「虛」的，根本不會被雨淋濕。

土地公用台語說了句：「安啦，今晚沒人會被雷劈，只是西北雨而已。我們走吧。」

但台語的「西北」和「獅豹」同音，因此小狐狸不解地問：「那是什麼？」

許樂天邊走邊解釋：「就是對流雨。天氣悶熱潮濕的時候，地面上的水受熱蒸發上升，形成垂直對流；在高空又因溫度下降、聚成積雨雲或雷雨雲，水氣凝結、降下的雨稱為『對流雨』。大多發生在一天最高溫的午後，但有時也會在晚上。」

小狐狸又問：「雷雨雲的雷又是怎麼來的？」

「雷雨雲中有翻騰的水蒸氣，彼此之間容易產生靜電。正、負電荷間的電壓差大到一定程度，空氣會在瞬間爆炸、發光，就是閃電；而爆炸的聲響就是打雷。雷電是一體的，只不過光速比音速快，所以會先看到閃電才聽到雷聲。」

小狐狸見他侃侃而談的樣子，想到了麗麗，心中頓時很佩服人類。

她心道：人類懂的東西好多，以後要是能成人，我也想上學。

三人很快就來到捷運文德站附近，碧湖公園外的人行道。土地公指著湖面，對他們說：「碧湖公園古名叫『內湖大埤』，和大湖公園的前身一樣，以前都是灌溉用的。你們知道現在碧湖裡住著什麼嗎？」

小狐狸道：「水鬼和水妖。我曾經和水鬼交手過。」

土地公點頭說：「沒錯。確切來說，那妖是藻妖。」

許樂天腦中浮現一個念頭，說：「該不會碧湖之所以水質嚴重優養化、湖水異常濁綠(註1)，就是因為……」

「沒錯，正是藻妖作祟。」土地公嘆了一口氣，「你們知道嗎？其實我一開始並不是土地公，而是埤塘的水神(註2)。當我還是水神的時候，這湖水不像現在這麼濁，而是清澈見底的。」

「喔？」許樂天有些訝異。在他印象中，碧湖的湖水一直都是現在這樣綠得油亮。

「大約在三十年前吧。」土地公開始講起往事，「當時的藻妖還是個小女孩。她個性很乖，也很愛笑，水族都很喜歡她。可是有一天，她最好的朋友，也就是一隻灰色的大鯉魚，誤食了人丟的垃圾而死掉，連帶腹中的孩子也沒了。從那天起，她再也不笑了。也是從那一年起，開始有人溺死在湖裡。」

許樂天猜測道：「溺斃的亡魂要是沒人超渡，就會化為水鬼，在湖裡或湖邊遊蕩，尋找替死鬼，變成惡性循環，所以才會每一年都有人溺斃？」

「沒錯。」土地公苦笑了一聲，繼續說，「我一開始沒想到是藻妖做的。我怎麼能想到呢？她是那麼可愛的孩子。但是一年又一年，我開始起疑了：為什麼每次都有人在我剛好不在的時候溺斃？後來我假裝離開，在暗處觀察後發現，是藻妖施沼氣迷昏路人，水鬼再趁機將人拖下水、抓交替，待人溺斃後，藻妖再將屍體吸乾，所以打撈上岸的屍體永遠都是乾癟的。」

許樂天聽到這，急道：「你怎麼不救人？你不是水神嗎？」

「我想啊。」土地公痛苦地說，「但是藻妖在我不知不覺中變得法力高強，又與水鬼狼狽為奸，他們聯合起來擊敗我，將我趕出碧湖。再也回不去湖裡的我……我也無能為力。」

小狐狸心裡暗自盤算道：看來要徹底拿下碧湖公園這塊地盤，沒那麼簡單啊！

於是她問土地公：「後來呢？」

「後來我因緣際會成了土地公。」說到這，他忽然朝小狐狸鞠躬道，「有件事想麻煩

註1：碧湖公園為台北市水質優養化最嚴重的湖泊之一。即便市府多年持續努力改善，但目前成效仍甚微。

註2：根據民間傳說許多行善積德的善鬼皆會被當地人感念、尊稱神仙。但並非真是神仙。槐頭土地公的前身是當地水槐頭的守護神。「槐頭」二字也是由此而來。

妳幫忙。」

小狐狸想都不想就說：「不要。」她才不想多管閒事。

許樂天說：「土地公爺爺，你先說是什麼事吧。」

「最近來的廟公是有真本事的，他能除水鬼，也能擺陣抓藻妖，但是需要法力高強的神靈先將水鬼和藻妖引出水面。偏偏碧山巖的主管們都去報名這屆『蟠桃大會選秀』了，憑我一己之力，根本沒辦法進行。但是今天見到妳，我就知道碧湖有救了。」土地公再次鞠躬，「妳本領那麼高，拜託妳幫幫忙吧。」

小狐狸還是毫不猶豫地拒絕：「不要。我正煩惱找不到驚雷珠，才不要淌這渾水。」

許樂天勸道：「妳明明有這個能力，為什麼不幫？」

小狐狸說：「我為什麼要幫？能力強就活該倒楣啊？」

土地公說：「妳要是不幫忙，碧湖就真的沒救啦！」

小狐狸說：「也不會沒救啊，你等那些神仙回來的時候再抓妖、殺鬼不就好了嗎？」

土地公說：「萬一這幾天水鬼和藻妖又出來害人怎麼辦？」

小狐狸說：「死就死了吧。弱者任人宰割不是很自然的事嗎？再說，死的都是人，又不是妖，跟我有什麼關係？」

在她看來，妖才是她的同類、她的自己人。哪有人幫著外人滅自己人的？

但是身為人的許樂天無法理解妖的邏輯。他指責她說：「妳怎麼可以說出這麼冷血的話？」

他的指責就彷彿一根刺刺進她心裡，痛得她難受，她怒道：「本來就是啊！那屠宰場每天死的豬可多了，怎麼就不見你們去救？人命就比較珍貴？」

許樂天迷惘了。眼前的她真的是那個見義勇為，跳進湖裡，把他救上岸的小狐狸嗎？為什麼前後態度差這麼多？

他問她：「如果以後我再被水鬼拖進水裡，妳也不會救我嗎？」

她反射性地回道：「你又不一樣。」

不知不覺中，她也早就把他當朋友了。

「哪裡不一樣？現在就有機會可以阻止悲劇發生，我們怎麼能見死不救？妳不是一直說要報答我嗎？妳要是能幫忙除妖、除水鬼，就是最好的報答。」

她無言地瞪著他一會，才開口：「反正你就是想要我幫這個忙就對了。只要解決水鬼和藻妖，我欠你的人情債就一筆勾銷？」

「對。」

她當下感到又氣又委屈，很想問他：你擔心其他人的安危，難道就一點也不擔心我的安危嗎？我要是出手，也可能會受傷啊！

但是自尊心不允許她在人前示弱，她很快就平復情緒，仰起頭說：「要我幫忙也不是不可以，不過你也別想閒著。」

「我能幫什麼忙？妳儘管說。」

「要你幫什麼忙，你都答應？」

「嗯。」許樂天神情認真地點頭。

小狐狸嘴角一勾，意味深長地說：「這可是你說的喔。」

看我怎麼整你，哼！

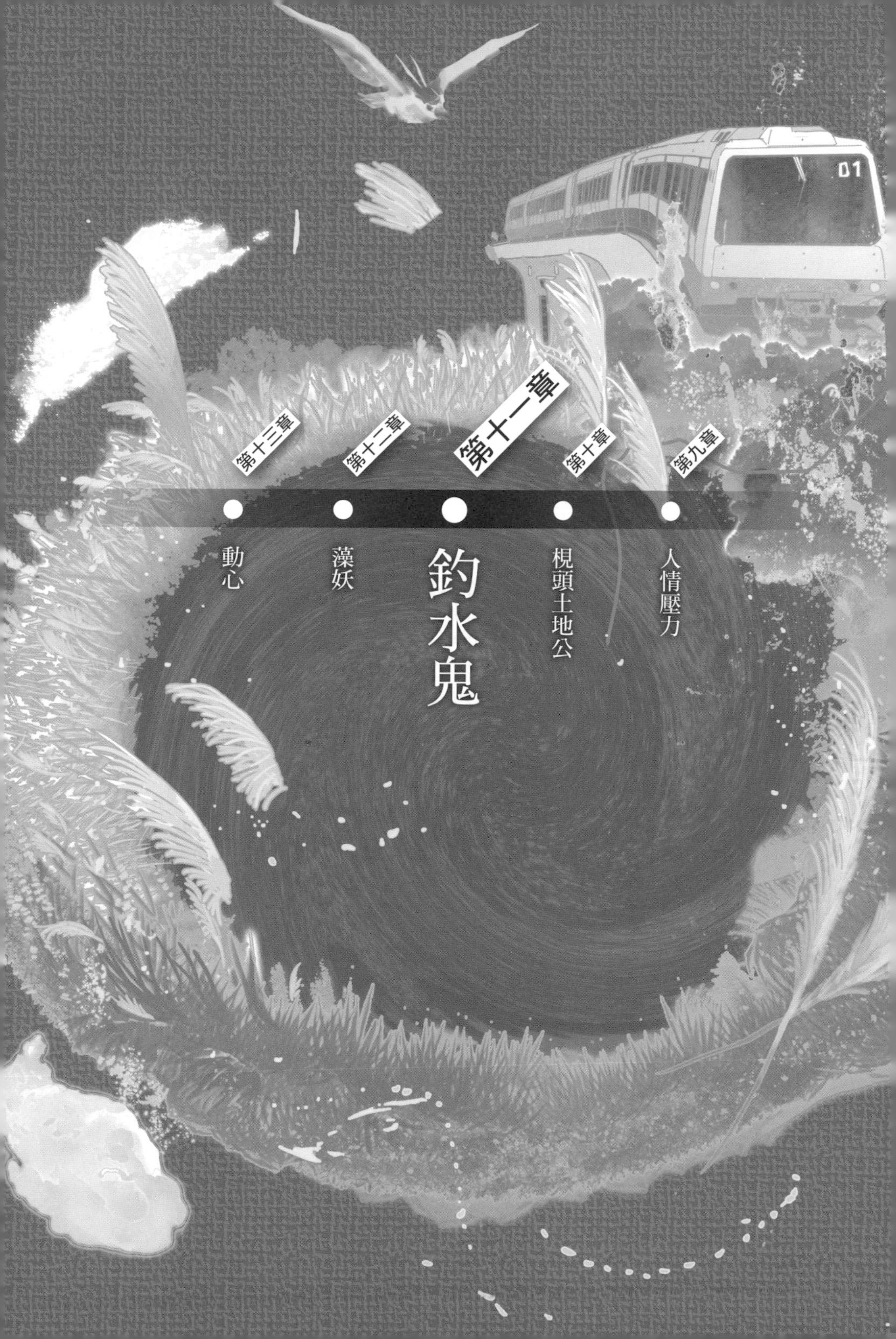
01
第九章
人情壓力
第十章
梘頭土地公
第十一章
釣水鬼
第十二章
藻妖
第十三章
動心

凌晨三點，夜色正濃，碧湖公園除了小狐狸一伙以外，空無一人。

九曲橋上的白色八角亭外，許樂天被綁住手腳、用繩子倒掛在橋內側的湖面上，作「人餌」。

「啊——救命啊！快放我下來！」

他這番動靜馬上就引來一波水鬼，他們一個個虎視眈眈，在他正下方徘徊。

那一張張蒼白、浮腫卻又猙獰的臉，嚇得許樂天都快昏倒了。要是他早知道小狐狸要他幫的忙是充當誘餌，他打死都不會答應。

他這個「人餌」與涼亭的距離是小狐狸特別設計出來的。人餌的位置不在涼亭裡，而是用竹竿掛在屋頂外，所以可短暫離開水面的水鬼沒辦法像上次一樣順著涼亭下的碎石坡爬進涼亭、將人拖下水，只能跳出水面去抓。

而人餌的高度也拿捏得很巧妙。看起來離水面很近，但無論水鬼怎麼伸手就是碰不到；人餌永遠都與他們指尖有著兩、三寸的距離。因此他們雖然抓不到，但也一直不放棄，總覺得再試幾次就會成功。因此小狐狸可以藉此嚇到許樂天，又不會真的害他受傷。

有好幾次，許樂天都覺得水鬼冰涼的指尖已經掃過自己的頭髮，他嚇得想仰臥起坐，但偏偏平常沒在運動、腹肌無力，發力幾次就累得喘氣、腦袋也更昏沉了。

懸空的他搖晃了幾下，整個人就開始打轉。

在水鬼眼裡，他掙扎的樣子就像是隻從樹枝上垂下來的毛毛蟲，看起來更誘人了，因此一個個拚命地往上竄抓。

與此同時，躲在附近暗處觀察的土地公和廟公正低聲談論著。

廟公有些於心不忍地說：「我還以為他和狐仙是一對，沒想到下手這麼狠。」

土地公說：「說不定就是因為他們是一對，許樂天又做了什麼對不起狐仙的事，所以狐仙正在報復他，你沒聽過『一哭二鬧三倒吊』嗎？」

廟公愣了一下說：「不是『上吊』嗎？」接著他回歸正題道，「狐仙到底什麼時候才要出手？我看許樂天快撐不住了。」

而躲在九曲橋另一端的小狐狸攤開掌心，立即有數張樹葉做的紙人颼颼颼地飛回來。它們被小狐狸派去打探整片湖，看看還有哪個位置躲著水鬼。

所有紙人在小狐狸的掌心躺下時，都是回報：「無。」

也就是說，現在所有水鬼都已經聚集到八角亭下方了。

「很好。」小狐狸嘴角一勾，「要是這次真能成功，這個地盤就是我的了。」

她盤算之際，忽聽到許樂天在喊她：「小狐狸！」

她引頸一看，面色脹紅的他吼道：「快點！我快腦充血了啦！」

此時有隻水鬼猛然踩著另一隻水鬼的肩，向上奮力一躍，小狐狸才總算出手。

她及時用白鞭將水鬼打飛，並將手上的葉紙人全部撒出，號令道：「去！」

水鬼們被許樂天引到的位置，在九曲橋和湖邊形成的扇形區域中央。葉紙人合力將九曲橋上的硃砂網扔下水，形成一個く型包圍網，擋住水鬼的去路。

接著葉紙人合力拖著網往湖濱飛，被困在裡面的水鬼也被拖上岸。

小狐狸發號施令道：「動手！」同時奔去將許樂天放下來。

廟公立即現身，將一布袋的鹽米（註1）撒向水鬼。

網中的水鬼閃避不得，臉和身體開始破洞冒煙，鑽心刺痛的燒灼感使他們怒吼連連，紛紛隔著網伸手去抓廟公。

然而硃砂網下水後，上頭的硃砂會漸漸被水沖散。廟公抽出桃木劍，正要將水鬼一一擊殺時，網上硃砂比較薄弱的部位忽然就被水鬼給扯破了。

一群水鬼登時撲向廟公，廟公招架不住，邊打邊跑。

原本怕打草驚蛇、躲起來等藻妖出現的土地公不得不衝上去救人。他拿著兩支高爾夫球桿，抬手就是左右開攻，對著水鬼一頓痛扁，這才暫時制住這群水鬼。

同時，小狐狸將許樂天放到步道上後，對他說：「快去躲好。」

許樂天雖還心有餘悸，但仍堅持道：「不要！我也要幫忙。」

「你區區一個凡人，能幫什麼忙？」

就在這個時候，一片葉紙人飛向小狐狸，手指著湖的另一個方向。

小狐狸意會過來，蹙眉道：「你們怎麼辦事的？竟然讓水鬼跑了！」

葉紙人挨罵後垂下頭，似乎感到很喪氣。

「快帶我去。」小狐狸立刻捏著葉紙人，由它帶路。

她手持白鞭，蜻蜓點水地在湖面上奔跑，一眨眼的工夫，便追上水鬼。她朝水下的水鬼揮鞭再一抽，將水鬼給捲出水面，再一個空中翻身，順勢將水鬼給甩上岸。

「處理一下。」小狐狸朝土地公喊。

土地公與那隻水鬼有段距離，便變出第三支高爾夫球桿，隔空控制它對付那隻被扔上岸的水鬼。

廟公一邊擊殺水鬼，一邊忍不住羨慕地說：「為什麼你們的武器都這麼帥？」

土地公也一邊擊殺水鬼，一邊笑容和藹地回道：「這沒什麼好比的，武器最重要的就是『殺傷力』，外觀只是形式，只是展現持有人的喜好和品味而已。」

廟公愣了一下說：「你是在暗示我品味不好嗎？」

「這個嘛……」

註1：鹽米：民俗信仰中有辟邪、除晦氣之用。但需謹慎使用，有可能會因此觸怒鬼魂，造成反效果。

一陣細微的「波波」聲從湖心傳來，像是水中有什麼東西正在冒出大量氣泡。

接著「唰」地一聲，數條細長墨綠的東西霍然破水而出，朝湖心上方的小狐狸射去。

土地公驚愕道：「藻妖現身了！糟糕，她本尊是水綿，但現在附在水蘊草上，以水蘊草當她的觸手，變得更強大了。」

小狐狸敏捷地左閃右閃，利爪與白鞭交替割斷、擊斷藻妖的「觸手」。

另一頭，岸邊步道上的許樂天正想著自己能幫什麼忙，突然間，他感到全身一緊，又被人給五花大綁。

他低頭一看，捆住自己的是溼答答的水草。再順著長長的水草一路往後看，路燈照不到的陰影處，站著一個人。

那人與他有段距離，眼鏡掉了的他看不清楚，只能看出一個朦朧的身體。從瘦窄的身型來看，應該是個女人。

她的頭髮很長，長到拖地。

「答、答、答……」

隨著滴水聲，她慢慢出現在路燈光線下，一身及地的連身黑裙上，是一頭墨綠捲髮。渾身濕透的她低著頭，徐徐朝他走來。

一股土臭味撲鼻而來，他注意到她的手和腳都已經腐爛，甚至有些地方露出了白骨。

他害怕地往後跳，卻跳沒幾下就跌坐在地上。

當她彎腰靠近他時，臉孔終於從黏答答的頭髮中露出來，那是一張皮開肉綻的臉。

「走開！別過來！」

「啊！」許樂天差點被嚇暈。

小狐狸聽到許樂天的聲音，想過去救他，但一直被不斷從湖裡竄出來的水草擋住去路。

土地公和廟公這邊已經除盡水鬼，土地公立即將三支高爾夫球桿同時揮向小狐狸，去幫她暫擋藻妖的攻勢。

小狐狸一抽身，立刻奔向許樂天。看到被水草綁住的他，她立刻伸出利爪將水草給割斷，一把將他拉起來。

同時她也看到眼前這個恐怖樣貌的女人，散發著深湖水綠的光暈。她的道行是「湧泉階」之頂，比小狐狸還強上許多。

小狐狸以身護住許樂天，驚訝道：「藻妖？怎麼可能？」

藻妖站直身子，聲音低沉，語帶嘲諷地對小狐狸道：「怎麼？妳以為我不能上岸嗎？」她冷笑一聲，又說，「妳也算是有點本事，竟然想得到拿活人當餌來釣水鬼。我已經很久沒有親自上岸抓人了。」

令小狐狸心驚的豈止是藻妖能上岸，而是藻妖既然在岸上，為什麼現在還有那麼多條『觸手』從水中竄出來？

兩邊完全是反方向啊！難道有兩隻藻妖？

想到這，她額間亮起三點綠光，盯著藻妖的雙眼登時轉綠，一手握緊白鞭，一手推許樂天一把說：「快跑！」

藻妖有些疑惑地問小狐狸：「他到底是你的仇人還是愛人？妳剛才拿他當餌，現在又護著他。」

「干妳屁事！」

藻妖心裡已有結論。她冷笑一聲，說：「可笑！妖居然幫人？妳不知道妖最大的天敵就是神和人嗎？」

她正要伸出水草鞭去抓許樂天，小狐狸便將火術注入白鞭，白鞭登時起火。她火鞭指向藻妖，殺氣騰騰地威脅道：「再敢碰他，我就把妳烤成海苔！」

藻妖馬上收回水草，顯然有些忌憚。

此時土地公在小狐狸身旁現身，悄悄告訴她：「水綿可以斷裂生殖，一分為二，所以才會有兩隻藻妖。但是不論她有多少分身，妖的內丹只能有一顆，有內丹的才是本尊，才能上岸。我們眼前這隻是本尊，水中那隻只是分身。只要擊敗本尊，分身也會一起消失。」

藻妖很快就認出了土地公，挖苦道：「這不是水神嗎？沒想到你現在和其他妖聯手了。你被趕出家門後，混得不錯啊，就連武器也從魚骨變成高爾夫球桿了。」

許樂天趁著沒人注意自己，偷偷溜去與廟公會合。

小狐狸上前一步，叫囂說：「喂，妳講話別這麼陰陽怪氣的行不行？我直接講重點：妳這個地盤，本仙看上了。今天就非搶過來不可，妳要是識相的話，就快滾吧。」

藻妖的反應很浮誇，她仰頭大笑，對小狐狸說：「我欣賞妳。真的！今天我就把妳打回原形，看看妳到底是什麼妖。」

「很好。」小狐狸雙手扯了扯白鞭，「我也想知道：是妳的水草硬，還是我的尾巴硬？」

她這話也頗有較勁的意味，畢竟兩妖的武器同屬鞭類。

話音方落，數條水草鞭各自攻向小狐狸和土地公。

空中開始傳來白鞭和水草揮擊的嗖嗖風聲。小狐狸揮舞著白鞭，凌厲地削斷水草。但她才削斷一條，另一條又飛過來，一時間也靠近不了藻妖。兩妖一時不相上下。

這時湖中的藻妖分身突然從小狐狸背後偷襲，她一個側空翻閃過，罵道：「這不公平！」

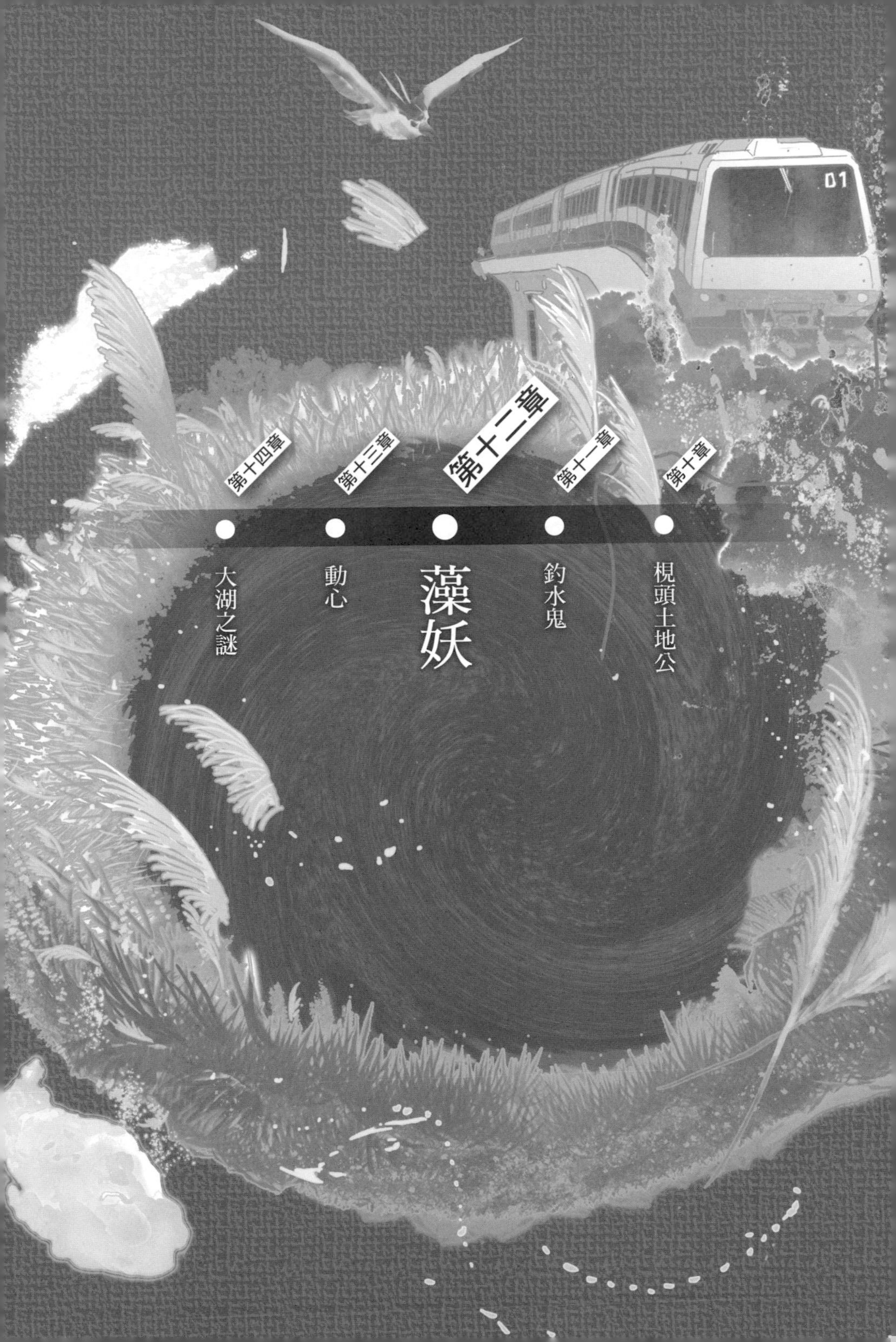
第十章
梘頭土地公
第十一章
釣水鬼
第十二章
藻妖
第十三章
動心
第十四章
大湖之謎

陸上的藻妖本尊說：「我們二對二，很公平啊。」接著她和分身同時從陸地和湖中伸出數百條水草鞭，前後夾擊小狐狸和土地公。

藻妖觸手一旦被小狐狸的火鞭劈斷，就無法再生，但是小狐狸依然打得很費力。雖然水草鞭的數量和速度沒有小白菇的木箭多又快，但是那些水草彷彿有自我意識般會轉彎、會扭曲，還會閃避，比起擊碎木箭難多了。她要同時對付來自多方向的攻擊，一時間也分身乏術，護不住土地公。

而土地公的七支高爾夫球桿都使出來應敵，他同時操控它們擊斷源源不絕的水草鞭，雖然可以招架，但也僅限於此，無法再進一步重傷藻妖本尊。

藻妖本尊嘲諷土地公道：「還不如以前拿魚骨呢！你現在這個土地公是不是當得太安逸了？連架都不會打了！」

小狐狸說：「對付妳，我一個就夠了。」說完便迅疾地帶動火鞭轉圈，一邊轉圈削斷水草、一邊欺近藻妖本尊。

正當小狐狸要向藻妖本尊撒去一大把鹽時，與她長得一模一樣的藻妖分身忽然現身，替本尊擋去攻擊。

小狐狸雖也是妖，但她修習正道，而且法力已經到達一定的程度，因此鹽這種普通的辟邪物對她來說已經無用，自然可以碰觸。而藻妖雖有一定的法力，但鹽偏偏是水鬼、水妖的剋星，不論修煉到什麼程度，身體都還是會被鹽給腐蝕。

「啊！」藻妖分身彷彿被滾燙的熱水潑到一樣，痛得尖叫，轉眼身體就被鹽巴腐蝕出一個洞一個洞，正在絲絲冒煙，而她周邊的水草也瞬間乾枯蜷縮成一團。

同時藻妖本尊藉機水遁，小狐狸一眨眼，本尊就已經不見蹤影。

「可惡！」小狐狸對土地公說，「分身交給你，看好她。」

土地公點點頭，意味深長地說：「再一刻（註1）就卯初（註2）了，抓緊時間。」

碧湖公園共有七座涼亭，座落位置看似隨機，實則布局內有玄機；涼亭連起來形成了「七星墜地」之局。

廟公前一晚分別在七座涼亭屋頂上放置八卦鏡，並調整角度。這些八卦鏡在夜晚可以吸收北斗七星之力，廟公開啟後便可形成「天罡陣」制妖。

「天罡陣」運用的是「星辰之力」，而「寅時」，尤其「寅正（註3）」是星辰之力最強的時刻，所以制妖威力最大。反之，此陣在日光下威力會變弱。所以他們要盡可能趕在卯初，也就是夏季日出時間前完成，否則便會功虧一簣。

註1：一刻：古代計時單位，即十五分鐘。
註2：卯初：古代計時單位，即凌晨五點至六點。
註3：寅正：古代計時單位，即凌晨四點至五點。

小狐狸知道七鏡的聚焦中心是湖心正上方，便刻意飛到湖心上空引藻妖本尊現身。

「剛才是誰說要把我打回原形的啊？藻妖啊藻妖，妳的本尊真的是水綿嗎？是縮頭烏龜吧！」

這招激將法無用，藻妖本尊按兵不動，小狐狸下方的水面平靜無波，連隻水草鞭都沒伸出來。

小狐狸心知剩下時間不多，便開始叫陣道：「出來！再不出來，我就把整座湖燉了煮海鮮鍋！」

水下傳來聲音：「我不相信妳有那麼多靈力。」

「那妳就等著幫妳朋友收屍吧！」小狐狸撂下狠話，「如果妳能活到最後的話。」

她雙臂一伸，開始催動火術，兩道烈焰自她掌心直達湖水。

湖心中央水溫開始升高，水下開始躁動，對水溫敏感的魚兒紛紛四散，有些則開始原地亂打轉。

此時水下同時伸起數道水草鞭，試圖將小狐狸攫進水裡，小狐狸一個後空翻、靈巧閃過後，一手揮舞火鞭擊斷水草，一手仍朝湖水輸入熱源。

湖心水面上開始浮起翻肚的死魚，顯然是無法適應水溫的急遽變化所致。

緊接著數道大浪打來，試圖將小狐狸打下水，但小狐狸眼明腳快，雙腳連蹬數道水草，屢次躍過浪尖。

此時岸上的許樂天已經和廟公在其中一座涼亭下會合。

兩人看到這幕時，廟公驚道：「糟糕！這藻妖居然已經修煉到可以操控水了！雖然從浪的大小來看還不成氣候，但是要是時日一長，能控制水到什麼程度就很難說了。」

許樂天聽了一臉憂心道：「什麼意思？能控制水是很厲害嗎？那小狐狸怎麼辦啊？她會不會有危險？」

廟公全神貫注地在觀戰，沒馬上回答他，他便著急地跑往湖邊的觀景台，朝空中的小狐狸喊：「小狐狸，別打了！危險，快回來！我們再想別的辦法。」

魚兒的暴斃徹底激怒了藻妖，湖心突然出現漩渦，藻妖本尊夾帶水勢，從漩渦中心衝向上空的小狐狸。

小狐狸朝岸上的廟公大喊一聲：「就是現在！」

藻妖的眼睛布滿血絲，發狂地飛撲向小狐狸，大叫道：「我殺了妳！」

兩妖在空中打成一團的時候，廟公立即雙手結印、唸咒，開啟天罡陣。

六道星辰之光，如雷射光束般同時射向湖心中央，聚焦在兩妖身上。然而其中一道不知為何沒有出現。

儘管天罡陣沒有完全啟用，但六道星辰之力也足以將兩妖打弱，她們手上的鞭都同時消失。

土地公食指、中指往雙眼一抹，開啟「十里眼」看向沒亮起的涼亭屋頂，這才發現那座涼亭的八卦鏡被松鼠給踢歪了，當即揮桿把石子打過碧湖，正中八卦鏡將之調正。

天罡陣終於啟動，七道光束聚焦在兩妖身上。

小狐狸正要閃躲，藻妖卻突然抱住她，並從自身身體中射出數根魚刺。小狐狸萬萬沒想到藻妖會來這招，閃避不及，竟讓魚刺刺穿胸口。

兩妖被天罡陣的星光一照，同時吐靈血，大失靈力，從空中往下掉。

土地公先是揮出三支高爾夫球桿接住藻妖、把她往上托回天罡陣焦點，又揮出三支球桿到正上空，與底下三支桿形成一個三角錐鐵籠，把藻妖困在空中，如此天罡陣才能繼續壓制她。

小狐狸元氣大傷，一落水馬上就變回本尊小白狐。

岸邊的許樂天一見她落水，想都沒想就「撲通」一聲跳下水。

他不會游泳，一下水後就開始雙手亂揮、雙腳亂蹬，幸好廟公衝過來，及時將岸邊連著纜繩的救生圈丟給他。

他接住救生圈、套到腰際後，手腳並用、拚命亂划一通，才終於游到小白狐身邊。

他抱起牠，雙腳開始打水，同時岸上的廟公也幫忙拉繩，將他們倆拉回岸邊。

許樂天發現小白狐受傷，而且看起來很虛弱，他又急又慌地喚著小白狐：「小狐狸？小狐狸？」

「你來幹嘛？」小白狐氣若游絲道，「不會游泳，還敢跳下水。」

「不會游泳也得跳。」許樂天一直將牠當朋友，看牠受重傷，忽然語帶哽咽道，「是我叫妳來幫忙除妖的，要是救不回妳，我也一起死算了。」

小白狐心中一陣感動又一陣苦惱。牠說：「原本已經還清人情了，現在你又害我欠了新的一筆債。」她一說完就昏了過去。

許樂天看了更內疚也更心疼，他抱緊小白狐說：「我不要妳報答我。我錯了，都是我不好，我不該要妳幫忙除妖的。」說完便著急地朝岸上的廟公喊，「救命啊，快救救牠啊。」

他們的正上方，藻妖也傷得很重。她跪在空中牢籠中，嘲諷小狐狸道：「活該！這下妳也受重傷了吧。」她又吐了一口靈血，「呵，可笑，替人滅妖，妳以為妳是誰！我看妳這副樣子，大概也活不過三天了。哈哈哈哈哈——誰和人靠得太近都沒有好下場！」

土地公來到藻妖面前，藻妖質問他：「為什麼？我讓綠藻覆蓋這片湖，人類就會因湖水混濁惡臭而遠離湖邊、遠離水族。我有什麼不對？我這是在保護水族。人類不懂也就算了，你曾經是水神，為什麼連你也不懂？」

土地公沉重地說：「妳殺了太多人了。」

「我這叫『殺人償命、替天行道』！人類害死了我最好的姊妹和她的孩子們，我就要他們年年殉葬，用他們的命來賠他們！我有什麼不對？」

土地公搖搖頭，面露哀傷地說：「但妳殺死的那些人，未必就是亂丟垃圾、害妳姊吃進去的人。妳有沒有想過，他們之中，說不定有人從沒朝湖裡丟過垃圾，甚至是會幫忙撿垃圾、幫忙維護自然環境的好人？」

他來不及聽到藻妖的回答了。

此時卯初一到，天光乍現，藻妖忽然仰頭淒厲一叫，瞬間灰飛煙滅。

球桿組成的鐵籠內，只剩下玻璃彈珠般的碧綠內丹。

土地公雙眼含淚地接住內丹，凝視著陽光下閃閃發亮的它，感慨道：「曾經是那麼天真可愛的孩子啊……」

他悠悠地嘆了一口氣，千言萬語都不足以表達他此刻的唏噓。

下方，廟公終於將許樂天和小白狐給拉上岸，兩人筋疲力竭地癱坐在地。

廟公鬆了一口氣，道：「總算除去危害一方的妖、鬼了。」

許樂天仍抱著小白狐，嚥了嚥口水後，聲音沙啞地對廟公說：「牠昏過去了。怎麼辦？我們要怎麼救牠？」

廟公有些錯愕道：「啊？我怎麼會知道？」

上空的土地公這才回過神來，飛到小白狐身旁，關心道：「大仙、大仙，妳倒是應一聲，別嚇我們啊。」

小白狐沒好氣地睜眼，瞥了他們一眼。

許樂天忙問：「妳還好嗎？妳現在怎麼樣了？」

小白狐有氣無力地說：「要是你胸口被人捅了好幾刀，你會好嗎？別再問了，我再說又要吐血了。」

土地公馬上將藻妖內丹放在小白狐胸口，對許樂天說：「內丹可以溫養，這以後都放在牠身上吧。理論上，吞服內丹可以增強功力。但實際上卻是不一定，吞服不同屬性的內丹可能會相斥，導致法力衰退。所以非到萬不得已，別讓牠吞服。」

許樂天又問：「就這樣？還有別的方法治療嗎？有什麼辦法可以讓牠早點康復？例如中藥之類的？」

土地公見識有限，他說：「妖和人不一樣，生病、受傷沒辦法看醫生，只能靠自己痊癒。仙丹妙藥都是可遇不可求的，現在牠有藻妖內丹已經很幸運了，否則可能撐不過三天。」

閉著眼的小白狐忽然開口：「要是麗麗在就好了，她懂草藥……」

許樂天說：「妳說的是妳的主人麗麗嗎？我可以去哪找她？」

小白狐反而急道：「別告訴她！她知道了會擔心的。」接著牠瞪著土地公說，「還有你！區區一顆內丹算什麼？你欠我這麼大的恩情，打算怎麼還？」

「這這這……」土地公為了平息牠的怒氣，安撫道，「大仙，以後碧湖公園這塊地盤就給妳吧。這段時間妳就好好養傷，我來幫妳看著。妳要是將來有什麼吩咐，儘管來小廟找我。」

小白狐精明得很，牠說：「你少給我偷換概念。這塊地盤本來就是我親自打下的，才不是你給的。這樣吧，要是你主管日後給你記功，你也必須為我添上一筆，日後我才會有福報和仙緣。」

土地公連連點頭稱是。

小白狐沒力氣再跟土地公多說，牠對許樂天說：「我們回家。」說完便再次閉上眼。

「好。」許樂天將牠抱得更緊，輕撫牠的背說，「我們回家。」

小白狐這次是真的昏睡過去了。

她在睡夢中，再次夢到那個森林裡、大樹下，背對著自己哭泣的小男孩……

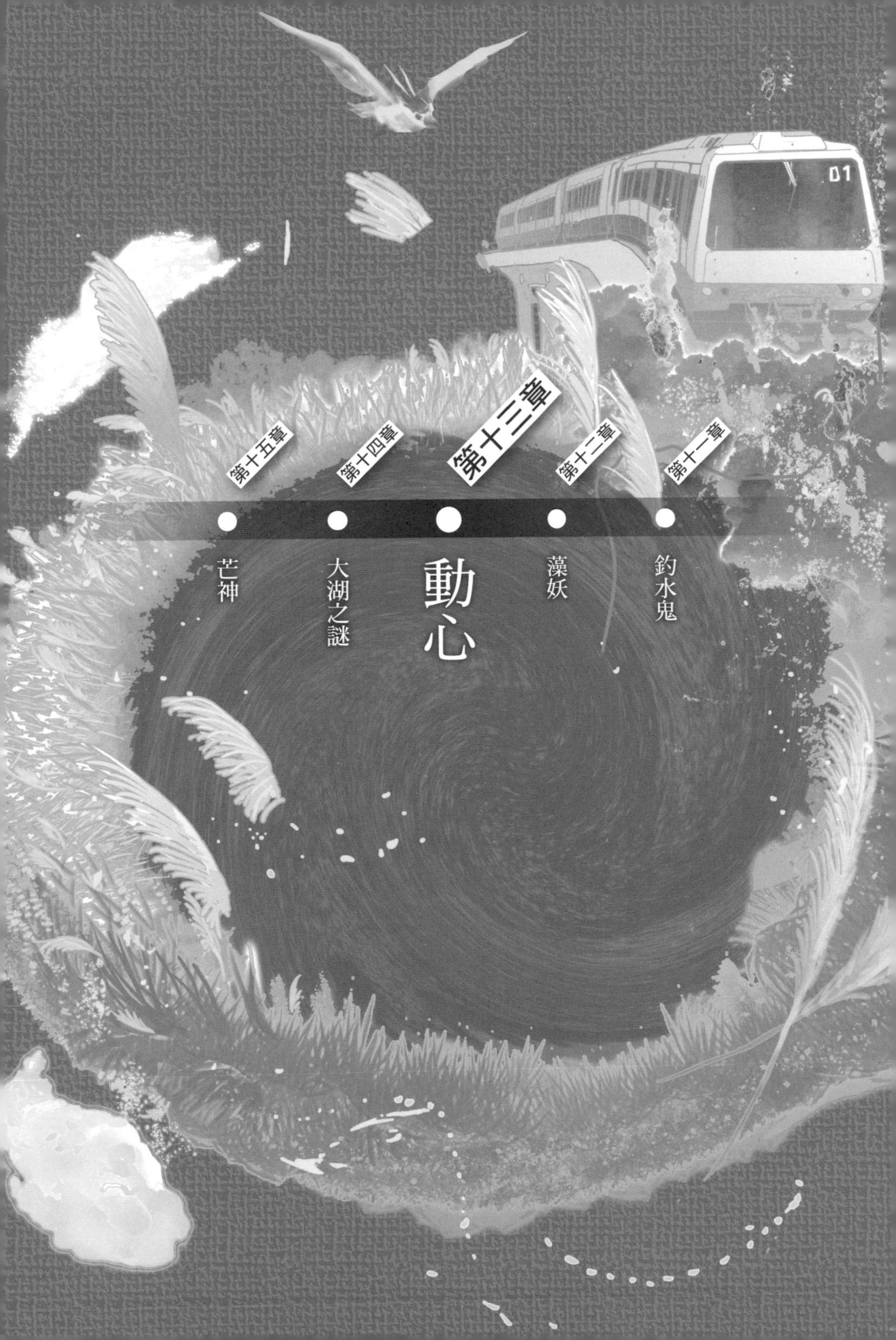

第十一章 釣水鬼

第十二章 藻妖

第十三章 動心

第十四章 大湖之謎

第十五章 芒神

許樂天帶著小白狐回到家後，就將牠放在床上，讓牠休息。

他蹲在床邊，凝視著沉睡的牠，開始反省自己，覺得自己實在太窩囊無能了。

「至少要學會游泳才行。」他下定決心道。

隨著時間一分一秒地過去，他越來越擔心小白狐會不會就這樣一直昏迷不醒。到了傍晚，他實在是坐不住了，急昏頭的他打給好兄弟——羅震坤。

電話一接通，許樂天便急道：「地雷啊！我朋友生病了，怎麼辦啊？你不是念醫學系的嗎？快來救牠。」

電話那頭安靜了一會，許樂天道：「喂？有聽到嗎，地雷？喂？你在哪？是不是又在地下室？」

羅震坤似乎正按奈著怒火，有些咬牙切齒道：「天兵，你告訴我，我的職業是什麼？」

「法醫啊。」

「你朋友是死人嗎？」

「呃……」許樂天不太確定地說，「應該算吧？」

「死人還用救？去你媽的！發什麼神經！在忙，掛了。」說完便果斷掛上電話。

「不是，我真的是找不到人幫忙，才打給你的，喂？喂？」

他看手機螢幕才知道已經通話結束。

「唉……」他抓了抓頭髮，煩躁地說，「到底該怎麼辦？」

於是他又搭捷運去梘頭土地公廟找土地公幫忙。

此時剛好入夜，到了土地公辦公時間，許樂天一進廟裡就看到土地公正在打卡。

許樂天忙上前問道：「有沒有其他辦法能幫小狐狸快點好起來？」

土地公得知許樂天的來意後，有些為難地對他說：「這其他辦法嘛，也不是沒有，只不過……」

「只不過什麼？到底是什麼辦法？」

「吸精氣。活物的精氣對獸類精怪來說就是營養品，尤其是像你這種陽氣十足的善人，簡直就是行走的人蔘雞精。」土地公又說，「只不過，人被吸了精氣以後，會有好幾天精神萎靡不振。要是被吸過量，不只會體質變差、減壽，還可能會沒命。」

許樂天心想，小白狐救過他，這次又是應他要求去除妖而受傷，為牠犧牲點精力也沒什麼。

於是他不等土地公說完，便說：「好好好，我馬上回去給小狐狸吸精氣。」說完便匆忙離去。

土地公對著他的背影喊：「記得多睡、多吃、多曬太陽，把精氣補回來啊。」接著他一邊吃供桌上的花生糖，一邊自言自語道，「怎麼會有人傻到自願給妖吸精氣啊？現在的年輕人真奇怪。」

許樂天一回到家就衝到床邊，輕喚小白狐：「小狐狸、小狐狸？」

喚了幾聲後，小白狐才懶懶抬眼看他：「吵死了。」

他向牠伸出手臂說：「快吸我精氣，這樣妳就能早點恢復靈力了。」

「不要。」

「吸精氣才能快點好啊。」

「我好不好，跟你有什麼關係？」

「妳就當作是報答我，吸我精氣好不好？只要妳吸了，以後就再也不欠我人情了。」

接著許樂天愧疚道，「我真的沒想到妳會因為除妖受傷。要是我早知道，我就，我……」

「你就怎樣？」

「我無論如何都不會讓妳去的。」

小白狐看他一眼，突然變成女孩模樣，雙手捧住他的臉，吻上他的唇。

他錯愕地瞪大眼睛，沒想到精氣居然是嘴對嘴這樣吸的。

他先是感受到一陣冰涼撲向臉龐，接著開始感受到體力迅速流失、精神變得萎靡，四肢末梢也都逐漸麻痺。

但不知為何，他也感到面紅耳熱、暈頭轉向；心覺得很暖、很甜，很有幸福感。

小狐狸長得美，他是知道的，但這是他第一次發現她的皮膚是這麼雪白，睫毛這麼纖長。同時他也意識到，她是第一個使他心動、而非心驚的女人。想到一半，他忽然眼前一黑，因體力不支而昏了過去。

反倒是小狐狸因為吸食了大量精氣，身體已經恢復了大半。

她凝視著倒在一旁的許樂天一會，幽幽地說：「你知道嗎？要是麗麗的話，絕對不會要我去除妖。她甚至會阻攔我跟其他妖、鬼打架。就算我很明顯比對手強，她也不想我去打，因為她擔心我會受傷。

我一開始以為你比麗麗對我還好，但你要我去收妖時，我又覺得你沒有麗麗那般為我著想。但現在你讓我吸你的精氣，我就不太確定了。

你說，為什麼我總拿你和麗麗比較呢？又為什麼總是特別在意你說的話呢？」

隔天一早，許樂天又把小狐狸叫醒，催她吸食自己的精氣。

小狐狸見他還有些憔悴，所以馬上就拒絕了，但許樂天說：「妳不用擔心我，我沒事的。」

「誰擔心你?」

「妳也不用跟我客氣。」

「你以為我會跟你客氣?」

「那妳就吸吧。」他一臉期待地對她展開雙臂。

於是小狐狸又再次湊上嘴、吸食他的精氣，只不過她這次很克制地只吸一、兩口便停下。

當她冰冷的唇瓣抽離時，他還有些意猶未盡地說:「怎麼這次吸這麼快?」

小狐狸正要說些什麼，門鈴聲便響起。她透過門上貓眼一看，是個陌生的男人。

「男的女的?」許樂天問。

「男的。」

許樂天明顯鬆了一口氣。

門鈴聲再次響起，這次更急促了。

許樂天一開門，有些訝異地說:「地雷?」

「天兵。」門外的羅震坤與許樂天差不多高，但濃眉大眼的他，相貌更加陽剛粗獷，膚色則是健康的小麥色，體格也比較健壯。

羅震坤雖然昨天在電話中罵許樂天，但他罵完後還是有點擔心許樂天的近況，所以才一大早就跑來他家。

他看到許樂天後，先是一臉緊繃地上下打量他一會，又將他轉一圈，確定他沒有外傷後，才鬆了一口氣。

他拍了拍許樂天的肩膀說：「生日快樂。」接著自己熟門熟路地走進來，往客廳沙發一坐。

一旁的小狐狸問許樂天：「今天是你生日？」

許樂天點點頭，小狐狸眼珠轉了一圈，便將藻妖內丹塞進他手裡：「這個就送你吧。」

他茫然道：「我？」

「生日禮物。」

他愣了一下，對她微笑說：「謝謝，我很喜歡。」

客廳沙發上的羅震坤以為他在跟自己說話，便問他：「你說什麼？」

許樂天忙回：「沒什麼，冰水嗎？」

羅震坤點頭，許樂天便去廚房倒了一杯水過來給他。

小狐狸好奇地繞著羅震坤打轉、嗅聞，評鑑道：靈魂雖然沒有我們許樂天乾淨，但還算不錯，也是個好人。

於是她也在他身上下了追魂術，有備無患。

羅震坤沒有陰陽眼，再加上八字極重，所以完全感覺不到她的存在。

許樂天一臉疑惑地看著羅震坤道：「你一大早來我家幹嘛？今天不用上班？」

「當然要啊。」羅震坤拍拍旁邊的沙發，「我有話問你。」

許樂天坐到他身旁，問：「什麼？」

「你昨天打給我那通電話，是怎麼回事？」

「喔！原來你要問的是那個啊。」許樂天瞥了一眼小狐狸，有些尷尬地說，「已經沒事了。」

「說清楚。你不說清楚，我就不走。」

許樂天看向另一頭的小狐狸，問她：「我能告訴他，妳的事嗎？」

小狐狸反問他：「他是你的誰？」

「朋友。」

「你信得過他嗎？」

他毫不猶豫地點頭說：「他和妳一樣，都是我最好的朋友，他絕對不會害我。」

小狐狸既然已知道羅震坤是好人，便聳聳肩說：「那隨便。」

羅震坤一臉錯愕地對許樂天說：「你又發作了？又開始出現幻覺了？」

許樂天不悅地說：「才不是幻覺。」他頓了一下又說，「我知道這可能很難置信，但我家現在有一隻狐狸精，我們一起住。」

羅震坤整個傻住了。他呆了整整三秒，才忽然站起身，並拉著許樂天說：「走，我現在馬上帶你去看醫生。我學長現在在精神科有門診，我請他讓你插隊。」

許樂天甩開他的手，說：「我沒生病！」他難得語帶怒意，「為什麼從小到大，你都不相信我有陰陽眼？」

「因為根本就沒有陰陽眼！天底下根本就沒有鬼！我是法醫，如果真的有鬼的話，我肯定比你更常看到。」

小狐狸冷哼一聲，走到許樂天身旁說：「你問他，想開陰陽眼嗎？只要開了，就能看到我了。」

按理說，依她的道行，她完全可以直接在凡人面前現身，但她偏不，她就是要整整羅震坤，誰叫他不相信許樂天。

許樂天疑道：「開陰陽眼？這樣好嗎？」

「又來了。」羅震坤再次抓住他的手臂，要帶他去看醫生。

小狐狸催促許樂天道：「快問啊，難道你想被當成瘋子？」

許樂天腦中浮現小學時，被女同學反鎖在廁所裡的片段。

小時候的他童言無忌，確實曾經因為陰陽眼的關係，被當成瘋子或是騙子，而遭到排擠和欺負。那段童年回憶非常痛苦，他不想再重蹈覆轍。

於是他開口問羅震坤：「你想開陰陽眼嗎？只要開了，就能看到狐狸精了。」

向來鐵齒、不信鬼神的羅震坤苦笑一聲，說：「好啊，你要是有本事，你開啊！我巴不得能看到鬼咧！」

小狐狸等的就是羅震坤這句話。她邪魅一笑說：「這可是你自己要求的喔，將來有什麼後果，你得自己承擔業報，與我無關。」

羅震坤又怎麼會知道，就因為他此刻魯莽的要求，為日後的自己帶來無數的後患，更因此數度身處險境。

小狐狸朝羅震坤雙眼射出榕樹葉，當葉子打在他雙眼時，她結印施法便開啟了他的陰陽眼。

羅震坤只是感覺到眼前有什麼東西一晃，反射性眨了眨眼後，赫然發現眼前多了個年輕貌美的女人！

他震驚得下巴都快闔不上了，指著她，支支吾吾地說：「妳、妳妳是誰？怎麼突然出現？」

小狐狸對他眨了眨眼，一臉無辜地反問：「你說呢？」

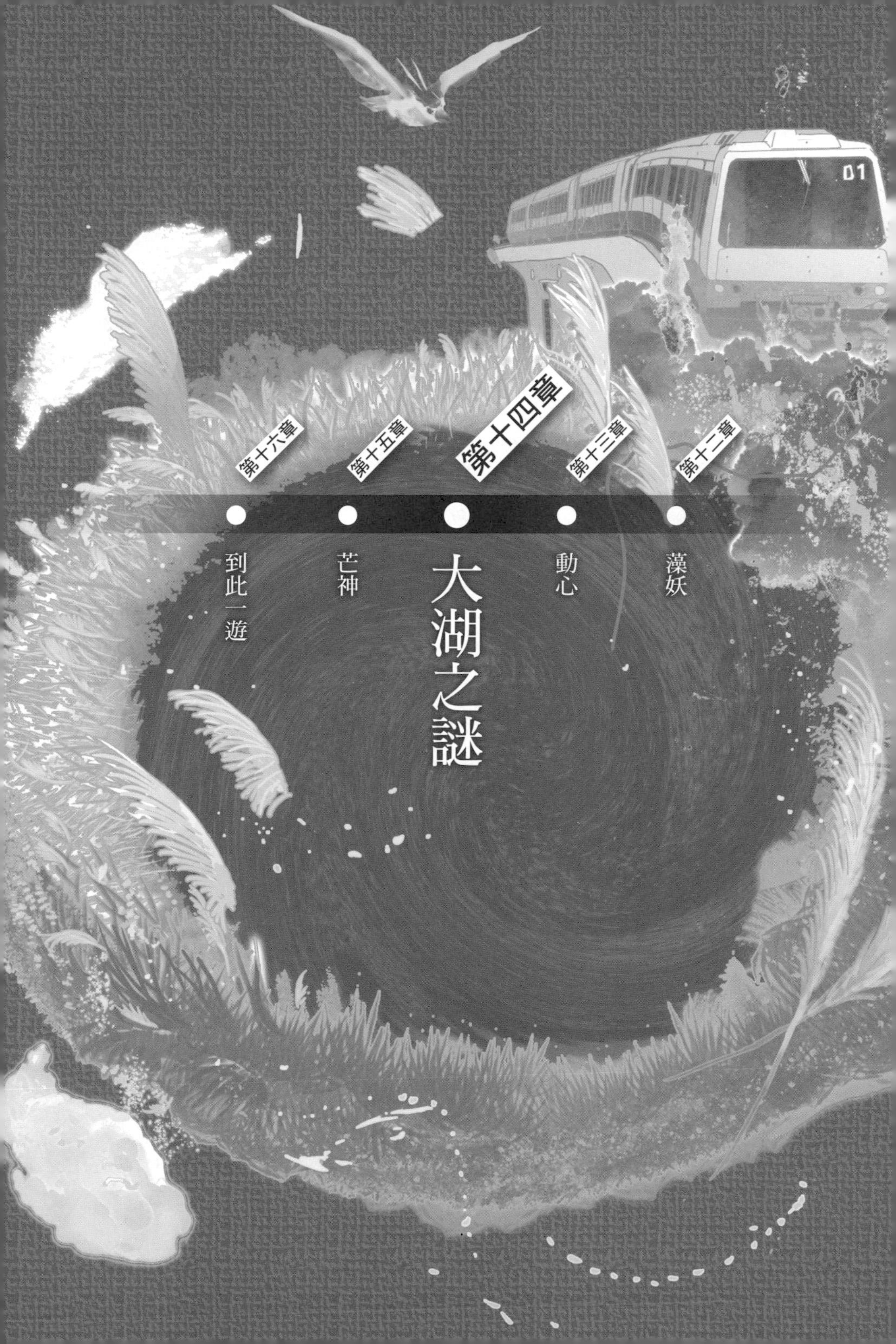
第十二章
藻妖
第十三章
動心
第十四章
大湖之謎
第十五章
芒神
第十六章
到此一遊

許樂天開始每天搭捷運到大湖公園附設的游泳池上課。上第一堂課的時候，他才發現班上只有他一個大人，其他都是小孩子，實在是很丟臉、很尷尬。

但下課的時候，他反而很慶幸自已報的這班同學都是小孩子，因為接下來一班都是中、老年大媽，令他很害怕。

為了學會游泳，他每天早上六點都準時來上課。下課之後，回家簡單盥洗便去上班。

幾天後，小狐狸完全康復。她也跟著許樂天一起搭捷運到大湖公園站，只不過她是待在站內觀景台，憑記憶修煉藏經環第二層書庫中的咒術。

第二層五行術的精要不再只是著重於元素的「相生」、「相剋」，而是在於「共生」和「逆向控制」。

「共生」的原理很簡單，即五行之間可彼此搭配，產生加成效果。但是由於她沒機會學第一層書庫裡的金、木、水和土術基礎，所以沒辦法練，只能將重點放在「逆向控制」上。

她從垃圾回收桶中翻出一個鋁罐，到女廁將它裝滿水後，又回到觀景台，開始催動火術。只不過這次她不是對鋁罐加熱，而是吸走罐上的熱，即降溫。

很快地，罐裡的水便凍結成冰，將鋁罐撐鼓（註1）。

她收手，喜道：「成功了！比我想像得簡單多了。」接著突發奇想道，「麗麗教過我溫度和密度之間的關係，如果我能控制萬物的溫度，也許還可以用別的方式來對付碧湖的藻妖和水鬼？」

她一邊看著遠方的大湖，一邊沉思，忽然聽到一聲鳥啼，抬頭一看，夜鷺精便出現在她眼前。

多日沒見到她的夜鷺精，一聞到她的氣味就趕來了。

「孫女啊，這幾天跑哪去了？那個小白菇擔心死了，整天在我旁邊問妳在哪，煩都煩死了。」

他話才說完，小白菇也趕到了，她伸臂抱住小狐狸，聲音軟萌地說：「妳去哪了？怎麼那麼多天都沒來？我好想妳。」

小狐狸摸摸小白菇的頭，先是說：「妳道行淺，捷運站裡不能待太久，知道嗎？」接著她簡單告訴他們，她前幾天與土地公、廟公除碧湖公園藻妖、水鬼的事。

小白菇聽了，嚇得臉色慘白，掉一地落葉。她說：「太可怕了。為什麼要跟他們打架？不靠近碧湖不就好了嗎？」接著又擔憂地問，「妳傷好了沒有？」

「已經差不多了。」

註1：冰塊密度比水小，水從液態轉為固態，體積會增加。

小白菇還是不放心，雙掌貼在小狐狸的手臂上，想將自己身上的靈力傳給她、助她療傷。

小狐狸婉拒道：「不用了，妳現在在長大，這些靈力妳比我更需要。」

但小白菇還是執意這麼做。

「雞婆！」小狐狸雖然嘴上這麼說，但其實心裡是很高興的，對小白菇的喜歡，又更多了一些。

夜鷺精的反應與小白菇截然不同。他聽了，笑容滿面，大掌豪氣地拍小狐狸的背，驕傲地說：「妳行啊！一個晚上就把那群妖鬼給幹掉了，不愧是我孫女。妳放心，以後妳的地盤，我也會幫忙顧的。」

「這兩天確實要請你顧。」

「妳要去哪？回辛亥？」

「不是，我是要去找驚雷珠。」她頓了一下又說，「可能是藻妖內丹或許樂天精氣的關係，這次康復以後，我的道行反而提升了，也是時候來繼續找驚雷珠了。」

「欸，妳還沒放棄轉生啊？我早就飛遍全內湖了，風水最好的就是咱們這個大湖公園。如果連這裡都沒有，其他地方又怎麼會有，死心吧。」

小狐狸堅持道：「我還是要自己找過一遍，才能死心。」

「真不知道該說妳天真還是固執？」夜鷺精又說，「行！碧湖公園就包在我身上。有我顧地盤，妳就放心去找吧。」

「那你呢？」小狐狸用下巴比向大湖方向，「什麼時候要動手？」

「我不早說過了嘛，我對於搶地盤這事不感興趣。」夜鷺精想到了什麼又說，「還記得妳之前問我的事情嗎？我這幾天打聽到了一件大事，不過這事還是有些奇怪，我想不通。」

小狐狸催促道：「快說、快說。」

「大湖公園的前身是『十四分埤』，內湖地區有一半的水田靠這個水圳灌溉，但當年在興建水圳的時候……」他將打聽到的舊事娓娓道來。

清朝時期，地方百姓想在此處興建水圳，但一直蓋不成。原因是每當施工的時候就會突然下大雨，導致工期不但延宕，已興建好的部分也馬上被大雨給沖毀。但是一停工又馬上風和日麗，天上一朵雲也沒有。

日子久了，當地人開始覺得邪門，工程單位也實在是沒辦法了，只好請一位看風水的師公來看，希望此事能有解。

那師公來看了以後，便說只有「人柱」才能解決。

「人柱」指的就是活人獻祭，將人作為祭品活埋。

但是誰會願意被活埋呢？還真的有。

當時的艋舺和大稻埕並列台北最繁榮熱鬧的地方，乞丐也特別多。

師公在艋舺找到了一個壽命將至的老乞丐，並與他談定：讓他在最後的日子裡吃好、穿好，請他「成全」這裡的地方百姓。

老乞丐答應了。師公帶他回內湖過上幾天好日子，便選了個適合動工的「吉日」將他灌醉，祕密舉行祭儀、將他活埋。

從此以後，水圳興建過程一帆風順。

當地人得知此事後，因同情與感念這名老乞丐，便在公園旁建一座小廟「老公祠」，每日香火供奉。（註2）

夜鷺精又說：「我這幾天去老公祠附近轉了幾圈，廟裡都只是些普通的孤魂野鬼，並不強大。他們只是因為貪吃香火才寄居在那，與當年那個被活埋的老乞丐一點關係也沒有，而且他們都不是水鬼。但『人柱』又是我唯一打聽到的大事。我就覺得很矛盾：如果老乞丐是自願的，為什麼會變成陰氣、怨氣極重的凶靈？如果不是老乞丐，那這湖裡的凶靈又是誰？他為什麼可以這麼強大？」

小狐狸思索了一會，說：「你再繼續打聽看看，說不定有其他人溺斃。」

「溺斃不是很平常的事嗎？那些死者通常也只是變成普通水鬼而已，怎麼有辦法變得像現在那隻那麼強？」

小狐狸想到了碧湖公園的狀況，若有所思地對夜鷺精說：「一件事情平常不平常，往往取決於觀者看得出多少。」

「什麼鬼！妳講的是中文嗎？」

小狐狸白了他一眼說：「真是對牛彈琴！懶得跟你說了。你待會看到許樂天從游泳池出來，幫我跟他說：我這兩天要去找驚雷珠，今晚不回家了。」說完便動身離開。

夜鷺精浪跡天涯慣了，自然無法理解小狐狸為什麼要他轉達這件事。他不明就裡地問：「跟許樂天說這個幹嘛？不回家就不回家啊！」

小狐狸沒有回頭，她邊走邊說：「你這種沒有家的傢伙是不會懂的。」

「什麼鬼！妳歧視遊俠啊？」

小狐狸回眸一笑，調皮道：「我是歧視你這個遊民。」

註2：大湖公園「人柱」獻祭：此為真實的地方傳說。內湖在地耆老與老一輩居民皆知。現湖旁的「老公祠」就是在地人感念當年以命獻山神、助建水圳的老乞丐而蓋的。

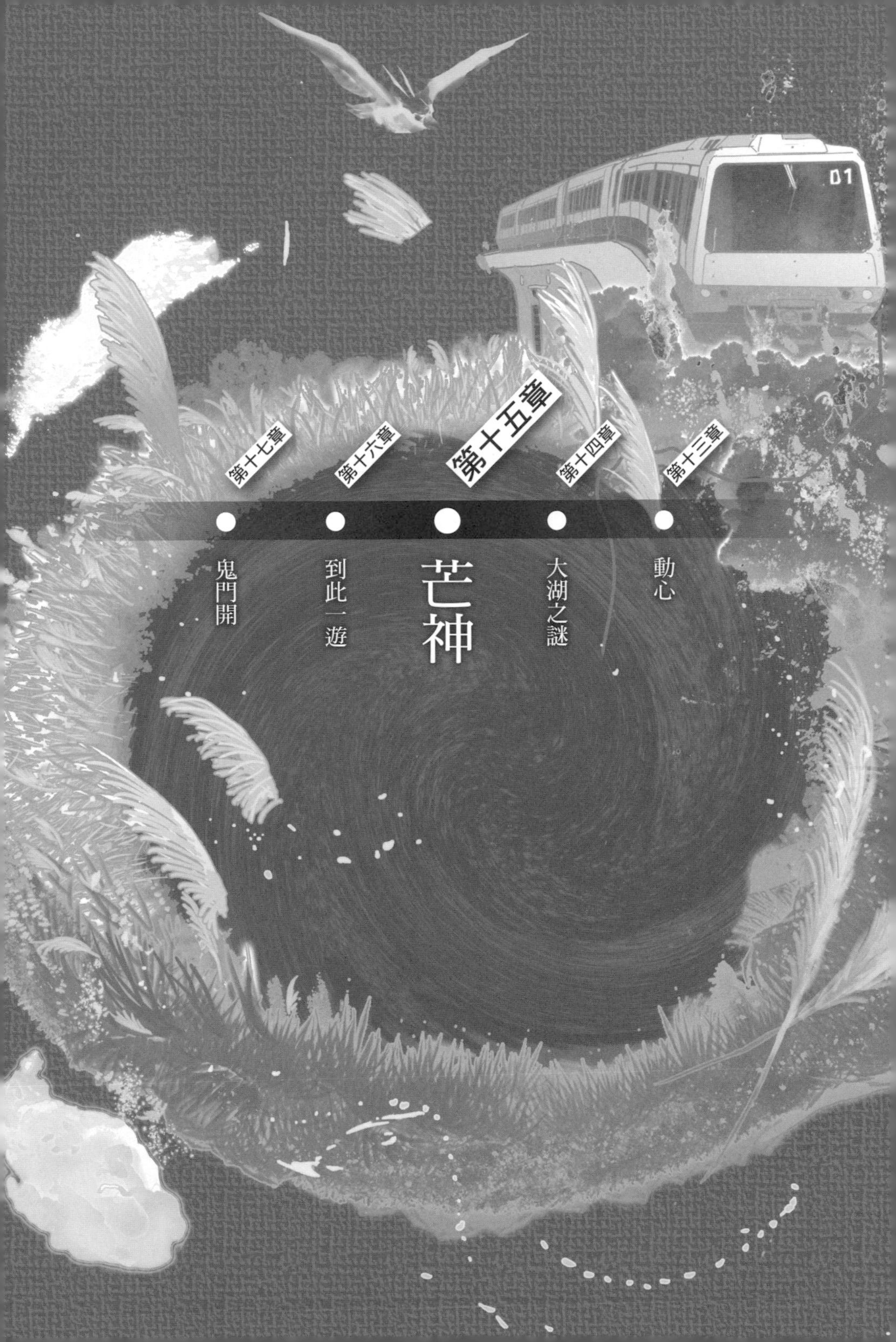
第十三章
動心
第十四章
大湖之謎
第十五章
芒神
第十六章
到此一遊
第十七章
鬼門開

許樂天就職的「威擘科技公司」報名了今年的台北智慧城市展。

他的主管要求他與其他部門工程師都要在展期內，輪流配合業務，去南港展覽館顧攤一天。

這天，正好輪到許樂天去顧攤。

他一早進東湖站的時候，先是被趕時間的路人撞了一下，接著腳又被人給踩到。擠進車廂裡的時候，又看到一群人口罩沒戴好，露出鼻孔。現在處於疫情期間，他好心提醒他們，反倒被圍剿、回罵「多管閒事」、「反應過度」。

秀才遇到兵的他，無奈地嘆了一口氣，竟有點想念之前加班到深夜、捷運上沒什麼人、只有妖鬼出沒的那幾天。

捷運觀景窗外，出現一座座高聳、外觀充滿未來科技感的玻璃帷幕大樓。

南港軟體園區站一到，車門一開，喪屍潮般的乘客湧出，車廂頓時清空一大半。

許樂天鬆了一口氣，心情頓時好了許多。

他一想到南港展覽館站距離東湖站僅僅兩站的距離，而且可以在展覽館下午五點關門後就直接回家，不用像平常一樣，想下班還得看上司和前輩的臉色，便滿心歡喜。

他戴著口罩，邊想邊偷偷傻笑，心想：晚點回到東湖，出站以後，再去有名的東湖頂尖排骨大王，買便當回家和小狐狸一起吃。一日小確幸達成！

接著他才想到稍早前，夜鷺精告訴他：小狐狸今晚不會回家。

想到這，他感到有點落寞。

她不回家，會是去哪？大湖公園還是碧湖公園？她有什麼事要忙嗎？還是我買便當去找她一起吃？順便打個寶可夢？

在展覽館顧攤的時間過得很快，轉眼就到了五點。許樂天和業務簡單收拾一下攤位，六點十分就各自離開展覽館。

此時正值夏季，天色逐漸轉暗，白天的酷熱也逐漸被晚風的涼爽取代。他一路心花怒放地踏著輕快的步伐走進捷運南港展覽館站。

這裡是起站，但時間已進入下班尖峰時刻，捷運通勤族爆炸多。車廂內充滿各種香水味與汗味，他憋氣擠過一群乘客，才順利找到位子坐下。

接著他陷入沉思：到底要吃排骨便當還是雞腿便當好？還是各一個吧，這樣小狐狸可以兩種口味都吃到。不知道她會在那裡？等一下找不到她怎麼辦？

窗外忽然開始下起小雨。雨滴在玻璃上畫出一道又一道平行的斜線，街景漸漸變得支離破碎，在紫中帶橘的晚霞中顯得迷濛不真實。

他感到車廂內的光線越來越暗，耳邊的聲音也越來越遠、越模糊。

發車後，他也隨之失去意識……

不知道過了多久，許樂天再次醒來時，赫然發覺現在捷運才到南港軟體園區站！

距離他上車的起站——南港展覽館站，只隔了一站。

怎麼回事？好像不太對勁？

他感到一陣怪異，低頭看了一下手機。

關機了。按開機鈕都沒反應，也不知道是怎麼回事。雖然無法看到時間，但他總覺得自己睡了很久。

不可能才過一站啊！而且文湖線是地上高架捷運，怎麼窗外都是一片漆黑、一點燈光也沒有，像在隧道裡一樣？

南港軟體園區站的下一站就是東湖站。他抱著疑問站起來、走到門邊，準備下車。

但是當捷運再次停下時，他頓時呆若木雞。

眼前月台上寫著大字：南港展覽館站！

他就是從起站——南港展覽館站上車，那站只有往動物園站一個方向而已。他根本不可能也無法搭錯。

一個念頭突然閃過腦海，他心道：該不會遇到鬼擋牆吧？幹！我明天還要上班耶。

這時身後傳來聲音，他回頭一看，車廂內的乘客少了很多，此時座位上的他們才陸續從沉睡中甦醒。大家一醒來的反應也都和他差不多。

許樂天著急地向他們說：「我們好像遇到鬼擋牆了，捷運一直在南港展覽館站和南港軟體園區站之間來來回回！」

一開始他們看他的眼神都像在看神經病，也沒人願意理他；但他們很快就發現他說的是真的。

大多數的乘客都開始變得和許樂天一樣慌張，瘋狂地嘗試將自己莫名關機的手機開機，或是對對講機求救，甚至是激動地拍玻璃窗和車門。

只有一人頻頻捏自己的臉頰和大腿，喃喃自語道：「快醒來、快醒來！」

許樂天放眼望去，似乎只有他們這節車廂有人，也不知道其他車廂的人什麼時候下車或消失的。

隨著時間一分一秒過去，大家的神情都和他一樣，從徬徨、焦慮到不耐煩，但沒有人知道該怎麼辦。

他心想：如果下一站下車，會不會和其他車廂的乘客一樣消失？但是不下車的話，天知道我會被困在這節車廂裡多久？到底該不該下車啊？

他越想越糾結，便不自覺地走來走去，當捷運靠站停下的時候，差點因慣性撞到扶手桿上。

月台上又是寫著「南港展覽館站」，車門開啟，再次響起一段急促的旋律，催促著乘客盡快上、下車。

他猶豫之際，有一位淺色洋裝的女人霍然站起身道：「我受不了了！」說完便果斷地下車。

她一說完，一位穿灰色西裝的中年男人和一位戴黑色鴨舌帽、穿黑色T恤的年輕男人也跟著下車。

三人都是一走出車廂就消失。

此時車廂內只剩下五個人，大家的臉上都寫著「猶豫」。

沒來由地，許樂天在車門即將關上的一刻，下意識側身跳下車，落到月台上。

站穩之後，他才意識到自己下車了。

比他早下車的三人竟突然出現在他面前，他正想問他們「剛才怎麼突然消失」時，背後一陣風倏地颳起，捷運正在駛離月台。

他回頭一看，車廂裡四人都在朝月台上看，但他們的視線都不是落在他身上，不知道是不是也瞧不到他。

他朝他們揮手，他們也沒反應。

就在這個時候，月台上的燈突然全滅了！

「跳電？」許樂天說。

「停電！」西裝男說。

眼下有幾盞亮著微弱螢綠光芒的逃生指示燈，在一片黑暗之中顯得特別醒目，四人討論了一下，決定先朝指示燈顯示的出口方向走走看。

氣氛很壓抑，四人惴惴不安地前進，許樂天邊走邊問其他三人：「你們剛才下車之後跑到哪去了？我們從車上都看不到你們。」

淺色洋裝的女子回答他：「沒有啊，我們就在月台上，哪裡都沒去。」

「是嗎？」他錯愕道。

她點點頭，指著身旁的西裝男和黑帽男說：「我們一下車，就發現這個月台的格局和南港展覽館月台不一樣，所以不敢亂走。」

「是喔？」他茫然道，「我很少搭到這站，所以不是很清楚。」

此時前方出現一條橫向的通道，左右轉角上方都有指示燈，顯示兩邊都有出口。

沉默之中，許樂天開始聽到「答、答、答」緩慢滴落的水聲。

「是外面的下雨聲嗎？」他揣著希望道，「我們是不是快到出口了？」

沒人回答他，但大家的腳步都加快了，不約而同地往右邊轉角走。他們快走到橫向通道的時候，忽然有道小小的黑影出現在左邊轉角。

洋裝女倒抽了一口氣，黑帽男則毫不懼怕地喝問：「誰？誰在哪裡？」

「我……」小男孩從左邊轉角探出頭，怯生生地說，「我……」

洋裝女鬆了一口氣，但還是帶著懷疑語氣問他：「你怎麼會在這裡？」

小男孩慢慢走出來，說：「不知道，我原本在捷運上睡覺的，醒來之後就在這裡了。這邊好黑，我好害怕。」

直到他走到燈光下，身形輪廓才變得清晰。他看起來年紀很小，頂多才幼稚園大班或小一。

「你一個人？爸爸媽媽呢？」許樂天問。

「不知道，我醒來，媽媽就不見了。」

黑帽男點點頭，對他招手說：「快過來，這裡不安全，我們得想辦法離開。」

「嗯。」小男孩聽話地小跑步過來、直接牽住他的手，似乎不太怕生。

五人繼續前進，但沒想到右轉之後，前方沒有手扶梯或階梯，只有一台電梯。電梯裡的白燈閃爍不定，將壓抑的氛圍又多添了一分詭譎。

「我們還是走另一邊出口出去吧？」西裝男提議道。

「另一邊什麼都沒有，是牆。」小男孩說。

西裝男和洋裝女不信，便對其他人說：「我們先去看看，你們在這邊等我們。」

「你們小心。」許樂天佩服他們的勇氣，但又為他們捏把冷汗。

兩人沒多久就折返，西裝男對他們搖頭、揮手，洋裝女則憂心忡忡地對他們說：「真的是牆，另一邊真的沒有路，唉……」

「好吧，」黑帽男說，「我先進電梯看看。」說完便鬆開小男孩的手，往電梯走去。

他進了電梯、按向下鈕後，電梯門隨即關起，電梯緩緩向下，電梯間很快又是漆黑一片。

其他人等了一會，沒聽到其他動靜。小男孩跑到電梯前，按了幾次電梯鈕，但電梯始終沒再上來，也不知道黑帽男現在人在哪裡、是否安全。

小男孩轉身跑到許樂天身邊，拉他的褲子問：「哥哥呢？」

他回他：「我也不知道，希望他成功出站了。」

由於指示燈只顯示這兩個出口的方向，他們又不敢在黑暗之中亂走，所以三個大人討論了一會，決定走回月台，等等看是否有其他班捷運進站。

回月台的路上，他們走得很快。

但他們很快就感到奇怪：這次是「下」樓梯後才到月台。明明他們剛才往出口走的時候，沒有「上」過樓梯啊！

無論如何，這是他們所能想到的最後一個逃脫方向了。如果再不行，大家也不知道該怎麼辦了。

不幸的是，他們在月台上等了很久，兩邊都沒有捷運進站，連陣風也沒有。

洋裝女突然道：「小弟弟呢？沒跟丟吧？」

「我在這！」小男孩道。

「來，牽我的手。」

「喔。」

她的語調突然變得咄咄逼人：「你老實告訴我，你到底是誰？為什麼剛才會突然出現？」

「啊？」小男孩的聲音聽起來很詫異。

「你叫什麼名字？你爸媽叫什麼名字？」

「我才不告訴妳！放開我！」

「說！我們遇到鬼擋牆，是不是你搞的鬼？你說啊！再不說，我就……」

「呃呃……」

「什麼聲音？」許樂天摸黑往他們的聲音走，試圖阻止她，「妳、妳該不會在掐他脖子吧？快放開他！」

就在這個時候，月台上的燈忽然亮起，軌道颳來一陣風，似乎有捷運要進站了。

但是許樂天卻被眼前的景象嚇傻了，無心回頭確認是否真有捷運開過來。

此時洋裝女正在掐一個外貌醜陋、骨瘦如柴的小孩！

他眉骨特別突出，雙眼異常地小，用「豆大」形容都不為過，還有著一對長長尖尖的虎牙。膚色小麥色，從臉到全身都是密密麻麻、彷彿被火燒過、不規則的燒焦紋路，令人看了怵目驚心。

洋裝女也被小孩嚇到了，燈光一亮，她馬上就大叫一聲，立刻鬆手。燈光再次暗下來，只不過這次不是一瞬間全滅，而是一盞一盞地滅掉。

「快點！不管他是鬼還是什麼，殺了他，我們就能脫困了！」西裝男衝上去揪住他，猛將他往軌道上扔。

外貌駭人的小孩發出一聲慘叫，朝鐵軌飛出去，對許樂天喊道：「叔叔救我！」

不用他說，許樂天早就反射性地撲上去了。

他抱住他的同時，也意識到自己即將摔落鐵軌。

眼前忽然強光一閃，許樂天心道：糟糕，捷運要撞過來了！

他抱緊他，下意識緊閉雙眼。

但是接下來什麼事也沒發生。許樂天再次睜開眼睛，赫然發現自己又再次回到月台上。而懷裡的小男孩不知道什麼時候掙脫了許樂天的臂膀，站在距離他五步左右的距離，直勾勾地盯著他看。

「為什麼救我？」他說話的音調仍然童稚可愛，但口氣和他的眉目一樣凶惡。

「啊？我也不知道。」許樂天邊說邊低頭打量自己，看看有無外傷。

四周很昏暗，光線是來自於外面，許樂天環顧一圈，終於再次看到街景。感受到晚風和站外的聲響，直覺告訴他：我脫困了！但是另外兩個人呢？怎麼不見了？

「你到底為什麼救我？快說啊！」小男孩握緊雙拳，對許樂天吼道。

此時許樂天已經冷靜了下來。他越想越不對，便生氣道：「你怎麼這麼沒水準！我捨命救了你，你沒向我道謝就算了，跟我講話還這種態度！還有，你到底是誰啊？」

他回許樂天一個白眼，以嫌棄的口吻對他說，「居然到現在都還不知道我是誰！笨死了。」

「我怎麼會知道！你以為你是皮卡丘還是可達鴨啊？」許樂天隨口說起兩個寶可夢。

「不知道你在說什麼。我是芒神。」

「蛤？」

「芒神啦！」

「沒聽過。芒果還比你有名。」

「就是魔神仔啦！」芒神氣急敗壞道。

芒神的回答太出乎許樂天意料了。他吃驚道：「魔神仔！我還以為魔神仔只會出現在野外！」

芒神冷哼一聲，道：「野外？現在汐止、南港山區到處都是人、都是房子、都是電線杆，哪裡還有野外？」

「所以呢？你為什麼要把我們困在這裡？耍人很好玩嗎？你知不知道這種惡作劇有多恐怖？萬一我們之中有人心臟不好、嚇死怎麼辦？」

「我可不是在惡作劇，我就是要你們死。現在捷運都裝了電動門，我沒辦法再慫恿你們跳下去，只能先把你們困在這裡，再一個個慢、慢、殺、死。你們燒死了我們，奪走了我們的家，我恨你們！」

芒神的一番話令許樂天想起碧湖公園的藻妖，心裡再次五味雜陳。

他接著又想：所以芒神的真身其實是一種……動物？或植物？但如果是這樣的話，為什麼死後不是變精怪，而是變芒神？

「等等！」許樂天這才意識到一件要事。他摸摸自己，慌道：「所以我死了？」

「我暫時找不到理由殺你。」芒神先是皺起眉頭，似乎很懊惱的樣子，「我不喜歡傷害沒有做過壞事的人。」

「你怎麼知道誰做過壞事、誰沒有？」

「不告訴你，反正我就是知道。」芒神嫌惡地給許樂天一記白眼，「問題一堆。」

「等等，那其他人呢？其他和我搭上同一班車的乘客呢？他們在哪裡？」

芒神沒回答他，只是盯著他的胸口說：「你不該帶內丹出門。」

許樂天順著他的方向看，將襯衫裡的項鍊拿出來。

藻妖內丹是小狐狸送給他的生日禮物，他很珍惜，就天天把內丹帶在身上；但他又怕把它搞丟，所以就用一個造型像「寶貝球」的透明球型塑膠殼裝內丹，再用銀鍊穿過塑膠殼上的孔，當成項鍊，天天戴在身上。

許樂天問：「怎麼了嗎？」

芒神告訴他：「精怪對無主內丹很敏感，遠遠就能聞到它的氣息。我就是被它引過來的。你要是以後再帶它出門，遲早會引來其他精怪。」

許樂天心想：土地公怎麼沒說？還好小狐狸受傷那幾天沒出門，要不然被其他精怪找麻煩，怎麼辦？

「等等，你不是芒神嗎？聽你剛才這麼說，芒神也是精怪的一種？不然你怎麼會被內丹的氣息引來？」

芒神沉默了一會，說：「不是，但我們本質很像。」接著他感傷地說，「要是我是精怪就好了……」

許樂天正想再多問幾句，芒神就忽然張嘴、頭往後仰，嘴角開裂到一個不可思議的角度，衝著他大聲吼叫：「控哐——」

聲音之大，好像有人在他耳邊敲鑼一樣；而那叫聲也的確很像敲鑼。

那股惡臭與巨響熏得許樂天作嘔、震得他頭皮發麻。芒神的血盆大口更是嚇得他魂都快要飛了，腦袋瞬間一片空白……

「先生！先生！」

恍惚之間，許樂天感覺到有人正在叫他、拍他的手臂。

他睜開雙眼，看見一位相貌大約三、四十歲，穿著襯衫、西裝褲的男人。

男人看許樂天醒來之後，明顯鬆了一口氣道：「太好了，你沒事吧？你怎麼會倒在這？」說完，便伸手拉許樂天起身，同時告訴許樂天他是站務員。

許樂天環顧四周，問站務員說：「這裡是……捷運站月台？」

「對，南港展覽館站。」站務員神色有些困惑，「你怎麼會倒在這？現在捷運站還沒開，你該不會是昨晚就昏倒在這裡直到現在吧？不對啊，這樣上一班閉站的同事應該會發現你才對。」

許樂天頭還有點暈沉沉的，輕輕搖晃了一下，才回想起昨夜發生的事情，手臂不禁起雞皮疙瘩。

他不知道該怎麼和站務員說，便含糊帶過，稱自己也不清楚。

站務員說：「你也不清楚？怎麼會這樣？一夜之間發生這麼多怪事……唉……」

許樂天聽了瞪大眼睛，想到昨晚同一班的乘客，忙問站務員：「還發生什麼怪事？」

「剛才我們也在電梯裡發現一位先生。他和你一樣，被發現的時候也是倒在地上、不省人事。叫醒他以後，他也不知道自己為什麼會在電梯裡。還有昨晚磨……」站務員說到一半忽然打住，改口說，「我不好多說什麼，或許你之後會看到新聞。啊對了，你現在還好嗎？要不要先坐下來休息？」

「不用了，謝謝，我沒事。你剛才說捷運還沒開？現在幾點了？」

站務員拿出手機瞥了一眼，回他：「還早，五點十五。如果你要搭捷運的話，距離首班車還有四、五十分——」

許樂天突然情緒激動地打斷他的話：「不用、不用！我要出站！」

站務員被他的態度嚇得一愣，然後對他說：「好，跟我來。」

許樂天出站後便叫了計程車離開。回到家後，家裡空蕩蕩的，顯然小狐狸還沒回來。失落之餘，他也感到很疲憊，但卻一點睡意也沒有，於是他在客廳裡邊吃早餐邊看電視。

當他拿遙控器漫無目的地轉台時，一則晨間新聞吸引了他的注意。

「幾個小時前，台北捷運磨軌車在凌晨例行性巡檢、磨軌時，文湖線木柵站和動物園站之間的軌道上突然出現六人，皆當場遭輾斃。

「詭異的是，在磨軌車開過之前，現場所有人員和監視器皆未看到或拍到他們的身影；這群人彷彿憑空出現。」

一滴冷汗自許樂天的眉尾滑落。他開始算起昨晚同節車廂裡的人數，越算越不安。

「那剩下的六人該不會是……」想到這，他全身起雞皮疙瘩。

昨晚在那節車廂裡醒來的八人之中……只剩下他和那個搭電梯的黑帽男兩個人活著……

第十六章 到此一遊

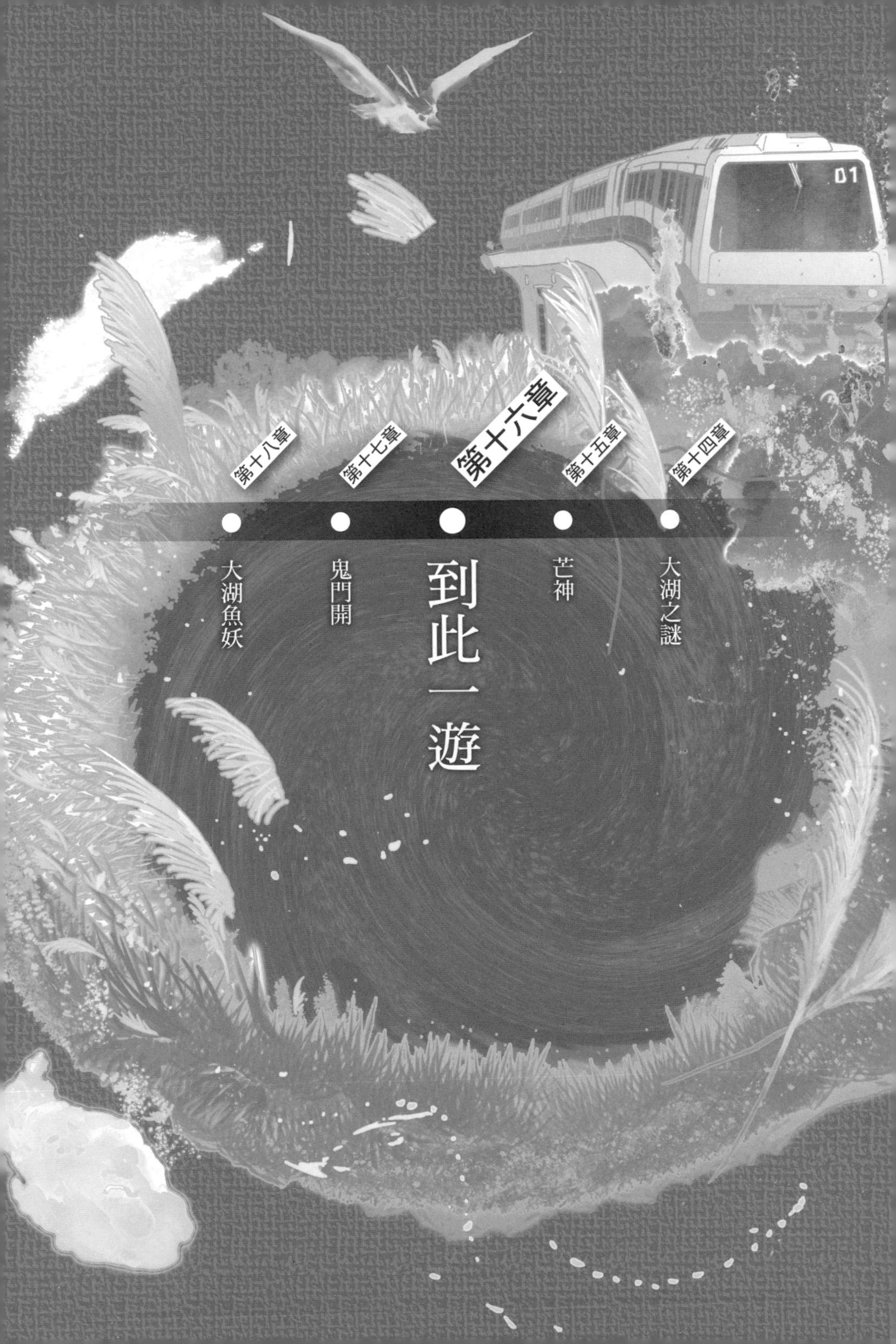

小狐狸利用捷運文湖線去了碧山巖、圓覺瀑布、大溝溪、內溝溪……到最後的金面山，但都一無所獲。等到她將內湖跑完一遍後，已經是第二天晚上了。

正值下班的尖峰時間，她用兩片枯葉變出口罩和悠遊卡，悶悶不樂地與一波波上班族一起進站。

月台上每個車門口都排著長長人龍，車門一開，乘客們無不拚速度地擠上去，車廂頓時擠得跟鮪魚罐頭一樣。

從西湖站搭捷運回東湖站的路上，有些學生正興奮地討論著暑假去了哪些地方玩，有些上班族則戴著耳機、用手機聽音樂或追劇，有些看不出身分的人則單純閉目養神或看著窗外風景發呆。

小狐狸也看著窗外繁華的街景，心裡感到十分落寞。她喃喃道：「果然跟爺爺說的一樣，內湖風水最好的就是大湖公園了，這下不想死心都不行了！難道我註定不能轉生？」

車窗外，明月偶爾會從大樓間的縫隙露臉，一閃而逝。她納悶道：「到底『依山傍水圓月』之地的『圓月』是什麼意思啊？」

當捷運在大湖公園站停靠，車門打開時，聽力比凡人敏銳數倍的小狐狸忽然聽到一陣小女孩的哭聲。

她有些不安，因為她知道入夜之後，精怪們都會離公園中心的大湖遠遠的，所以會待在公園外圍，而大湖公園站就在公園外圍。

她懷疑她聽到的哭聲是來自小白菇，於是連忙與其他乘客一起下車、出站。

小狐狸出站沒多久，便找到聲音的來源：果然是小白菇。

她哥哥小綠芽正在一旁安慰她。

「嗚嗚嗚……」

她加快腳步奔向他們道：「怎麼了？為什麼哭？」

小白菇抬頭一看是小狐狸，立即轉身、搖頭否認。

小綠芽則仰頭給小狐狸看自己的額頭，上面被人刻了「到此一遊」四個字。

小狐狸的臉一沉，一把將小白菇轉過來、面向自己，撥開小白菇的齊瀏海，上面同樣也刻著「到此一遊」。

樹人都是陸生精怪的團寵，尤其是小白菇這樣善良乖巧的孩子，更是深得大家的喜愛。她受傷了，小狐狸感到特別心疼。

小白菇看小狐狸皺起眉頭，便急忙擦掉眼淚，擠出勉強的笑容，反過來安慰小狐狸道：「我沒事，我們樹沒有痛覺的。」

小綠芽握拳說：「可是妳愛漂亮啊。」

小狐狸眼神中迸發殺意，她咬牙切齒道：「誰幹的？」

按她的個性，是絕不允許自家人受委屈的。一點點也不行。

這點小白菇也知道，她拉著小狐狸的手，勸說：「算了啦，傷很快就會好的。」

小綠芽指向不遠處一個年紀大約十歲的男孩。他正拿著美工刀在其他樹幹上刻字。

小白菇看小狐狸殺氣騰騰的樣子，馬上拉住她說：「不要啦，他還只是個孩子而已。」

「只是孩子而已？」小狐狸更火了，利爪立即從指尖彈出。她反問小白菇，「照妳這麼說，我餓死的時候還不到一歲，所以所有人都得讓著我；不管我做什麼，所有人都得原諒我囉？」

幾分鐘以後，男孩的額頭也被刻上「到此一遊」四字。

他邊哭邊跑出一處樹林：「嗚……救命……有鬼……」

小狐狸有些無奈道：「怎麼大家看到我，都叫我『鬼』？我明明就是妖啊！真是的。」

小綠芽感到很解氣，他叉腰說：「哼！看他以後還敢不敢再在樹上亂刻字！」

小白菇則急道：「妳怎麼能這樣對他呢？這樣不好啦。」

小狐狸也一臉懊惱道：「是不好，字好像刻太小了。我去把他抓回來，再刻大一點。」

她說完便追著男孩跑，小白菇也追在她身後喊：「好了啦，妳不要再嚇他了啦！」

小綠芽則邊追邊喊：「這次可以刻英文嗎？我看捷運站的標示都是中英對照的，姊姊妳會英文嗎？」

跑在最前面的男孩看到他的媽媽正從捷運站旁的游泳池走出來，立即加快腳步狂奔，朝她哭喊道：「媽！嗚啊啊啊——媽！」

男孩撞進媽媽懷裡，哭道：「媽！有鬼！」他指著自己的額頭，對他媽媽說，「妳看！」

他媽媽一看，兒子額頭上竟然被人刻了「到此一遊」。她氣得尖叫一聲，怒道：「是誰？誰這麼惡毒？」

「正是本仙。」小狐狸很挑釁地直接在母子面前現身。

男孩一看又大叫一聲：「鬼啊！」馬上躲到媽媽身後。

媽媽初時也嚇了一大跳，但護子心切的她很快就拿出包裡的布製護身符，拿它打小狐狸說：「就是妳！竟然在我兒子額頭上刻字！」

小狐狸一把將護身符搶過來，掌心一生火，立即將符燒成灰燼。她一臉鄙視道：「這種破東西也敢拿到本仙面前？丟人現眼。」

此時一個熟悉的男人聲音傳來：「妳在做什麼？」

小狐狸轉頭一看，正是許樂天。

許樂天在家裡等不到小狐狸，特別買了便當，來大湖公園找她，想與她一起吃晚餐，沒想到卻讓他撞見這一幕。

許樂天憤怒地對小狐狸說：「我以為妳這兩天是去處理急事，沒想到妳是在這裡裝神弄鬼！」

男孩的媽媽見有人上前幫忙，立即向他求救：「先生救我們！你看她在我兒子額頭上刻字！」

許樂天一看，還真是如此。他氣急敗壞地責罵小狐狸：「妳為什麼要這麼做？妳怎麼這麼殘忍？」

小狐狸被他凶了幾句，感到很委屈，眼淚很快就在她眼眶裡打轉。但倔強的她反而仰頭怒視許樂天，忿忿不平地說：「天底下最沒資格說我殘忍的，就是你們人類！」

她說完，氣得扭頭就跑，小白菇只得又邁步去追。

這時才趕到泳池門口的小綠芽，忙向許樂天解釋：「你誤會姊姊了，姊姊是想幫我們出氣。」他邊說邊給許樂天看自己的額頭。

然而這對母子都是普通人，因此只有許樂天看得到小綠芽。

許樂天這才搞清楚狀況，他問男孩說：「你在樹上刻字了？」他問完才注意到男孩手中拿著美工刀。

男孩馬上將美工刀藏在身後，一邊搖頭否認，一邊又躲在媽媽後面。

小綠芽急得跳腳道：「明明就有！他說謊、他說謊。」

男孩的媽媽卻理直氣壯地說：「就算有，又怎麼樣？公園的樹是大家的，有人規定樹上不能刻字嗎？再說，樹被刻幾個字又不會怎麼樣！」

許樂天瞪大眼睛，難以置信地說：「這什麼邏輯！你們有沒有公德心啊？」

男孩的媽媽又說：「那個女鬼憑什麼在我兒子額頭上刻字？她到底是哪來的啊？你跟她又是什麼關係？」

小綠芽為小狐狸澄清道：「姊姊沒有真的在他額頭上刻字，那是幻術，很快就會消失的。姊姊只是想嚇嚇他而已。」

原本小狐狸是真的打算用利爪在男孩額頭上刻字，以儆效尤，但小白菇一直勸阻，她才改用幻術，讓男孩在短時間內以為自己的額頭被刻字。這樣一方面可以給他一個教訓，一方面也能幫小白菇和小綠芽出口惡氣。

「什麼！」許樂天再往男孩的臉一看，額頭上的字果然慢慢褪去。

他雙手扶額，懊悔道：「是我誤會她了，我不該凶她的。」

他想向小狐狸道歉，但她早就不知道跑哪去了。

他不再管那對母子，而是與小綠芽順著小狐狸跑開的方向找，但是走沒幾步，周遭便開始起大霧。

小綠芽勸阻道：「不行、不行，危險！我們趕快回頭，離湖邊越遠越安全。」

「什麼危險？」許樂天急道，「那萬一小狐狸在湖邊怎麼辦？」

「姊姊那麼厲害，可以保護自己的。」

許樂天想起前幾天小狐狸在碧湖公園受的傷，說：「她再厲害也是會受傷的。」

小綠芽見勸阻無效，便伸臂抱住許樂天的腿、不讓他前進，但馬上就被他掙脫開來。

許樂天說：「你要是怕危險，就先離開吧。我再找一會。」說完便繼續往前走。

「哎、哎，糟糕、糟糕。」小綠芽邊握拳邊跺腳，原地糾結了一會，還是不敢跟上去，便對許樂天喊：「那我先走囉，真的走了喔。」

許樂天沒有回頭，只是抬手跟他揮別。

小綠芽隨即轉身往公園外圍的方向跑。他總覺得今晚公園特別不對勁啊！

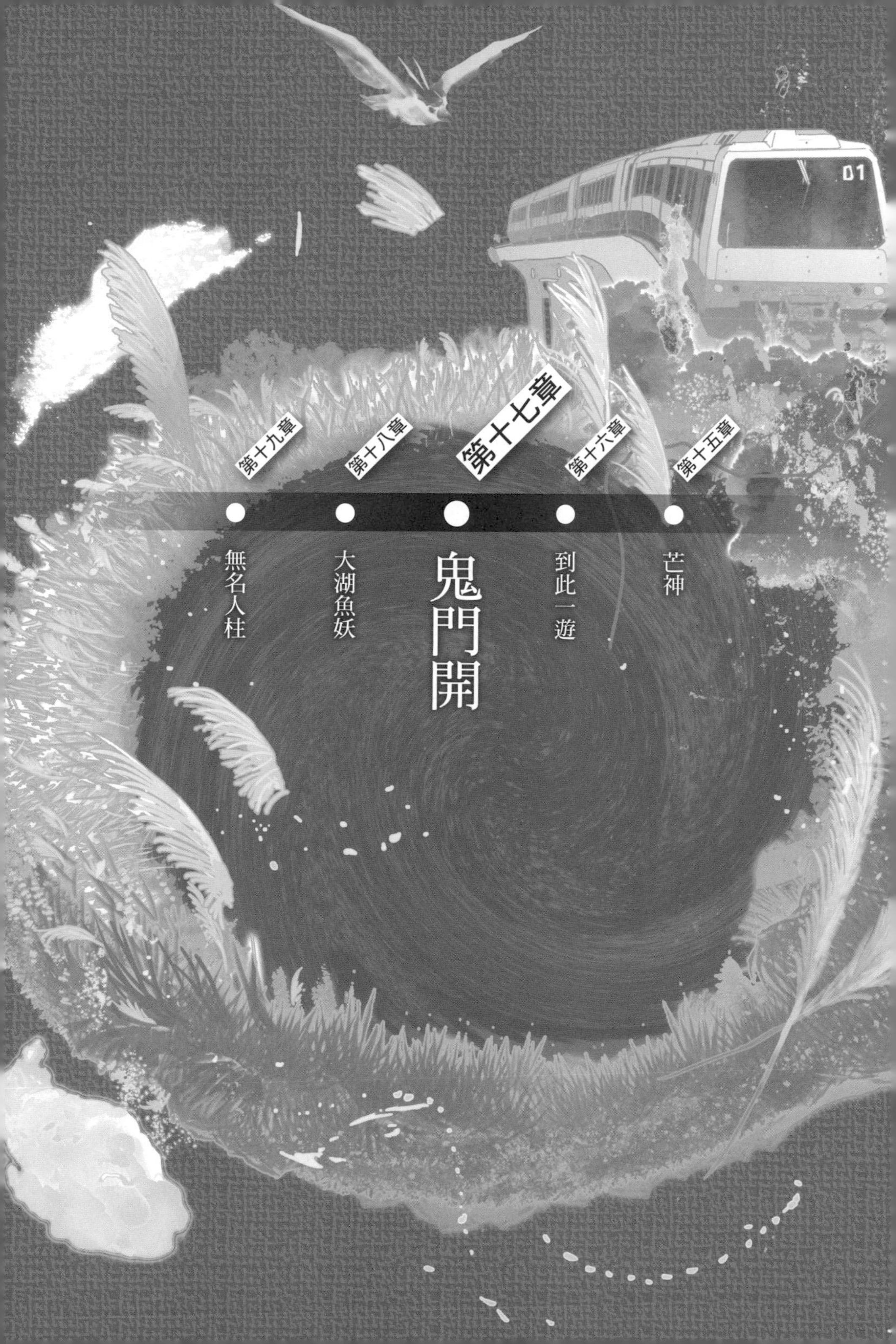
第十五章
芒神
第十六章
到此一遊
第十七章
鬼門開
第十八章
大湖魚妖
第十九章
無名人柱
01

許樂天獨自走沒多久，周圍的空氣越來越冷，霧也越來越濃。不過幾分鐘的時間，他就已經看不清周圍環境了。

他雖感到奇怪，但想想湖邊水氣較重，在夜晚低溫的情況下起霧好像也很正常。因此他並未多想，只是拿出手機，打開Google Maps想來定位。

沒想到手機居然又自動關機了！

「嗯？」他按了一下開機鈕，但手機沒反應，「明明下班前才充飽電的啊！」不祥的預感襲上他的心頭，回想起上次在碧湖公園的經驗，接下來可不妙啊！

他嚥了嚥口水，手臂開始起雞皮疙瘩。他想折返，但又擔心小狐狸還在公園深處，便大喊：「小狐狸？小狐狸，妳在哪？」

喊了幾聲後，四周靜悄悄的，什麼回應也沒有。公園裡常有的人聲、蟲鳴鳥叫聲都消失了。

理工宅的他，抱胸開始分析了起來：「外界的聲音雖然都消失了，但霧裡還是看得見，而且亮度沒有減弱，代表公園內的燈光光線沒有被霧阻礙。可是這不合理啊，理論上兩者應該是相反才對。」他得到了一個結論，「這霧不是普通的霧……」

他開始害怕了。

此時霧已經濃到伸手不見五指，回頭一看也是如此。

「霧怎麼會這麼濃？」他環顧四周，「不知道小狐狸在不在前面？要是在的話，她會不會跟我一樣害怕？」

想到這，他雖然害怕，但還是決定往前走，繼續找小狐狸。

他邊走邊喊小狐狸，但還是沒得到任何回應。

走著走著，他來到了湖邊。

神奇的事發生了，他後方草地區域正被一片白霧蘢罩，但霧氣彷彿被某種無形的結界給隔絕在湖外之地，整座湖面一點霧氣也沒有，眼前的九曲橋和水榭歌臺，以及稍遠一點、像正弦波形的錦帶橋都清晰可見，岸邊還有一個人在釣魚。

這已經完全超乎他的理解範圍了！但終於見到人的他還是稍稍鬆了一口氣，感到沒那麼害怕了。

那釣客是一個穿蓑衣、戴斗笠、披頭白髮、打赤腳的老人。

許樂天看他獨自一人，有些擔心地對他喊道：「阿伯，霧這麼大，早點回去吧。」

老人聞聲轉頭看他，大大的斗笠帽沿遮住了他的五官。

許樂天看不出他的表情，只聽到他嘶啞蒼老的聲音，以台語回道：「不急，等霧散了再走。」

「也是。」許樂天東張西望了一會，沒見到小狐狸，又喊了她幾聲，仍舊沒有回應。

「應該不在這，不知道她在哪，會不會早就回家等我了？」

一想到這個可能，許樂天就想馬上跑回家向她道歉認錯。於是他對老人說：「那我先走了。」

老人不再搭理他，頭又轉回去，拉了拉身前的魚竿。

許樂天沿著湖邊往北走。按照他對於大湖公園地理位置的理解，只要沿著湖邊往北走，就可以走到公園外圍的大馬路上，到時候再沿著大馬路往西走，就可以走回捷運大湖公園站了。

沒想到，他走著走著，又回到原地！

當他再次看見那個老人時，他簡直不敢相信自己的眼睛！

「怎麼可能？」他心裡罵道：幹！該不會又是鬼擋牆吧？我怎麼這麼倒楣啊！

老人轉頭對許樂天說：「我不是說了嗎，等霧散了再走。」

許樂天邊走向他邊說：「阿伯，我覺得這裡不太對勁，好像有點邪門。」

老人沒回答，只是站起身，開始收釣竿和水桶，似乎正打算離開。

「阿伯，你要去哪？你不是說，等霧散了再走嗎？」

老人轉頭看向他，五官仍舊隱沒在斗笠下。

他對許樂天說：「跟我來。」

許樂天見老人駝背，走路起來緩慢又很吃力的樣子，便好心幫他提起木桶，卻發現裡面只有水沒有魚。

他感到有些奇怪，但也沒多問，還是跟著老人走上旁邊的九曲橋，一路來到水榭歌臺。

水榭歌臺由一座雙層亭閣和一座單層涼亭組成。他們一同進到亭閣以後，許樂天彎腰放下木桶，再起身就發現老人不見了。

更詭異的事發生了，大湖周圍的霧氣突然快速聚攏到湖面上，就這麼一眨眼的工夫，霧已經濃到看不出亭閣外的景色了。

四面都被白霧包圍，許樂天感到頭皮發毛，有種被困在亭閣裡的感覺。

「阿伯！」他邊喊邊四處張望，就是沒看到老人的身影。

這亭閣規模雖然比碧湖公園的涼亭大上許多，但還是一眼就可望盡，根本沒有地方可以藏身。

他害怕又疑惑地說：「該不會跳湖了吧？」

他走到亭閣的白色石欄邊，正要憑欄往下查看時，霧中突然閃過一道人影：「大哥哥！」

「啊！」許樂天被嚇得倒退兩步。

緊接著周圍白霧裡出現好幾道人影，而且都由遠至近地靠近亭閣，彷彿從水上走過來似的。

他們都在呼喚他，聲音有男有女，也有小孩子的聲音：

「先生！」

「叔叔！」

「那是什麼味道？你好香啊。」

「你身上藏的是什麼東西？」

許樂天害怕地想逃，但是他才往九曲橋走，亭閣外的白霧裡就有數道成人的黑影擋住他的去路。

「先生，你要去哪啊？」

「你別跑啊。」

許樂天害怕地轉身跑上亭閣二樓，大喊：「阿伯，你到底在哪啊？」

大湖公園裡除了大湖以外，另一頭還有兩座小湖。

小狐狸方才在泳池門口被許樂天誤會、責罵了以後，一氣之下就跑到小湖旁的拱橋上，坐著抱胸生悶氣。

她聽到腳步聲，回頭一看是小白菇，又轉回去。

小白菇追上來後，小狐狸說：「妳來幹嘛？跟屁蟲。那傢伙呢？他追來了嗎？」

「妳說許樂天啊？」小白菇回頭張望了一會，回說，「沒有啊，後面沒人。」

小狐狸更氣了，她說：「他為什麼沒來？我都已經跑得這麼慢了，還不來追我！要換作是麗麗……」

「麗麗姊姊就會追過來嗎？」

「她不會，因為她打從一開始就不會誤會我，也不會搞不清狀況就亂罵我！」

「喔。」小白菇搔搔頭，又說，「可是妳為什麼要跑呀？誤會解釋清楚不就好了嗎？」

小狐狸正在氣頭上，便遷怒道：「妳也知道是誤會，怎麼剛才不幫我說話？」

「我我我，我錯了。」小白菇自責道，「我還沒來得及說，妳就跑了。要不然我們現在回去跟許樂天解釋吧？我一定幫妳說話。」

「真的？」小狐狸氣來得快也消得快。一想到有人要幫她澄清，她不僅馬上氣消，心裡還很高興，但表面上還是裝作很勉強地說，「那好吧，這是妳說的喔。妳待會『一定』要跟許樂天講清楚。」

小白菇猛點頭的時候，四周忽然起了大霧。

小狐狸嗅了嗅空氣，立即一手牽起小白菇、一手變出白鞭，警戒道：「陰氣變重了。」

小白菇臉色唰白，急道：「我們快回到捷運站吧。」

小狐狸隨即帶她橫跨湖面，來到公園外側的大湖街，再一路沿著街道走回大湖公園站。

捷運站裡的小綠芽一看到她們，便慌慌張張地跑向她們說：「妳們終於回來了！我快緊張死了！」

小狐狸東張西望了一會，問小綠芽：「許樂天呢？回家了？」

小綠芽急得跳腳道：「沒啊，他跑進公園裡找妳了，我攔都攔不住。」

小狐狸想起夜鷺精告訴她，大湖公園活人獻祭的傳說，開始擔心他的安危，連忙又往公園內部跑。

小白菇跟在她後頭，邊跑邊責怪小綠芽說：「哎呀，哥，你怎麼不變出氣根把許樂天纏住呢？」

小綠芽辯解道：「那剛才姊姊氣得跑掉的時候，妳怎麼不變出氣根把她纏住呢？」

「我我我，我怕姐姐生氣。她一生氣把我燒了怎麼辦？」小白菇又說，「你又有什麼理由？」

小白菇和小綠芽正在鬥嘴的時候，一列捷運正好進站。捷運離開後，軌道隔音牆上站著一隻夜鷺。

牠展翅滑翔飛下來時，看到小狐狸他們，便在空中變回人形，身手矯健地落在小狐狸跟前，對她說：「這麼晚了，妳怎麼在這？」

此時他們前方公園草地的白霧，忽然快速往大湖聚攏而去。一轉眼，整片公園綠地恢復正常，唯獨整座大湖湖面被霧氣籠罩。

夜鷺精把太陽眼鏡拿下來，瞧了兩眼說：「那湖裡的傢伙們出來作亂囉！也不知道今晚死的是哪個倒楣鬼？」

小狐狸察覺有異，便問夜鷺精說：「今天是什麼日子？」

「妳不知道嗎？今天鬼門開，神佛閉眼。」夜鷺精提醒道，「妳沒事趕快回家，少在外面閒晃，免得惹上麻煩。」

「鬼門開！」小狐狸一聽，立即施出追魂術。

一道白光衝破霧氣，在湖心上空亮起。

夜鷺精一看便說：「那裡不是水榭歌臺嗎？妳追蹤的是誰？」

「許樂天。」小狐狸邊說邊一馬當先地往大湖狂奔而去。

夜鷺精和小白菇正要追去，小白菇就被小綠芽拉住。

小綠芽說：「不能去、不能去！要去也是我去！」

夜鷺精不耐煩地道：「你們兩個現在就給我回捷運站旁邊睡覺。」說完變成夜鷺本尊，振翅飛去，轉眼消失在兩樹人視線之外。

小白菇生氣地甩開小綠芽的手，說：「姊姊要不是幫我們出氣，也不會被許樂天誤會，現在她可能有危險，我當然要去保護她。」

小綠芽說：「不行不行不行，妳還那麼小，我是哥哥，要去也是我去，妳待在這。」

小白菇說：「我平常練功比你勤，法力早就超過你了。」

小綠芽搔搔頭上的綠芽，想了想，點頭說：「好像有道理。」

「那我們快走。」

兄妹倆牽起手，也一起追了上去。

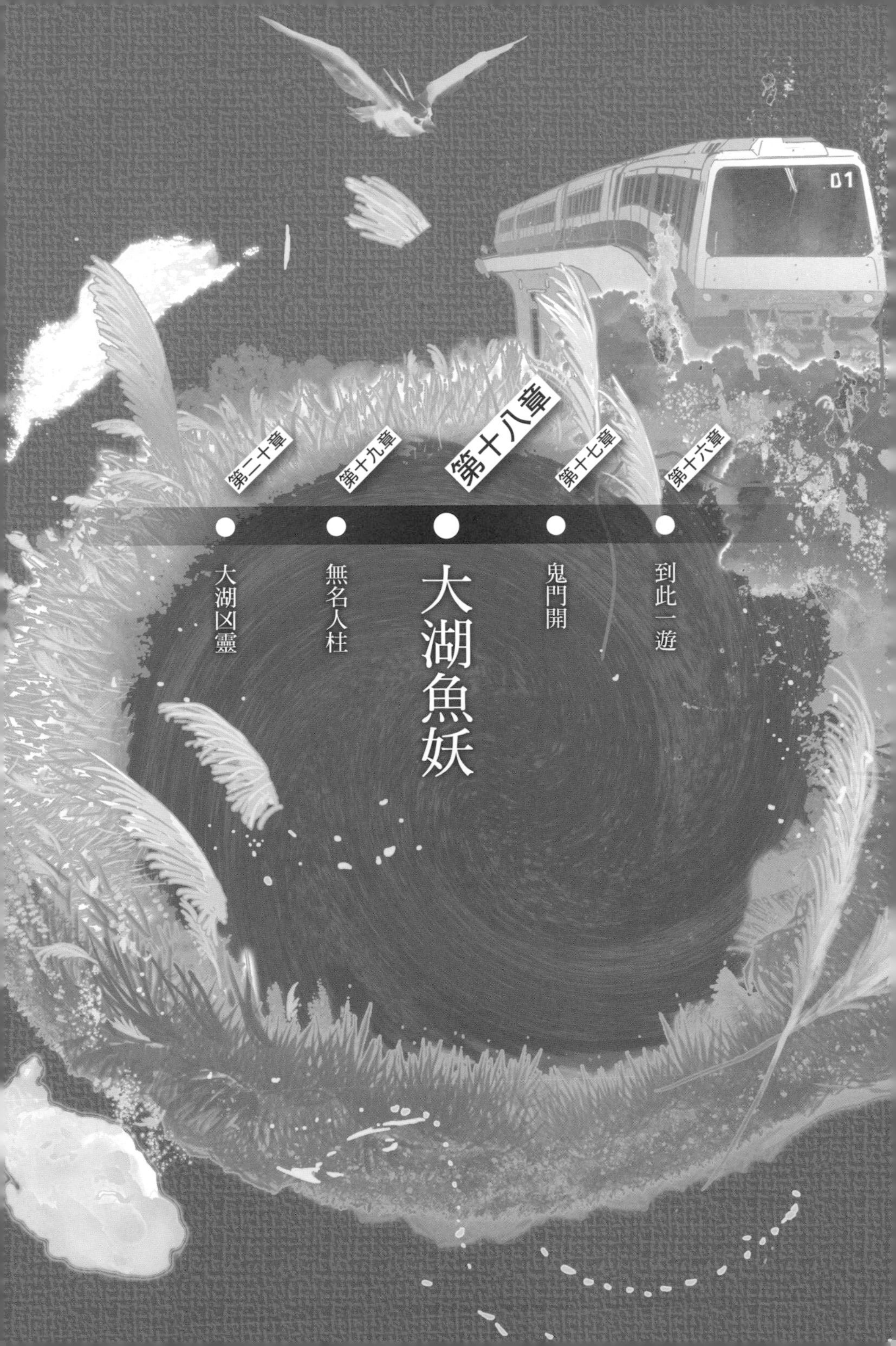
第十六章
到此一遊
第十七章
鬼門開
第十八章
大湖魚妖
第十九章
無名人柱
第二十章
大湖凶靈
01

大湖中的亭閣內，二樓的許樂天才喊完，樓下就傳來蒼老的聲音：「我在這啊。」

「阿伯？」許樂天邊跑下樓邊說，「你怎麼會在樓下？我剛才都沒看到你。」

他下到一樓，亭閣內照樣空空如也，但外面的九曲橋卻傳來老人的聲音：「我在這。」

方才霧中的數道人影都消失了，只剩下老人家駝背的身影。

「快出來。」老人催促道。

大湖的水榭歌臺不像碧湖的八角亭左右都有通橋，而是只能從單一邊上橋。

因此許樂天一邊走向老人，一邊疑道：「怎麼可能？你剛才明明走在我前面，怎麼繞過我，走上橋的？」

他正要走出亭閣時，忽然聞到一股很重的魚腥味。

他皺了皺鼻頭，說：「你怎麼身上忽然有魚腥味？」起疑的他開始往後退。

老人的身影抖動了一下，忽然消失了。

「阿伯？」

一個人影霍然從霧中闖出，許樂天往後彈跳了一大步，定睛一看，是小狐狸。

緊接著一隻夜鷺也飛進亭閣，一落地就變回人形。

許樂天先是上前喜道：「是你們！」接著又說，「你們怎麼會來這？這裡不安全。」

夜鷺精一見許樂天便說：「這香味……內丹？你身上怎麼會有內丹的味道？好像還有別的……那是……」

小狐狸一邊上、下打量許樂天，確定他沒受傷後才道：「我送他的。是生日禮物。」「糊塗啊妳！」夜鷺精對小狐狸說，「無主內丹會把湖裡的魚妖都引來的。」

許樂天恍然大悟道：「魚妖？所以剛才在霧中的人影都是魚妖化成的？難怪我剛才聞到一股魚腥味。」

小狐狸和夜鷺精同聲道：「你也聞得到魚妖的味道？」接著夜鷺精又說，「我知道了，你身上的另一個味道是『芒種』！你怎麼會有？」

許樂天不知道，芒神與他相遇那天，送給了他珍貴的「芒種」，也就是「芒神之氣」，使他以後能嗅聞、品嚐出東西的本質、不被蒙蔽，所以他才會聞得出魚妖本身的腥味。

小狐狸打斷夜鷺精：「現在不是說這個的時候，先離開再說。」她說完便帶頭往回走，又對夜鷺精說，「阿公你殿後。」

三人一同快速上九曲橋，往岸上跑的時候，魚妖化作人形、利用迷霧和九曲橋左彎右拐的環境頻頻偷襲他們。

前方的小狐狸和後方的夜鷺精分別變出火鞭和雙彎刀來斬殺魚妖，跑在中間的許樂天有好幾次都因為濃霧的關係，看不到小狐狸和夜鷺精，只看到霧中時而浮現的人影。

突然間，許樂天眼角餘光閃過一道黑影。那道黑影幾乎與他擦身而過，他驚慌地轉頭一看，就被人從另一邊猛然一扯，整個人側翻過石欄杆，直往下墜。

瞬息之間，他意識到前後那些魚妖是故意引開小狐狸和夜鷺精的注意，好趁機拉他下水。

他雖然來不及呼救，但在落水之前還來得及深吸一口氣。

落水聲響起的剎那，湖上的霧氣便徹底消失，魚妖也紛紛落水、潛到深處，彷彿這些魚妖擄人的目的已經達到，這些霧就沒有存在的必要似的。

小狐狸和夜鷺精靠著欄杆往許樂天落水的方向看，夜鷺精說：「這些魚妖法力不足以造霧，肯定是另外有人在水下啟動某種陣。如果我沒猜錯的話，應該就是那隻大湖凶靈。」

他說到一半，小狐狸便縱身跳進水裡救人。

夜鷺精急道：「我還沒說完啊！」他想跟著跳，但才一腳爬上欄杆又縮回來，「不行不行！為什麼我就不會游泳，他媽的！」他捶了一下欄杆，又朝水下大喊，「妳的火術在水下不管用，我們陸生精怪用魄化成的武器在水中威力也會減弱！妳千萬小心啊！喂，妳有沒有聽到啊？」

此時小白菇和小綠芽才終於趕到，夜鷺精立即交代他們說：「快快快，你們一個盯左邊湖面，一個盯右邊，隨時準備將許樂天和小狐狸給撈起來。」

許樂天一落水眼鏡就掉了，混濁的湖水刺痛了他的眼睛，不得不緊閉雙眼。但是他不像上次在碧湖公園被水鬼拖下水時那麼緊張了，因為現在的他會游泳，而且還有氣。鎮定的他原先還想靠手腳並用、往上游，但沒想到他的雙腳腳踝突然一緊，感到一陣冰冷，他整個人開始被迅速往下拖。

又來了！你們這些水鬼、魚妖就沒有別的招嗎？他在心裡罵道。

他雙眼勉強撐開一條縫，因為水榭歌臺的燈光，水下比他想像的還明亮，下方正有兩人拉著他的左右腳。他雙腳蹬了兩下，無法蹬開，便抬臂往上游。

抬頭一看，四面八方居然有上百人朝他游來！

水下能見度有限，再加上他近視，所以看不清那些人的模樣。但神奇的是，他的嗅覺卻可以正常運作，他聞到一股比剛才更重的魚腥味。

他心中駭然：他們都是魚妖嗎？怎麼會這麼多？現在成妖這麼容易嗎？

與此同時，一人落水後直朝他迅速游來。

他初時一驚，待對方游到近處，揮白鞭將他左下方的魚妖給打飛時，他才意識到她是小狐狸。

忽然之間，他想起了他在碧湖公園落水、即將昏過去前看到的女人，她的身影與眼前的小狐狸疊合了。

原來是她！

他朝她伸出手，小狐狸一手抓住他，一手揮鞭將他右下方的魚妖給打飛。

同時，小狐狸在揮鞭時也感到訝異。

她早就預料到水下不能用火術，但是她的白鞭在水中速度變得好慢、威力也變弱許多；她灌注在鞭上的法力按理來說是能將魚妖一鞭打滅的，但魚妖們被鞭擊到以後竟然只是被震遠而已。

魚妖從各個方向朝他們蜂擁而來，他們張開了血盆大口、露出兩排鋸齒狀的利齒，一副恨不得將他們生吞似的。

正當小狐狸打算像上次在碧湖公園救許樂天一樣，耗費靈力將魚妖一舉炸開時，許樂天忽然將她拉進懷裡、以身護住她，因為他在即將沒氣之前的最後一個念頭，就是要保護她。

然而小狐狸卻心道：就憑你也想保護我？

說時遲那時快，許樂天背後忽然閃現巨大的獸紋白光，一陣剛猛無比的靈力不僅將周圍的魚妖炸得老遠，半數道行淺的魚妖還直接被炸滅了。

小狐狸驚呆了！看著失去意識的許樂天，腦中浮現一連串疑問：剛才那是什麼？他怎麼會有這麼強的靈力？啊，他好像昏過去了，是沒氣了嗎？

她正要帶他浮出水面時，聽到一陣哭聲，不是小白菇那種孩子般的嚎啕大哭，而是此起彼落、哀怨的啜泣。

她往橋下的方向一看，幾根石柱的深處都貼著女鬼。

她們似乎都被黑色的東西給綁在石柱上，只不過剛才她們被魚妖群擋住，所以小狐狸現在才看到。

小狐狸趕緊送一口氣到許樂天嘴裡，扯掉他脖子上的藻妖內丹項鍊，並用力把他向上推，緊接著數條巨大的榕樹氣根伸進水裡，像叉子般將他撈上岸。

小狐狸知道那是小白菇或小綠芽，心想：岸上有他們和阿公在，內丹又在我手上，許樂天應該暫時安全。

她之所以沒辦法護送許樂天上岸，是因為這些女鬼正在哭泣。

她對人，尤其是男人的確有成見，但她是麗麗和阿娟帶大的，從小在女性的善意和溫暖中長大，所以她沒辦法對這些受困的女鬼坐視不管。

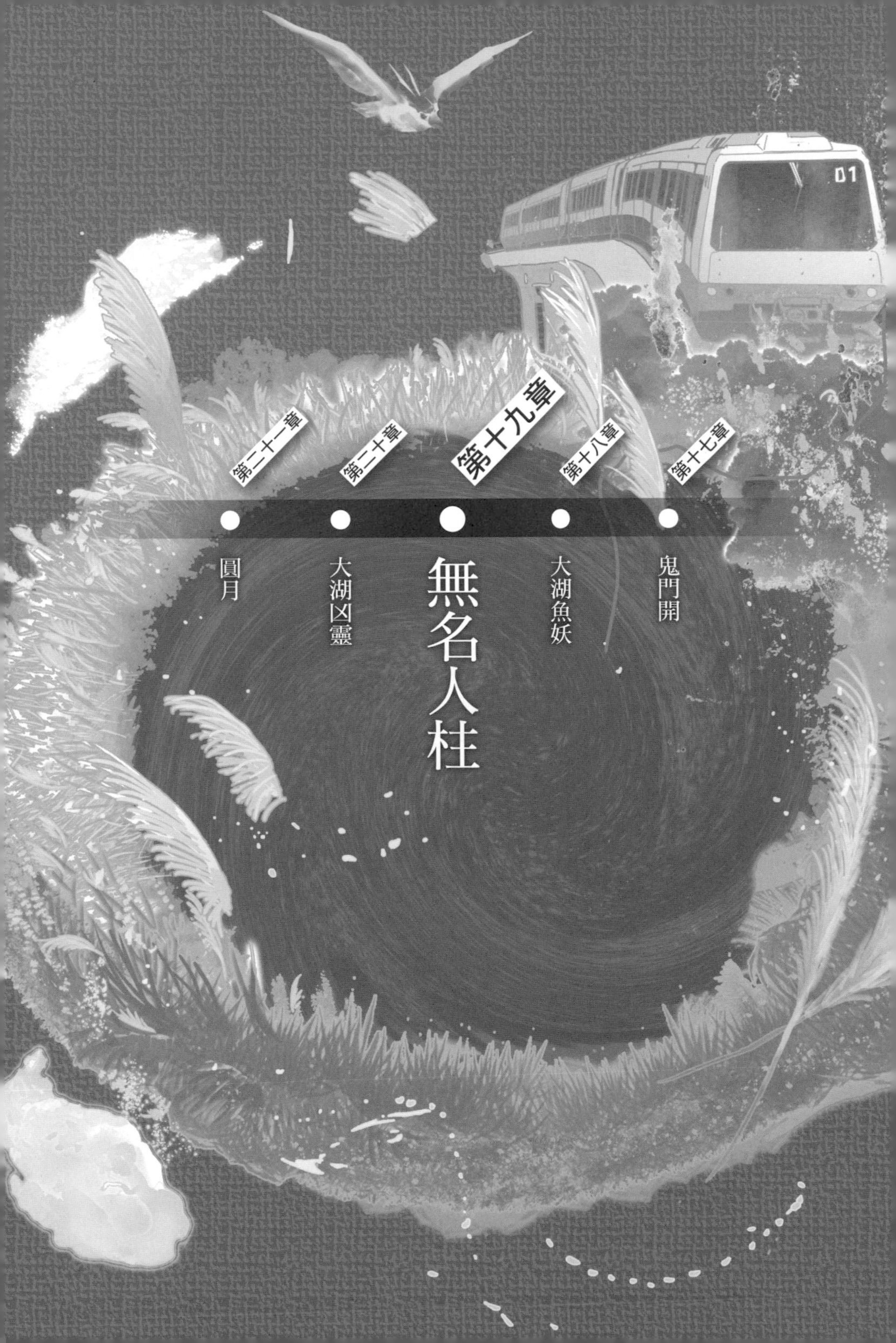

第十七章
鬼門開
第十八章
大湖魚妖
第十九章
無名人柱
第二十章
大湖凶靈
第二十一章
圓月

小狐狸戴上藻妖內丹，轉而向石柱的深處游去。她游得越近，哭聲就越大，那些女鬼的樣貌也越來越清楚。

「嗚……嗚嗚……嗚嗚……嗚嗚……」

女鬼們都被黑色鐵鍊綁在石柱上，長髮隨水流擺盪，身軀如尋常水鬼一般蒼白浮腫、皮開肉綻。奇異的是她們都雙眼無神地直視前方，不停地流淚，但眼淚一流出眼眶便化成白煙，被吸到石柱後方。

小狐狸拉扯了一會鐵鍊，發現它們不是實鐵，而是用法術變出來、專門鎮鬼的。她試圖用利爪削斷它，但它絲毫未損；再用白鞭擊打，還是沒用。

她觀察了一下鐵鍊，發現上頭也有白煙纏繞，而且似乎就是白煙護住了鐵鍊。

她心想：這八個女鬼應該是某種霧陣的一部分，也許後方吸走她們眼淚的東西就是陣眼；只要毀了陣眼，就能打破結界、救出她們了。

剛才被震飛的魚妖被小狐狸手中的藻妖內丹吸引，捲土重來。雖然剛才許樂天的靈力滅了他們大半，但剩下的魚妖也有上百隻，再加上妖的定性不足，容易失去理智，要是他們一窩蜂湧上來、瘋搶內丹，殺紅了眼，將小狐狸和女鬼們撕成碎片也不無可能。

小狐狸欲擊退魚妖，又怕施展靈力彈會炸傷這些女鬼，所以雙手抓起一把葉紙人，邊轉身邊射出。

葉紙人們在橋柱外的四個方位，各自整齊地上下左右排列，形成四面點陣。

小狐狸結手印，心中默唸：「陣列前行！（註1）」

剎那間，葉紙人與葉紙人之間亮起金線，將彼此串聯起來，形成縱橫交錯的金網。

「六甲祕祝」這種護身咒一般用於山林中，她也不知道此咒在水中可以撐多久。

魚妖群從四面八方撲上來，都被金網給頂回去，承受住第一波的衝擊。

小狐狸看此咒暫時能擋，趕緊往橋柱後方游去。

她發現八柱上的鐵鍊連帶白煙，都連到中央的木桶上。木桶本身看起來平平無奇，但桶上方卻有煙霧形成的龍捲風。

小狐狸美目一瞠，心中驚道：「『煙波鎖霧陣』！沒想到真的會遇到！」

這陣法，她曾經在藏經環中的第一層書庫中看到過。這種陣適合設在水中或水邊，陣眼吸收因溺斃而枉死的女鬼的怨氣，將其轉化為煙霧。這些煙霧一方面可供水系精怪上岸或飄浮在空中，一方面會持續形成結界困住女鬼，直到女鬼的魂魄徹底耗盡，是種非常有效但惡毒的陣法。

註1：此咒真言源自於「六甲祕祝」。而「六甲祕祝」源於東晉葛洪的《抱朴子內篇．登涉》，是一種護身咒，後流傳至日本，因時空背景因素，祕術真言和功用也有所轉變。

一想到這些無辜的女人在魂飛魄散之前，都得被困在這裡、永無天日，小狐狸便忿恨地朝木桶揮了數鞭，但木桶毫髮無傷。

她心想：幸好我以前認真念書，知道怎麼破你的陣。

她拿出數張葉紙人，分別對它們隔空畫符，接著將它們射向木桶。

葉紙人們紛紛透過木板與木板的間隙鑽了進去。

她再次結印，心中默唸：「紫氣乘天！（註2）」

木桶上的龍捲風與鐵鍊上的白煙迅速被吸回木桶，女鬼們紛紛恢復意識，不再落淚。

「丹霞赫衝！（註2）」

木桶開始劇烈抖動了起來，連帶著的八條鐵鍊也跟著上下晃動。於此同時，外圍的葉紙人護身陣擋不住了，魚妖們一衝破陣，便直朝小狐狸游來。

「威南御凶！（註2）」

「氣禁術」的威力之強，小狐狸始料未及，木桶瞬間炸了開來，不只鐵鍊應聲而斷，結界也徹底破除，小狐狸措手不及地與女鬼、魚妖被強大的衝擊波給震飛。

小狐狸在水中翻了好幾圈，才終於止住震勢，往湖面上游，此時數根榕樹氣根射出水中，轉眼就將她撈上來。

她一出水面，便看到面前的小綠芽在對她微笑，而他身旁的小白菇則雙手放在心窩前，喜極而泣。

小狐狸一邊爬上岸，一邊指揮小白菇說：「快射箭，趁現在！」

小白菇點點頭，那些魚妖一躍出水面，就被如暴雨般的木箭打回水裡。

揹著許樂天的夜鷺精，一手扶穩背後的他，一手將小狐狸拉起。

「厲害啊！孫女。剛才那靈力彈威力那麼強，怎麼妳看起來靈力沒什麼損耗啊？」

小狐狸搖搖頭，現在不是解釋的時候，只是看向仍舊昏厥的許樂天，問夜鷺精說：

「他還沒醒？」

小白菇對他們說：「我們還是趕快離開吧？」

小綠芽也附和：「雖然現在沒有霧了，但是陰氣好像更重了。」

「唉呀呀呀，妳可給我添了大麻煩啊。」穿蓑衣、戴斗笠的駝背老人再次出現。他緩緩從九曲橋走來，邊走邊指著小狐狸說，「妳把我八個老婆都放了，要怎麼賠我？」

他的聲音乾啞、有氣無力，但周身有著比惡鬼阿娟更龐大的黑影，陰氣之重、之強，令小狐狸一群妖不敢小覷。

但小狐狸又氣不過，便質問他：「就是你把那些女人害死、困在橋下煉陣的？」

註2：此咒真言源自於《太上三洞神咒》卷一的《天蓬真君神咒》。而《天蓬真君神咒》是一種驅邪咒。

「呵呵。」老人乾笑幾聲，又說，「妳怎麼知道是我？又是怎麼破我的陣的啊？」

夜鷺精站到小狐狸身前，大聲問道：「為什麼之前害了那麼多女人，現在連男人也不放過？你到底想要怎麼樣？你到底是誰？」

「我是誰？」來到岸上的老人指著自己說，「你看，這就是問題了嘛。沒有人知道我是誰，甚至沒有人知道我。沒有人！」

他手一揮，整片大湖公園，連帶一旁的捷運站和軌道都消失了。

山還是那座山，但坐落於山腳下的卻是一片濕地。

那是一個還沒有捷運站、還沒有大湖公園，甚至連十四分埤圳都還不存在的年代。

清朝時期，白鷺鷥山的山腳下住著零星幾戶人家。其中一個獨居的駝背老翁為了生活，每天起早貪黑地到附近的濕地捕魚蝦或撈貝螺。

這一天，天色濛濛亮，細雨之中，老翁從一破舊的磚瓦房走出，他看了一眼陰沉沉的天空，穿戴上陳舊破損的斗笠、蓑衣，點起火把後，才拿起捕魚工具出發。

老翁一如往常地來到了濕地，動作雖慢但準確無誤地跨過濕軟的沼澤帶，來到地勢較低的水塘。

當時正逢夏季枯水期，不是每天都有魚蝦可捕，但對於貧困的老翁來說，能撿些螺貝苟活，已經很知足了。

駝背的他將火把插在地上，用木桶盛了點水，就一手抱著木桶，低頭藉著火光，一步步尋找田螺、田貝。

經年累月的習慣，老翁的背越來越彎，再也無法回到年輕時的挺直了。

他一邊緩緩往前走，一邊將撿到的田螺放進木桶裡。

不遠處傳來一群人的聲音，老翁抬頭一看，濕地的另一頭也亮起火光，從光點來看人還不少。

老翁尋思，這附近可沒人像他一樣，天一亮就來。那些人會是誰呢？

天色尚暗，老翁看不清楚。他走近幾步再看，那群人中，走在前面的是一個穿道袍、搖著鈴的師公和一個高舉黃旗幡的人；再來是四個大漢，那四人正扛著一個人走路；最後跟著的是五、六個人。

老翁以為那四人扛著的是個死人，走在最後面的是死者家屬。他怕被煞氣衝撞到，立即轉身直道：「阿彌陀佛、阿彌陀佛。好家在我有祖傳的斗笠、蓑衣（註3）。」

註3：斗笠、蓑衣：民間信仰中，斗笠、蓑衣可以辟邪、除煞。

這塊濕地每年都有人溺斃，就算是夏季枯水期，也總有人不慎陷進沼澤而亡。

當地時有傳聞：是溺斃的水鬼抓交替，所以會把人給推下去或拉下去。

因此老翁撞見這抬屍的一幕，並不感到驚訝，反而喃喃自語：「不過能夠找回身體安葬，也算是不幸中的大幸……」

他回頭繼續撿螺貝時，忽然颳起一陣狂風，緊接著天空烏雲密布、下起傾盆大雨，他的火把也馬上被打滅。

他不急著躲雨，反而雙手合十，滿心歡喜地仰天道：「謝謝天公伯！」雨變大，水勢也會變大，說不定接下來幾天這裡就有魚蝦能釣了。

然而風雨來得比老翁想得更猛烈也更快。狂風怒吼之下，湧來的鉛雲遮住天光，天色急遽暗了下來。

老翁這下才開始著急，他往高處走沒幾步，四周就已暗得伸手不見五指。

這時，不遠處突然傳來土石鬆動的隆隆低鳴。

老翁嚇壞了，這種聲音他再熟悉不過。

前陣子水利人員築壩時，常被突如其來的泥流衝垮，住附近的老翁聽久了也認得這聲音。

這是泥流即將沖刷下來的前兆。

若是施工期間，附近居民是不會靠近這片溼地的，但現在是停工期，又是枯水期，怎麼會出現這種聲音？

驚慌失措的老翁開始慌不擇路，他憑著記憶往岸邊的方向跑。

沒想到，他跑到一半，雙腳就一前一後地陷了下去，他下意識地抽腳，反而陷得更深。

「沼澤！」

不遠處，剛才那群人的火光再次亮了起來，大概是有傘遮雨或改用煤油燈。

老翁不敢再動下半身，而是朝他們大聲呼喊：「救命！救命啊！」

火光的位置並未改變，那群人似乎聽不見老翁的聲音。

老翁的身子慢慢往下陷，但他一點辦法也沒有。

「救命！救救我啊！」

危難之際，他想起了火柴，趕緊從蓑衣底下拿出火柴盒，想將火把重新點燃，向剛才那群人呼救。

他急得手一抖，數支火柴掉進水裡，盒裡只剩三支。

他咒罵了一聲，劃下第一支，火柴才剛燃起一點火星，馬上就被雨給打滅。

他再試了一次，還是如此。

他小心翼翼地用斗笠遮住雨水，將最後一支點燃。沒想到當火柴靠近火把時，一陣風冷不防將它吹熄。

火滅了，他的希望也沒了。

彈指之間，他已經陷到腰部了，此時的他也陷入了瘋狂，他不計後果地用力揮手，吶喊道：「來人啊！救命啊！」

終於，濕地另一頭的火光開始動了。

老翁看見一線生機，激動地吼道：「我在這！」

「轟——」

老翁背後突然傳來泥流的聲音，而他也感受到大地的劇烈晃動。

這時他才看出來，那些光點並不是朝自己而來，而是朝另一頭迅速移動；那些人似乎正在逃命。

「喂！別走！救我啊！」

老翁方才掙扎、呼救得太用力，加快了下陷的速度，此時他只剩下頭肩露出地面了。眼前的所有光點都消失了，老翁從最初的驚慌、無助、燃起希望，又陷入絕望。絕望之中，猜忌誕生。他開始懷疑剛才那些人。

「你們是真的沒聽到嗎？還是假裝沒聽到？」想到這，恨意接踵而至。他忿忿不停地仰天咆哮，「啊──為什麼這樣對我？我孤苦無依，為什麼連一條生路也不給我？我不甘願！」

「轟──」

身後的泥流以萬馬奔騰的氣勢來到老翁身後，轉眼就將滿腔怨氣的他給活活吞噬。

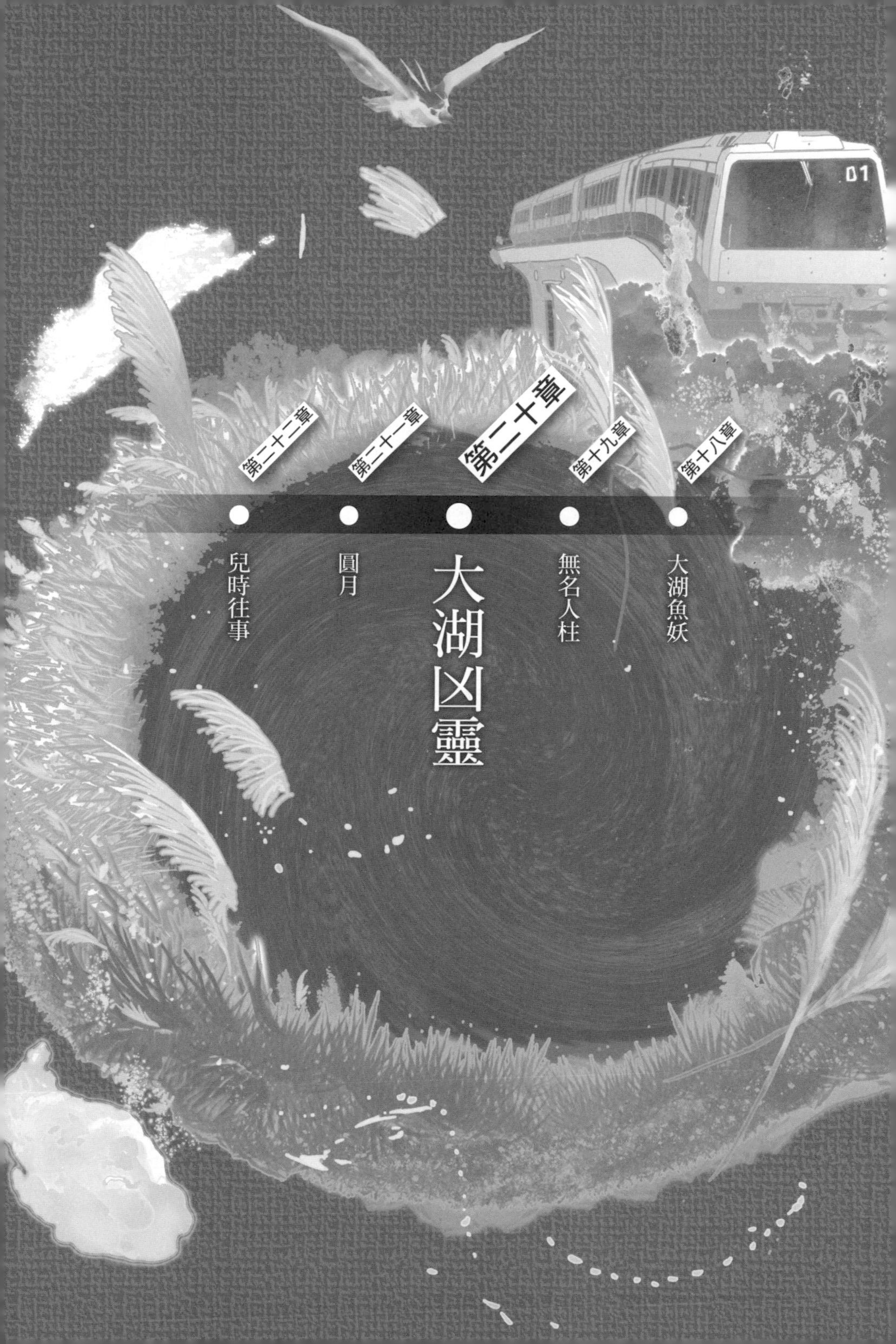
01
第十八章
大湖魚妖
第十九章
無名人柱
第二十章
大湖凶靈
第二十一章
圓月
第二十二章
兒時往事

駝背老人再次揮手，幻象隨即消失。即便此事已過數百年，他仍舊忿忿不平。

「一直到十四分埤建成，我才知道當年那群人是師公和工程人員偷偷把乞丐帶去濕地，舉行活人獻祭。

「後來這件事被當地居民發現，他們籌錢蓋了老公祠。等到祠堂蓋好，我才發現他們是為了紀念那個老乞丐，跟我一點關係也沒有！從頭到尾都沒人知道，我那天也被活埋了！你們說，這樣公平嗎？

「那個老乞丐有什麼了不起。他明明就是自願的，死前還被好好款待。憑什麼他有祠堂，枉死的我卻沒有？」

夜鷺精問他：「所以你後來霸占了老公祠？可是我之前去看過，裡面都是普通的孤魂野鬼啊。」

老人冷哼一聲，說：「什麼霸占，那本來就應該是我的！那老乞丐死前了無牽掛，死後也無怨氣。等到他陽壽盡、前往陰間投胎後，我才有機會拿回屬於我的東西。

一開始我在祠堂裡靠吸取香火來增加道行，但是香火的幫助很有限，後來我發現大湖和白鷺鷥山本身的靈氣更能幫助修煉，所以我才捨棄祠堂，將整個大湖公園當成我的家。

這裡的每一寸地，包含你們腳下的，都是屬於我的東西。只不過我平常潛藏在湖底，很少親自露面罷了。」

小狐狸並未認真聽老人的話，因為她注意到方才水裡那些脫困的女鬼都已陸續上岸，只不過靈力微弱的她們被氣禁術震得更遠，上岸的位置不是落在錦帶橋邊，便是落在小狐狸他們的對岸，也就是湖的南面，所以暫時沒被老人看見。

老人留意到小狐狸的視線，正要轉頭去看時，小狐狸忽然開口，重複剛才夜鷺精的問題：「你專害女人溺斃，為什麼現在連男人也要害？」

老人看向夜鷺精背上的許樂天說：「還不都是他自找的嗎？」

「什麼？」四妖齊聲道。

老人直截了當地告訴他們：「魚妖喜歡唱歌，歌聲帶有迷惑性。我常控制魚妖用歌聲來迷惑捷運上的女人，她們之中要是有人精神不濟或時運低弱，就會上勾。她們被歌聲引出捷運站，來到水榭歌臺以後，我就會操縱魚妖，由魚妖出手將女子溺斃。溺斃女鬼的怨氣是煉霧陣最好的材料。」

他自豪的模樣令小狐狸更加惱怒，但她在握緊雙拳的同時，也想起她與許樂天初識的那一天，許樂天在大湖公園站喚醒一個失魂的女人。

小狐狸思酌道：難道他是想報復許樂天？因為他害他損失了一個獵物？

她正要開口，夜鷺精就搶先她一步，怒問老人：「這跟許樂天有什麼關係？他多老實的一個人，你害他做什麼？」

老人露出一抹奸笑，道：「原來他叫『許樂天』。多謝你告訴我。」

小狐狸氣得怒瞪夜鷺精，夜鷺精話一出口才知道自己說錯話，無辜道：「我不是故意的。」

老人大笑幾聲，又說：「告訴你們也沒關係。自從他救了那個女人以後，就吸引了我的注意。我發現他年輕、長得好看，家境又不錯，就想取他的肉身來用。他自己也是找死，還在鬼門開的時間點來這就算了，還隨身帶著內丹。我都還沒下令，魚妖就等不及，自己先出手了。」

小狐狸說：「這麼坦白地告訴我們，你就這麼篤定我們四個加起來都打不過你？」

「嘿嘿沒錯。」老人毫不掩飾地承認，接著往前一步，「總之，把許樂天交出來，我就放過你們三個。至於妳嘛……」他指向小狐狸，舔了舔嘴，滿布皺紋的臉露出猥瑣的笑容，「就來當我的第九位妻子吧。」

「你做夢！」小狐狸怒道。

「敢碰她一根毛，拎北就跟你拚命！」夜鷺精吼道。

「別白費力氣了，何必呢？」老人色瞇瞇地看著小狐狸，雙掌摩擦道，「妳這麼美，我讓妳當正宮怎麼樣？嘿嘿。」

小狐狸回以冷笑，道：「那就要看你有沒有這個本事了。」說完她對夜鷺精使了使眼色。

夜鷺精與小狐狸相處多日，已有一定的默契，知道她這麼做是為了引開老人的注意、幫他們爭取時間逃跑，便對她點點頭，要她放心。

小狐狸隨即扭身直奔北方，只希望夜鷺精他們和那些女鬼能趁機逃脫成功。

一眨眼，小狐狸已奔到捷運軌道下方，她蹲低一躍，便有五、六層樓高，輕而易舉地越過隔音牆，落在高架軌道上（註1）。

那駝背老人方才走路蹣跚，沒想到移動的速度也奇快，小狐狸才站定，他就跳了進來。

「死老頭！你動作挺快的啊。」小狐狸抽出白鞭，蓄勢待發。

「嘿嘿，我可是在這風水寶地修煉了幾百年。」老人皺了皺鼻頭，「妳手上的內丹是哪來的？上面有湖水的味道。」他眼睛轉了轉，猜道，「該不會是那個碧湖的藻妖吧？」

「干你屁事！」小狐狸彈出狐耳、狐尾，雙目轉綠，額上閃現心宿花紋，將妖火注入白鞭，鞭子立即起火。

老人眼睛一亮：「唷喝，是白狐狸啊！我還以為妳是鬼呢。」他試探道，「東青丘的？赤狐白子？」

「怎麼？怕了？」

註1：內湖段捷運隔音牆高度之資料來源：台北市政府捷運工程局官網。

老人大笑幾聲，說：「我求之不得啊！赤狐白子的內丹，多罕見的寶貝啊！」說完還用舌頭舔舔嘴唇。

「噁心！」小狐狸立即揮鞭而去。

火鞭快得在空中留下殘影，但老人移動的速度比她的鞭更快，幾次忽隱忽現，都閃過她的烈焰。

「別鬧脾氣了，快跟我走吧，我還得去逮其他姑娘呢。喔對了，還有那個許樂天。他的靈魂那麼純淨，搞丟了多可惜。」

小狐狸意識到老人不只想占據許樂天的肉身，還覬覦他的靈魂，怒道：「廢話少說！」她加快揮鞭的速度，火光照亮軌道，隔音牆上很快就留下數道焦黑的鞭痕，耳邊迴盪著嗖嗖風聲，鐵軌不時因鞭擊噴濺火星。

老人屢屢閃過小狐狸的攻勢，卻不慎被火星給燒到蓑衣，他嘖嘖兩聲，身子一抖，將衣襬的火抖滅的同時，成千上百的棕梠絲如暗箭般射向小狐狸。

小狐狸邊退邊將火鞭舞成螺旋狀，燒掉部分棕梠絲，同時一躍、後倒，在空中旋身閃過其他棕梠絲，再一個後空翻落地。

老人沉下臉，下最後通牒：「給妳臉，妳不要臉，就不要怪我下手狠！」

小狐狸收起火鞭，接著八八六十四道火鞭出奇不意地從左右隔音牆和地上同時竄出、襲向他，將他五花大綁成赤金色的蛹。

火焰熊熊燃燒著老人，他不驚不懼，反倒哈哈大笑。一把鐵灰色的魚叉從大湖飛來，銀光閃了幾下便將火鞭盡數割斷。

「我的尾巴！」小狐狸尖叫道。

鞭子是她尾巴的魄體所化，鞭子受損即魄體受損。她感到全身一震，登時雙腿一軟，跪了下來。

兩者之間的實力相差太懸殊，老人從頭到尾都未施盡全力，但小狐狸一直趨於下風。她與他對打，就好比與呂洞賓對打那般的力不從心。

「嘿嘿嘿！」老人得意地竊笑了起來，原就皺巴巴的臉更皺了。

小狐狸眼看靈力都已經耗盡大半，魄體又受傷，還傷不到他分毫，開始急了，心裡咒罵道：這死老頭怎麼這麼強！以我現在的靈力，根本拖延不了太久。

她盯著藻妖內丹，又想：只好賭一賭了！

她捏碎球形塑膠殼，孤注一擲地將內丹一口吞下。

老人初時還有些忌憚，一時不敢靠近她。

最糟的情況發生了，小狐狸受到內丹反噬，全身開始劇烈顫抖；一下子身上冒出冷颼颼的寒氣，一下子身上又竄出熱騰騰的火花出來。

水生精怪內丹與陸生精怪難以相容，再加上小狐狸修習的是火術，兩股對立的力量在她魂魄內衝撞，她沒辦法自己調和兩者，所以一會感到如墜冰淵，一會感到如落火山，同時靈力也在快速衰退。

她的臉和手上爆出紫色筋脈，痛苦得在地上打滾、乾嘔，想把藻妖內丹吐出來，但它彷彿在她魂魄裡深了根似的，根本吐不出來。

老人看出她正在冰與火間反覆煎熬，嘿嘿一笑，便打算趁虛而入。

他一靠近，她便用盡最後一股靈力變出火鞭。

老人不費吹灰之力，手一揮，一團黑霧掃去，寒涼濕冷的陰氣不僅滅了她鞭上的妖火，還差點震散她的魂魄。

這下靈力幾乎告罄的她，無力地趴在地上，連站都站不起來。

老人亮出魚叉，兩頭尖端閃著寒光，與他的眼神一樣陰狠。他道：「認輸吧。」

「死也不認！」她使勁抬頭，眼睛直勾勾地瞪著他，寧死不屈。

正當他的魚叉對準她的心窩，要直直刺入時，一道銀光忽然閃過他們之間，他們都下意識往後退。

第二道閃光襲來，只不過這次是對準老人。

小狐狸定睛一看，兩道閃光都是彎刀。

老人耍起魚叉，虎虎生風，轉出一個橫8字，鏗鏗兩聲將左、右邊彎刀打飛。

夜鷺精從天而降，兩把彎刀嗖嗖回到他手上。他轉頭看了一眼小狐狸，立即一手掌心朝向她，將一半的靈力傳給她。

小狐狸急道：「別給我，你快走！」

夜鷺精說：「別說話，聚氣凝神，妳魂魄快散了。」

老人既不怒也不急著攻擊他們，反而喜道：「哎唷威，天大的好事！三顆內丹！原本我要同時吸盡九個八字相合、同樣溺水枉死的女人魂魄，功力才能更上一級。但你們兩個和藻妖的內丹，加起來的功力更大，我的功力可以增進更多！」他說得激動，忍不住拍手叫好，「太好了太好了，今晚就是我死而復生的時候！哈哈哈哈——」

夜鷺精收手，轉回去面對老人，滿臉怒容，他雙手往前猛力一甩，兩把彎刀在空中高速旋轉、形成兩圓鋸片，朝老人疾轉而去。

老人向後一跳，不慌不忙地用魚叉打飛第一把刀，又借力使力地將第二把刀轉了幾圈、回擊夜鷺精。

夜鷺精飛上空中，撿回第一把刀，又踩著隔音牆緣奔跑，抓住被擊回的第二把刀後，使出雙刀流，對老人發起連續攻勢。

「螺旋斬！」

軌道上不停發出鏗鏘撞擊聲，夜鷺精的速度比小狐狸快上數倍，就連老人都跟不上，眨眼間斗笠、蓑衣就被他連連砍破。

老人雖閃過，但斗笠卻被彎刀的刃氣大切八塊，露出頂上的稀疏白髮。

老人見狀毫不氣惱，而是回以陰沉一笑，說：「嘻嘻嘻，不愧是禽類精怪，你的眼力不錯，速度也夠快，只可惜……依你的殺傷力，恐怕得連砍我七天七夜才能傷得了我。」

「把我孫女打成這樣……」夜鷺精劍眉下壓，握緊雙刀，大吼，「拎北跟你拚了！」

說完人影一晃，突然消失。

老人察覺不對，收起笑容，原地轉了一圈，軌道上除了他和奄奄一息的小狐狸外，根本沒別人。

他忽然感受到一股風從頭頂吹來，抬頭一看，上方一個黑點正在放大；有個東西正在急速墜落。

是夜鷺精！

他從高空夾帶氣流，俯衝下來，朝老人猛力劈來。

風壓越來越大，大到小狐狸睜不開眼，才聽到上空的夜鷺精嘶吼道：「音、爆、斬——」

緊接著便是一聲轟然巨響，軌道劇烈一震，伴隨強大的氣壓和塵土，將小狐狸給颳得老遠。

閉著眼的小狐狸跌落軌道上，感覺整個身體迅速往下滑，軌道似乎坍方了。她摸黑亂抓亂揮一陣，好不容易止住墜勢。

待風勢平息，小狐狸睜眼往後一看，軌道果然坍塌了一大段，下方的柱子應該已經崩塌或斷裂了。

夜鷺精劈下的位置不只是被劈成兩半，而是被劈出一個大坑。而且就方才那樣的力道來看，恐怕下方路面道路也連帶被擊出一個大坑。

小狐狸頭一次這麼佩服夜鷺精，心想：阿公都已經把一半的靈力傳給我，戰力竟然還能這麼高！要是他沒損失靈力，音爆斬的威力該有多強大啊！

夜鷺精面對小狐狸，站在軌道坑的對面，一邊低頭察看，一邊喘氣，看起來很疲憊。這招音爆斬顯然耗費了他大部分的靈力。

小狐狸看了很不捨。這一刻她才意識到，夜鷺精一直都很照顧她，也許他是真的把她當親孫女一樣。

她心裡暗下決定：以後一定要對阿公好一點。

夜鷺精說：「怪了，怎麼不見了？」

他方才劈下的瞬間，軌道上憑空出現一團黑霧，霧散去後，老人便不見蹤影。

「哼，這老頭大概被我一刀滅了吧。」

他躍過裂口，扶著隔音牆走向小狐狸，自誇道：「怎麼樣？阿公剛才那招厲害吧？很帥對不對？」

小狐狸明明欽佩在心，卻嘴硬地說：「剛才風沙大，我什麼都沒看到。」她邊說邊凝聚回自己的魂魄。

夜鷺精的靈力很神奇，不只能幫她重聚魂魄，還神奇地緩解了體內兩顆屬性不同的內丹的互斥狀況。她現在雖然虛弱，但剛才那般彷彿受水火煎熬的痛楚已經沒有了。

夜鷺精抱怨道：「哎，妳搞什麼啊！這歷史性的一刻耶！妳知道從高空往下看，軌道細得跟麵線一樣嗎？我劈得超準的。」

他正要扶起小狐狸時，軌道坑口下方忽然傳來小白菇的求救聲：「救命啊！」

「小白菇？」小狐狸和夜鷺精同聲道。

夜鷺精連忙轉身跑向軌道坑口，但小狐狸起了疑，便阻止他道：「別過去！」

此時一團黑霧忽然從坑口冒出，一隻手冷不防從霧中伸出，就要揪住夜鷺精，被眼明手快的他閃過。

「嘿嘿嘿。」老人陰沉的冷笑聲在軌道上迴盪，「沒想到你靈力快沒了，速度還能這麼快！」

黑霧褪去，夜鷺精定睛一看，老人正懸在軌道上空。他雖然灰頭土臉，但魄體僅有一些受損，傷得還沒有小狐狸重。

夜鷺精先是一驚，接著迅速退後數步，以身擋在小狐狸前面。

小狐狸見夜鷺精靈力快沒了，不是老人的對手，著急地對他說：「快跑！別管我！」

夜鷺精充耳不聞，變出雙刀，仍固執地站在她身前。

「好呀。」老人說，「硬要強出頭，我就成全你！」

他閉眼，仰頭伸臂，十指朝上，剎時間夜空風起雲湧，陣陣陰風颳來，周圍忽明忽滅，下方路面的路燈也受他影響。

老人這時才展現真正的實力，雙手朝小狐狸和夜鷺精一揮，一團黑霧飛來，先是將他們掃上空中，又摔在軌道上。

老人飛到他們上方，再朝他們一揮。

黑霧再次掃來，這次小狐狸和夜鷺精被打穿過軌道，重重落在下方馬路上。

夜鷺精的雙刀化成了灰，消散在空中，他與小狐狸一樣，五官因疼痛而皺在一起，但是當老人再次現身在他們跟前時，他還是咬牙站了起來，再次站在小狐狸身前。

熱淚流下小狐狸的臉龐，她哽咽道：「快跑……你打不過的……」

老人右手食指朝他們一轉，一團黑霧再次凝聚，隨他食指旋轉的方向，朝小狐狸和夜鷺精他們螺旋前進。

鋒利的魚叉尖頭破霧而出，而且越來越大，直逼他們而來。

趴在地上的小狐狸用盡全力大吼：「快跑啊！」

夜鷺精不為所動，他再次變出雙刀，向前一步抵住魚叉，但雙刀很快就消散，而這次夜鷺精已經沒有多餘靈力再將魄體轉成武器了。

「嘿嘿。」老人冷道，「早就看你不順眼了。在我的地盤上修煉，還不安分點！」

夜鷺精徒手抓住魚叉的雙尖，沒想到魚叉中間突然射出一叉，霍然刺進他胸口、從背後穿出！

夜鷺精身子一顫，雙眼圓睜，低頭看了一眼胸口，隨即向後倒下。

「阿公！」小狐狸爬到他身邊，熱淚盈眶地抓住他的手，喚他，「阿公……」

「嘻嘻嘻。」老人陰險笑道，「我的魚叉一直都是三叉。」

他又往他們走近一步，魚叉的三叉頭霍然變長，彷彿打算將他們串在一起似的。

夜鷺精和小狐狸雙手緊握，兩人四目相對，都做好準備死在一起。

老人冷哼一聲，不屑道：「愚蠢！畜生就是畜生，只有畜生才會這麼重情義。」

小狐狸雙眼直勾勾地怒視老人，淚水也稀釋不了她眼神中的恨意和悲痛。

老人高舉魚叉，尖頭閃起一道寒光，正要刺下時，耳邊霍然響起一陣嘹亮刺耳的敲鑼聲。

「控哐——」

三者同時摀住雙耳，皆感到一陣耳鳴、暈眩。

一道矮小的人影閃到他們之間，那是一個骨瘦如柴、全身都是被火紋身的小男孩。

他的眉骨特別突出，雙眼不過豆大，但整個人散發出一股異常強大的氣勢，散發的海藍色光暈很特別，像是月光下的海洋，不時泛銀白光澤。

他仰頭朝老人咧嘴一笑，兩邊嘴角開裂到耳際，露出血盆大口和尖利虎牙。

老人一驚，聲音顫抖道：「芒神？」

芒神是動物的守護神，也是獸類精怪的守護神，神力之強大不是老人這種凶靈能對付的。

老人有些懼怕地倒退兩步。他雖然放下魚叉，但並沒有將它收起，而是將它藏在背後。

小孩合上嘴，向前兩步，朝老人伸手、一握拳，就隔空將老人背後的魚叉給捏碎。

老人回頭，看見一地的鐵砂，震驚不已。當那些鐵砂消散時，他立即化成一團黑霧，往大湖遁逃而去。

此時夜鷺精的魂魄全碎了，他邊咳靈血邊吐出內丹，將它交給小狐狸，氣若游絲地說：「快……快吞下……」

小狐狸猛搖頭，淚如雨下地說：「不要不要，你快點吞回去，我、我想辦法，我想辦法治好你，我……」

「聽、話……」他的聲音越來越小。

淚水模糊了小狐狸的視線，她問他：「為什麼不跑？你為什麼不跑！」

「我跑了，妳怎麼辦？妳可是我……孫女啊……」

他說到一半就化成灰，那如灰色彈珠的內丹落在她的手上，裡頭還夾雜著一根小小的白色蓑羽。

小狐狸知道獸魂轉化成的妖魂便是跳脫六道，再也不能輪迴轉世，滅了就是真的滅了。

她倒抽一口氣，瘋狂地用雙手聚集那些灰，彷彿這麼做就能讓阿公死而復生一樣，但是沒用，那些灰轉眼就消散在空中。

「沒了？就這樣……沒了？」

她登時睜大雙眼，不敢置信地看著空空如也的地面。幾秒前，她的阿公還躺在那裡的。

「我再也……再也見不到你了？再也……」她崩潰得仰天尖叫一聲，哭喊道，「阿公——」

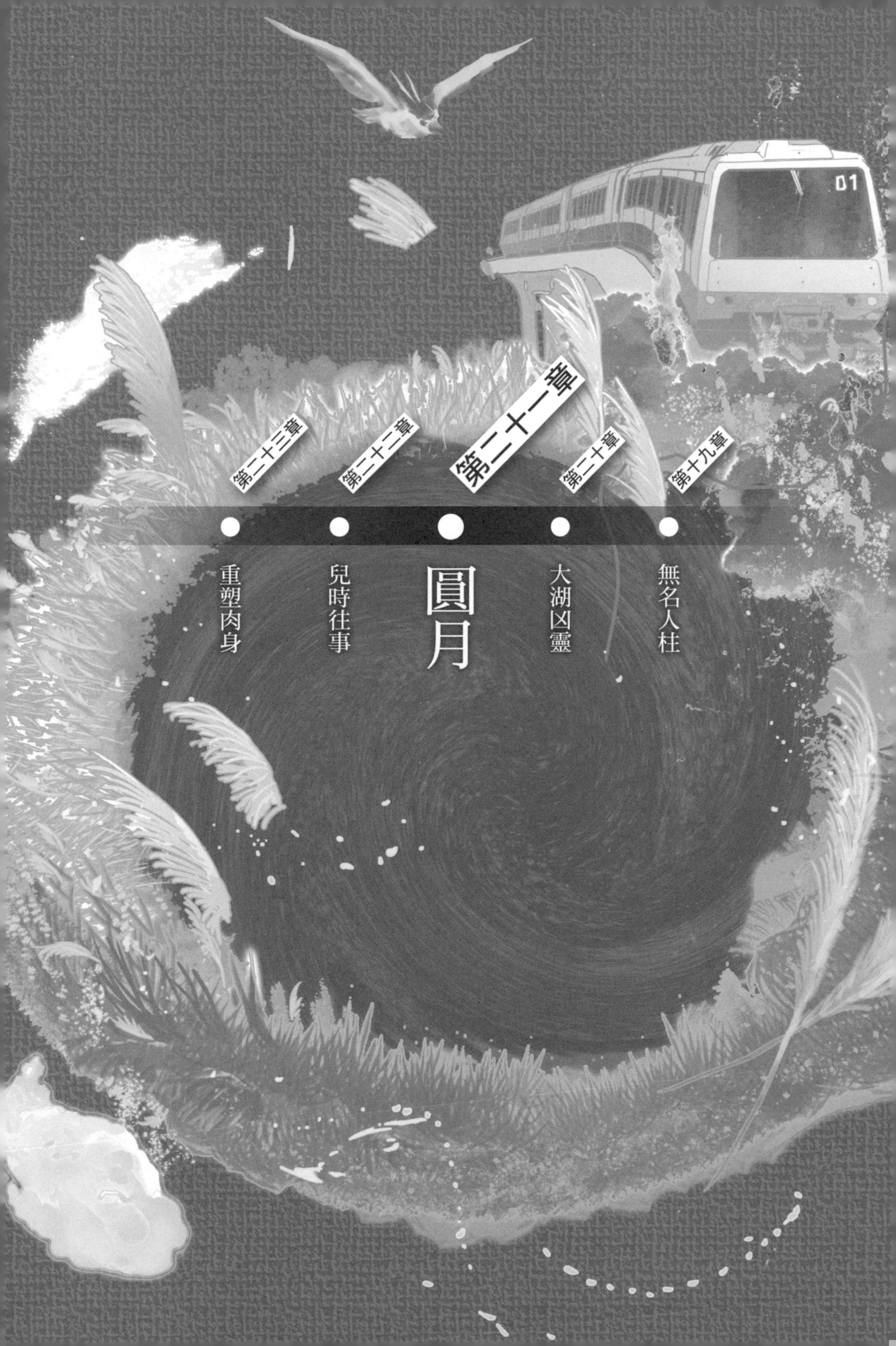
第十九章
無名人柱
第二十章
大湖凶靈
第二十一章
圓月
第二十二章
兒時往事
第二十三章
重塑肉身

芒神對痛哭流涕的小狐狸說：「現在不是傷心的時候，我是跟著我送給許樂天的芒種和他身上的無主內丹氣味來的，他的內丹怎麼會在妳體內？」

小狐狸止住哭聲，這才想起許樂天和小白菇、小綠芽，忙道：「糟了，他們有危險！那死老頭看上許樂天的肉身了。」

她雙手撐地、想爬起，隨即又不支倒地。

「妳知道為什麼夜鷺精死前要把內丹交給妳、要妳吞下嗎？」

小狐狸不解地搖頭說：「他想把道行都傳給我？」

「不只如此。妳體內的兩顆內丹相斥，這種情況會快速損耗靈力，還會傷到魂魄。夜鷺精是濕地精怪，他的內丹可以連結水生和陸生精怪的內丹，只有吞下它，運用剩下的靈力融合三顆內丹，才能治本。」

「阿公到死都還在替我著想……」小狐狸眉頭一皺，又是一陣鼻酸，「可是這是他唯一留給我的東西，我要是真吞下了，那——」

芒神不耐煩地打斷她：「有什麼好猶豫的？他給妳內丹是要妳睹物思人，還是要妳吞下內丹、好好活下去？」

小狐狸閉上眼，想起方才阿公為了救她，不惜與那老人死戰到底，她不能就這麼輕易死去。

「妳到底想不想活下去？想死的話，我也不攔妳。」

「我得活著。」小狐狸睜開雙眼，抹去眼淚，眼神堅定地說，「我死了，誰來替阿公報仇？誰來保護許樂天、小白菇、小綠芽？」

芒神又說：「對啊，還有許樂天。妳再不趕快好起來，他都要被凶靈奪舍（註1）了。依那凶靈的道行，不只不會將許樂天的魂魄給趕出軀殼，反而會吞併他的魂魄，這樣他就可以擁有許樂天生前的記憶和習慣，還能直接用許樂天的身分活下去。」

「想都別想！」小狐狸怒道。

芒神的這番話更加激起她戰鬥的意志。她很快就振作起來，問芒神：「怎麼融合三顆內丹？」

「這還差不多。」芒神說，「說穿了也沒什麼。妳吞下內丹以後，只要運用靈力將夜鷺精的內丹移到兩顆中間就行了。」說完便將她扶坐起來。

「就這樣？」

「剩下的交給內丹吧。」

「知道了。」小狐狸盤腿坐正，凝視著夜鷺精的內丹。

註1：奪舍：即妖鬼奪取活人的肉身，借屍還魂。

「動作快啊！我可不想芒種落在那凶靈手上。」芒神催促道。

「那你還不快去保護許樂天？」

「我為什麼要去？我是動物和獸類精怪的守護神，當然要優先保護妳啊。要是許樂天真的被奪舍了，我也還是有方法能拿回芒種，只不過比較麻煩而已。」

「你！」

她的反應讓芒神感到意外，他眉毛一揚，心想：赤狐白子不是出了名的「桀傲不遜又自我」嗎？她為什麼會這麼在乎許樂天？

於是他問小狐狸：「許樂天對妳來說很重要？」

「廢話。」

「那妳還不動作快點。」

小狐狸翻了圈白眼，意識到芒神沒那麼在乎許樂天和小樹人的生死，他們終究還是要由自己來保護，她果斷吞下灰色內丹，閉眼靜心，運用靈力將那顆灰色內丹推到自己透明帶白絲的內丹和綠色藻妖內丹中間。

神奇的事發生了，夜鷺精的內丹將左右兩顆內丹磁吸過來，三顆接觸的瞬間，同時熔化再內旋，眨眼就融合成一顆更大的內丹。只不過新的內丹有三層，最裡面是透明，中間是灰色，最外層的是綠色。

小狐狸再次彈出狐耳、狐尾，而且尾巴已經完全復原。她不只渾身充滿了力量，而且功力突飛猛進，一下子跳兩階升至「薄雲階」，甚至超過夜鷺精，散發出比他更深的光。

芒神見小狐狸身邊的冷空氣先是變成冰晶懸在半空中，接著又馬上昇華成絲絲白煙，便知道小狐狸成功了。

芒神打量了她一會，說：「妳現在的實力與那凶靈不相上下了。」

「很好。」她睜開雙眼時，瞳孔閃過一絲碧綠光芒與殺意。

「凶靈暫時躲回大湖了。」

「我知道。」她站起身，施出追魂術，旁邊的捷運站屋頂隨即閃起白光。

「原來他們就躲在站內。」

「對。他們還挺聰明的。捷運站沿線都設有鎮煞法陣，除非是地縛靈（註2），否則一般妖鬼不會久待。凶靈應該暫時想不到他們會躲在捷運站裡，所以他們現在很安全。」

「但是小白菇和小綠芽是樹人，他們道行弱，沒辦法待太久的。」

「速戰速決不就好了嘛，難不成妳要打到天亮？走，我幫妳。」

註2：地縛靈：人或動物死後，靈魂可能因許多原因導致被束縛在死時的土地或建物內，無法離開。此類亡靈多有怨念或執著不化，從而成為惡靈。

「不，你別插手。」她額上閃現心宿花紋，雙眼轉綠、迸發殺氣，咬牙切齒地說：「我要親手滅了那豬狗不如的東西！幫我護著他們。」說完便消失在空氣中。

芒神站在原地，落有所思地說：「不愧是赤狐白子，竟然真的在這麼短的時間融合三顆內丹，而且還一次成功。要是她能轉生成人，會不會……」

小狐狸在大湖上空現身。現在的她繼承了夜鷺精的能力，不只可以瞬間移動，在空中也可以滯留更久。

她緩緩落在亭閣屋頂上，姿態雖輕盈，眉眼卻是殺氣騰騰，怒吼道：「出來！」清亮的聲音迴盪在湖周。

回應她的是一陣空靈幽婉的歌聲。此刻湖底霧陣已破，無法再起大霧，魚妖也無法再憑藉霧氣離開水，但是他們仍舊能以歌聲迷惑人心。

但小狐狸如今功力大增，這點微末的幻術對她來說，一點用也沒有。

「吵死了！都給我閉嘴！」她施展夜鷺精的薄雲階風術，白鞭一揮，夾帶高壓氣流，竟如摩西分紅海似的，硬生生將湖面劈成兩半。

歌聲立即停了下來，同時亭閣開始劇烈搖晃。

小狐狸跳到九曲橋時，老人霍然破水而出，數千棕梠絲再度從蓑衣上射向她，同時拔出魚叉刺向她。

滿腔憤怒的她拉高周遭溫度，棕梠絲一靠近她都瞬間燃盡，她將白鞭化成銀槍，與魚叉對刺。

兩邊尖頭一撞擊，登時發出巨響：「磅！」

強大的衝擊波將他們震開，雙方都在空中往後翻滾了幾圈。

片刻前，一朵烏雲高速從北邊飄來捷運大湖公園站外的坍塌軌道上方，一個白色人影從雲上往軌道下方的路面跳下，落在芒神身邊。

芒神轉頭一看，是東青丘的邱灩。

她朝坍塌的捷運軌道一看，挑眉問他：「怎麼回事？」

芒神也不跟她客氣，直接說：「來得正好，處理一下。」

邱灩仰頭抱胸，冷道：「我們東青丘只負責淡水線。」

「這可是你們赤狐白子闖出來的禍。」芒神指著不遠處，落在大湖亭閣上的小狐狸說，「我不管，反正妳得幫她收拾殘局。」

邱灩劃清界線道：「她一出生就被驅逐了，不是我們東青丘的人。」

「那妳還來幹嘛？難道不是察覺大湖公園有異樣，擔心這隻白子所以才過來察看？」

邱灩不答，只是默默施展萬象術，出手將現場復原。

芒神取笑道：「哼，那妳現在又是以什麼身分來幫她善後呢？」

「同為白子的身分。」邱灩又朝大湖方向看了一眼，「別讓其他人知道，尤其是她。」

她正要離開，芒神又說：「這麼急著走？她正要單挑大湖的凶靈呢。她吞了碧湖藻妖的內丹，現在有湧泉階水術的能力了。妳不是水術士嗎？不去指點一下？」

「不必，她又不是我們東青丘的人。」話雖說如此，邱灩還是凝視了一會小狐狸的方向，才屈膝跳上烏雲。

「妳真要走？不幫幫她？」

烏雲飄走前，邱灩對芒神說：「你太小看赤狐白子了。還有，沒事少出現。醜。」

話音一落，烏雲便已消失在視線之外。

「哎，妳這個臭狐狸！」芒神氣惱地跺腳，但還是將自己化為小男孩的模樣。

芒神前方的大湖上，老人和小狐狸雙雙被衝擊力震開後，老人一臉驚愕，心想：她怎麼會忽然變得這麼強？還忽然學會風術？

他定睛打量她，發現她體內已經融合了三顆內丹，所以同時擁有水、火、風術能力，不禁驚道：「不可能！怎麼可能這麼快就融合了？」

小狐狸不與他廢話，手中的銀槍變回白鞭，一抖鞭便迅速起火，她猛力朝老人甩鞭而去，老人空中一個翻滾，避過火舌。

他忽然一臉驚愕地看著小狐狸的背後說：「捷運軌道怎麼恢復了？」

小狐狸轉頭一看，還真是如此，就連下方路面被音爆斬炸出的大坑也恢復原來的樣子，完全看不出方才打鬥的痕跡。

遺憾的是，捷運可以復原，但是她阿公再也回不來了。

老人的魚叉變成巨大的三叉戟，冷不防直刺小狐狸。她即時避開，沒想到叉頭竟瞬間彎成倒勾狀，從她後方刺進背部！

半分鐘前，漆黑的大湖公園捷運站裡，觀景台上，小白菇與小樹芽雙手貼著玻璃帷幕，四目緊盯著大湖方向，小狐狸才出現、落在湖中亭閣屋頂上。

他們身後的長椅上，躺著仍然昏厥的許樂天。旁邊還有小狐狸稍早在湖底破陣、被釋放出的女鬼們，她們也跟著小白菇、小綠芽來到捷運站內。

雖然她們都是在水中溺斃的水鬼，但魂魄嚴重破損的她們，反而不再受水限制，能自由在岸上移動。此刻渾身濕漉漉的她們還沒想起生前記憶，只是漫無目的地在觀景台遊蕩。

「看！那裡的燈怎麼在閃？」其中一個女鬼緊張道。

她和其他女鬼們因害怕而不自覺地聚在一起。

小白菇和小綠芽回頭一看，捷運站裡所有緊急照明燈都突然閃爍了起來。

他們互看一眼，有默契地趕快跑到許樂天身邊保護他。這是小狐狸交代他們的任務，一定要盡全力做到。

黑暗的月台上傳來一陣腳步聲。

「好強的氣場！」小綠芽邊說邊緊張地牽起小白菇的手。

「滋——」月台上吊掛的電視忽然亮了起來，畫面馬上變成黑白雜訊。

女鬼們害怕地跑到小白菇、小綠芽身邊。

接著感應票卡閘門開始發出「逼逼」聲，旁邊詢問處燈光也閃爍了起來，詢問處裡頭的監視器螢幕突然亮了，畫面也變成黑白雜訊。

「滋——」

兩個小樹人和女鬼們都緊張不已，沒想到從黑暗中走出來的，竟然是一個小男孩。

女鬼們都放鬆了下來，但是小樹人還是渾身緊繃地盯著他看。

小男孩看了一圈，目光停在倒在長椅上的許樂天身上。

小樹芽警惕地問他：「你想幹嘛？你是誰？」

「芒神。」

小樹人們一聽都鬆了一口氣，反倒是女鬼們緊張了起來，其中一人問道：「芒神是什麼？」

小白菇說：「就是『魔神仔』啊。」

女鬼們驚呼連連，大家對魔神仔的印象就是喜歡捉弄人。怕被欺負的她們紛紛四散、找地方躲起來。

芒神才走到許樂天身邊，小白菇就問他：「他沒事吧？怎麼還沒醒啊？」

芒神打量了許樂天一會說：「沒什麼大礙。」接著輸送了點靈力給他。

他眼睛轉了一下，輕咳幾聲，便悠悠醒轉。

小白菇撲上前抱住他，喜道：「太好了，你醒了！」

許樂天一睜開眼，環顧一圈後想起昏迷前的事，忙問：「小狐狸呢？她在哪？」

小樹芽告訴他：「她為了救我們、讓我們有時間逃跑，把老人引開了。」

小白菇點頭補充說：「但我們不能拋棄她，所以只是躲在這裡。要是她真出事了，我們還是要回去救她的。叔叔快跑吧！」

小樹芽又說：「不過你不能搭捷運，待會進站那班是給鬼搭的。這些女鬼待會就是要搭捷運去地府。」

許樂天急道：「你們的意思是小狐狸有危險？不行，我得去找她。」說完便要去找她。

小樹芽說：「你去幹嘛？」

芒神也有些驚訝地說：「你？一個凡人？」

許樂天以為芒神的意思是：就憑你，能幫什麼忙？

其實芒神心裡想的是：你一個凡人也會在乎妖的生死嗎？

小白菇拉住許樂天說：「別急啊，夜鷺精已經去幫她了。」

許樂天將她的手拉開，往手扶梯的方向跑。

芒神在他面前現身，攔住許樂天：「妖鬼打架，跟你有什麼關係？」

向來好脾氣的許樂天頓時發火道：「怎麼就沒關係！她是我朋友！」

小樹芽也上前拉住許樂天說：「你去不只幫不了她，反而會給她添麻煩的。」

許樂天懊惱地捶旁邊的柱子，氣道：「為什麼每次她遇到危險，我都只能躲得遠遠的，什麼都不能為她做？為什麼每次都只能讓她獨自面對？為什麼我只是凡人？」

芒神眼睛一亮，忽然明白為什麼許樂天對小狐狸來說很重要了，因為他與其他人不一樣。在他心裡，禽獸、精怪都和人命是一樣寶貴的，他們也可以是人類的朋友。

芒神對許樂天說：「回去。有我在，今晚不會再有第二個精怪離開。」他的聲音依舊童稚可愛，但充滿霸氣和篤定。

許樂天一聽，又追問：「第二個？第一個是誰？」

小樹芽問：「該不會？」

芒神點頭，眼神哀傷地說：「夜鷺精滅了，是我來晚了。」

小白菇小小的身軀顫了顫，隨即嗚嗚哭泣了起來。小樹芽也很難過，他抱著小白菇，輕拍她的背、安撫她。

許樂天愣了愣，接著繞過芒神，繼續往前跑說：「不行！小狐狸的道行沒有夜鷺精高，要是萬一——」

芒神再次出現在他面前，說：「沒有萬一。有我在，你怕什麼？回去吧，我答應小狐狸會保護你們。今晚鬼門開，捷運站裡反而比較安全。」

小樹芽一手牽起小白菇，一手過來拉許樂天回到觀景台，他們三個一起盯著玻璃帷幕外的大湖，心中同時祈禱著小狐狸能平安歸來。

老人偷襲成功，小狐狸吃痛，一個後空翻掙脫，懸停在水上，但魂魄還是受了傷。

「卑鄙！」她罵道。

「嘿，這叫兵不厭詐。」老人轉動三叉戟，「畜生就是畜生，到底還是輸我一截。」

雙方再次大打出手，一路從水榭歌臺打到另一側的錦帶橋。老人暫時占上風，便趁勝追擊，施出殺手鐧，先是一團黑霧撲向小狐狸，她後退的時候背後霍然捲起瘋狗浪，將她席捲下湖裡，百隻人形魚妖迅速攻向她。

小狐狸越戰越勇，她在水中一個後空翻，馬上施出風術衝出水面，再次懸在空中。後方的魚妖一路追來，嘩啦嘩啦破水而出。她立即施展火術的「逆向控制」，逆轉溫度將小範圍的湖面凍結。部分魚妖頓時卡在冰面上動彈不得；衝到空中的魚妖則落在冰面上如魚般抖動；水下正要衝上來的魚妖則紛紛撞到冰面。

老人一驚，心道：「想不到她的火術這麼強，不只可以生火還能結凍。」

小狐狸也盯著老人，單手緊握鞭子，蹙眉心想：火術無法重傷他；他的本質又是水鬼，所以湧泉階水術也拿他沒輒；剛才的音爆斬也沒事。可惡，我明明已經有了水、火、風術的能力，為什麼還是沒辦法擊敗他、替阿公報仇、保護我的朋友？

突然間，捷運軌道後方的山頭上，雲層傳出低沉的轟隆雷鳴。

小狐狸靈光一閃，想起許樂天曾提起閃雷打電的知識。瞬息之間，她已想好戰術。

她霍然用水術捲起一條水龍到高空中，再用火術、風術將水氣聚成雲。

下方的老人看不懂她在做什麼，疑道：「難道她想造雨？」

接著她拉高老人周圍的湖水成浪，老人看了呵呵大笑，說：「怎麼？妳想淹死我？哈哈哈哈哈——」

緊接著老人所在的湖水忽然凍結成冰，老人雙腳被卡在冰裡。

他不屑地說：「妳以為這樣就能制住我？」

才剛說完，一條白鞭便捆住了他。

他抬頭一看，上方的雲竟一瞬間變成雷雨雲，雲層中閃電雷鳴。

老人這時才驚覺小狐狸要用白鞭引雷電下來。

他正要閃，一道刺眼亮光已劈了下來，四周亮如白晝。

鞭子瓦解的瞬間，他也隨之灰飛煙滅。

而小狐狸魂魄劇烈一震，內丹最外層頓時殞滅，中間層和內層則是碎裂破損，她吐了一口靈血，便失去意識，從空中墜落。

「磅！」當湖上出現震耳欲聾的雷鳴時，重傷的她也摔落在錦帶橋上。

大湖公園上空頓時撥雲見月、風清月朗，湖面下方原本被老人控制心神的人型魚妖全都恢復意識、變回草魚原型。

待小狐狸恢復意識的時候，已經天亮了。她發現自己在許樂天懷裡，眼前還有小白菇、小綠芽和芒神，而他們正「站」在湖面上，原來她凍結的湖面還沒完全融化。

芒神指著橋下，對小狐狸說：「看，圓月！」

她轉頭一看，眼前錦帶橋下的拱形洞，因凍結的湖面如浪般升高變成半圓形，與湖面倒映成一個完美的圓形。

圓心中央，也就是水空交會處，懸浮著一顆閃著電光、發出轟隆雷聲、如黑色貓眼石般的珠子。而冰面下的魚群們本能地圍繞著它，在它下方打轉。

小狐狸不敢置信地說：「驚雷珠？」

芒神對她微笑，許樂天則說：「妳成功了，妳找到它了！」

她才明白，所謂的「依山傍水圓月之地」的「圓月」指的就是錦帶橋與湖中倒影。不只如此，還得湖面上升到剛好能將橋洞倒映出一個圓形的高度，且雷電要同時劈在湖面上，橋底的驚雷珠才會出現。

小狐狸伸手，將驚雷珠抓在手心。

金黃的陽光照在他們身上，照得她掌上的驚雷珠更加耀眼奪目。

她想到了夜鷺精，不禁又是熱淚盈眶，傷心道：「要是阿公能看到，該有多好……」

小白菇垂下視線，小樹芽感傷道：「是啊，可惜他不在了。」

「不，他在。」許樂天安慰小狐狸說，「他的內丹和妳的合為一體了，所以他會一直與妳在一起。」

小狐狸按著胸口，點頭微笑道：「嗯，永遠在一起。」一行眼淚隨之流了下來。

芒神有些婉惜地說：「可惜妳現在道行退回湧泉階底，使用驚雷珠復生會很勉強。不過要是成功，有肉身反而有助於修煉升階和修復內丹。」

「修復內丹？」小狐狸發覺自己的魂魄和內丹都被修復了八成，她看向芒神說：「是你救了我。」

她心思機敏，馬上意會到芒神從一開始要她吞下三顆內丹，就是知道她想轉生、需要足夠的靈力和道行。

她又問芒神：「為什麼想幫我轉生？」

芒神話中有話地說：「如果有更多的獸妖轉生成人，也許這個世界就會變得不一樣。但願我是這世上最後一個芒神。」他說完便消失了。

小樹人們對看一眼，傷心地垂下頭。

小狐狸問小樹人們說：「他是什麼意思？芒神和我們獸妖轉生成人有什麼關係？」

在她看來，芒神散發的光暈是妖道第八階「凌穹階」，代表芒神的本質應該也是妖才對，只不過是道行極為高深，足以比肩呂洞賓、邱瀧的妖。

小樹芽搖頭，只說：「那已經是很久很久以前的事了。」

小狐狸想追問，但許樂天看出小樹人們的為難，便勸她：「人家不想講，妳就別逼他們了。」

小狐狸只好作罷。

許樂天問她：「現在妳得到了驚雷珠，要怎麼使用？」

她搖搖頭說：「缺了最重要的東西。」

「什麼？」

「我的屍骨。」她頓了一下又說，「我只記得自己被關在鐵籠裡，丟在辛亥一帶的山上。」

這句話勾起了許樂天的兒時往事。他瞪大了雙眼，愣了一會才說：「辛亥……不會這麼巧吧……」

「幹嘛？難道你知道？」

許樂天不太確定地說：「可能知道。」

小樹芽說：「不管怎麼樣，我們都去看看吧。」

小白菇拉著小狐狸的手說：「只要有一點點可能都不能放棄。」

小狐狸挑眉反問：「妳不是不贊成我轉生成人嗎？」

小白菇理所當然地說：「可是妳想轉生啊。只要妳想，我就支持。」

小樹芽附和道：「她支持，那我也支持。」

後方的捷運站燈光已亮起，首班車正沿著高架軌道駛近月台。

「走吧。」她疲憊地再次沉沉睡去。

不用她說，許樂天也知道是去哪裡。他看向沉睡的她，溫柔地說：「嗯，我們回家。」

沒有人注意到，捷運軌道後方的山頭上，一朵烏雲這時才悄悄離開。

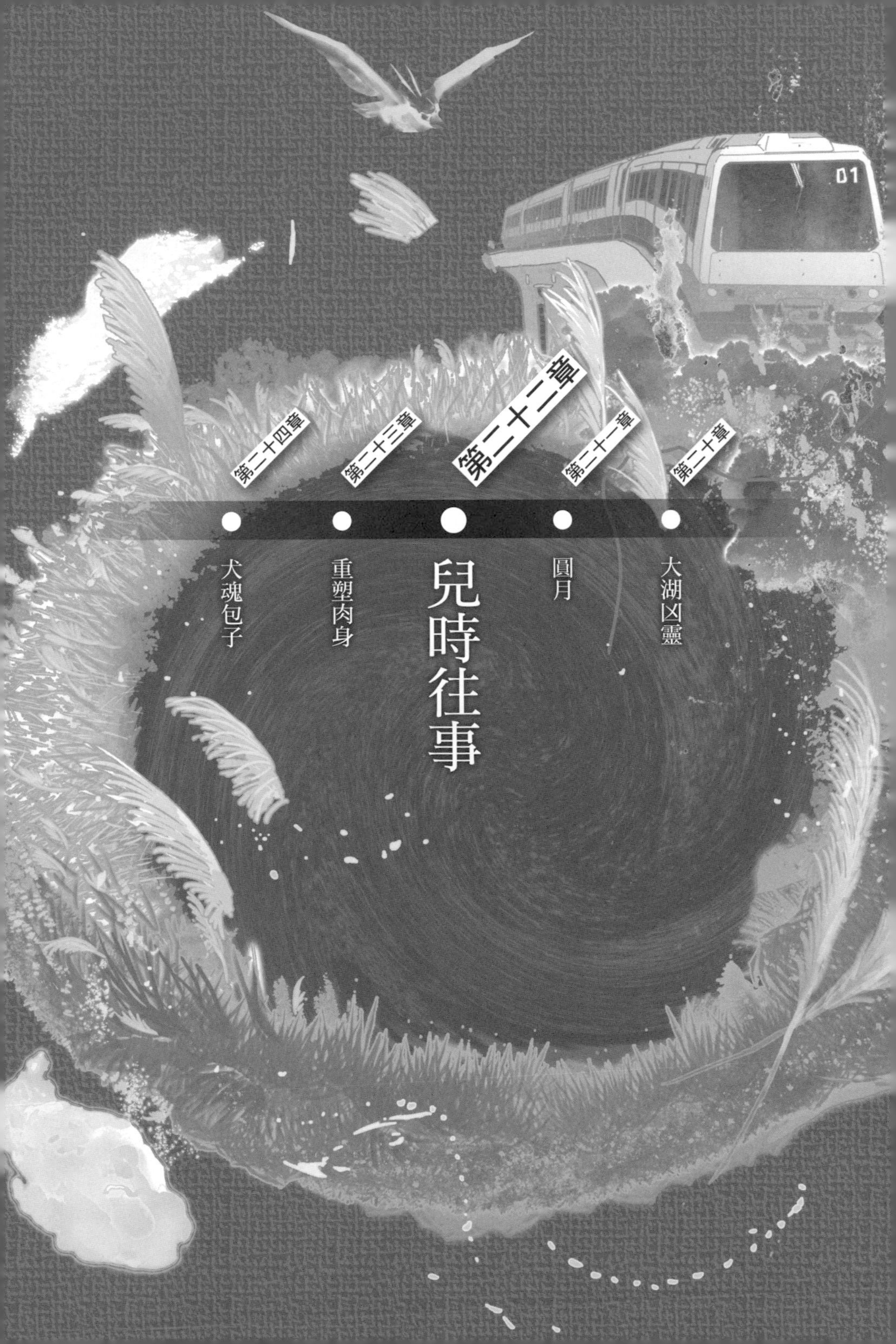

- 第二十章 大湖凶靈
- 第二十一章 圓月

第二十二章 兒時往事

- 第二十三章 重塑肉身
- 第二十四章 犬魂包子

幾日後，文湖線高架軌道上，一列捷運伴隨著午後陽光往動物園站的方向緩慢駛進。興許是平日下午、離峰時間的關係，最後一節車廂裡的乘客不太多。

小白菇和小綠芽盤腿坐在車廂最後方的觀景窗平台上，四手貼在玻璃窗上，一邊好奇地看著城市的大樓和街道，一邊讚嘆、嬉鬧，幾天前的陰影早已拋諸腦後。

坐他們旁邊的許樂天和小狐狸則靜默無言，他們不約而同地想起夜鷺精。

小狐狸朦朧的視線雖也落在觀景窗上，但她看到的並不是窗外的風景，而是她和夜鷺精在大湖公園初見時的情景；當時夜鷺精一看到她就上前要認她當孫女，還教她怎麼用魄體煉武器……

而許樂天則想起他搭錯捷運，陰差陽錯地遇到夜鷺精、小樹人的那晚，當時夜鷺精還出面幫他擋下女鬼阿娟。

想到這，他到現在都還有點難以接受，那麼豪氣瀟灑的夜鷺精，就這樣化作塵埃，徹底消失了。

他慢慢環顧了一圈車廂，忽然意識到他的生活與捷運密不可分，生活圈也和捷運線重疊。

不知不覺中，捷運早已不只是單純的交通工具，而是來來往往乘客的交會和連結點。乘客中，有人、有鬼、有妖，有些只能陪我們搭幾站，有些則能陪我們搭到最後，一如這人生的旅途。

但不論他們是誰、來自哪裡，大家相聚的時候，得以一起在台北的各個角落共同書寫故事，而那些角落也因此有了不同的意義。

在這數不清的角落中，也包含了捷運。而捷運也因此承載了許多的回憶與太多的悲歡離合。

當許樂天的視線落在身旁的小狐狸時，她已經不再流淚了，但眼神仍舊落寞哀戚。他抬起手，正猶豫要不要輕摸她的頭、安撫她時，她突然將頭枕在他肩上。

他馬上把手放在自己腿上、正襟危坐。

「別亂動。」她說。

「喔。」他坐得更僵硬了。視線掃到斜對面的行李架上時，他腦中再度浮現夜鷺精一腳踩在行李架上，仰頭說自己是遊俠的畫面。

他口罩下的嘴巴不禁勾起，在心裡悄悄對夜鷺精說：很高興認識你。你放心，我會照顧好小狐狸和小白菇、小綠芽的。

四人出辛亥站後便一路往東北方山區走，待夕陽染紅天空與山峰時，才抵達目的地。

他們越過及腰高的樹叢，來到一棵老榕樹下。

依稀記得周遭參照物的許樂天，左顧右盼了一會，指著眼前的老樹說：「沒記錯方向的話，應該就是這棵。沒想到這一帶的雜草都長這麼高了。」

小狐狸有些不敢置信地說：「你是說，我的屍骨就埋在這裡？」她看向不遠處的公墓區，說：「沒想到離我的窩這麼近。」

許樂天說：「木柵線通車那年，我跟著家人一起搭捷運來辛亥這裡掃墓。親戚的小孩在附近玩的時候，發現樹下有個鐵籠，鐵籠裡有一具小小的動物屍體。他們原本是想嚇我，才把我叫過去看，沒想到我看到以後不害怕，反而把屍體拿出鐵籠、埋起來。」說到這，他自嘲地說，「結果反而是我『又』嚇到其他小孩。」

許樂天撿起較長的樹枝撥開樹叢，底部果然露出一個生鏽、垮掉的鐵籠。

小狐狸一看見鐵籠，就想起她小時候常做的夢。原來那不是夢，而是回憶的片段。

直到現在，她才想起整個完整的經過：她剛死的時候，魂魄是沒有生前記憶的。她的魂魄在這棵樹下遊蕩的時候，看見一個小男孩邊哭邊在樹下挖了個小坑，接著脫下T恤，隔著T恤布打開鐵籠，將裡頭的屍骨一一取出，將它們埋進土裡。

也是直到現在，她才知道小男孩埋的是她的屍骨。

「原來是你幫我安葬的。」

許樂天只是點頭「嗯」了一聲，彷彿這只是隨手撿垃圾般的小事。

山裡天黑得快，四周很快就暗了下來。他從背包裡拿出露營燈，將之開啟、掛在樹枝上，又拿出小鏟子開始挖地。

小狐狸忽然想起一事，問許樂天說：「你幫我安葬的那天，是不是把衣服丟在公墓區垃圾桶？」

許樂天停下動作、想了一會才說：「對，但不是我丟的。我原本拿在手上，沒有穿回去。後來我媽看那衣服髒了，怕我把不乾淨的東西帶回家，就直接丟垃圾桶了。但是妳怎麼知道？妳當時看到了？」

小狐狸沒回答他，而是繼續追問：「是白色的T恤？」

「呃我忘了。」

「正面是『貪食蛇』圖案？」

「噢？」他想了一下，「好像是。」

「原來一直都是你。」小狐狸對他微笑，眼神充滿感激。

沒想到他們之間的緣分這麼長。

「什麼？」

「沒什麼？」小狐狸想起她的夢境，又問他，「你當時為什麼要哭？我們又不認識，你傷心什麼？」

「呃也沒什麼。」他搔搔頭，「可能覺得同病相憐吧。」

「你也被關過鐵籠？」小狐狸臉色一變，怒道，「誰幹的？」

他連忙揮手澄清道：「也不是關鐵籠啦，是……」

許樂天從有記憶以來就有陰陽眼，但他很小就知道什麼該說、什麼不該說。上小學的時候，也一直都是三緘其口。

有一天他路過女廁的時候，餘光瞄見有個男人躲在裡面。

這時有兩個班上女同學正手拉著手，一起要進女廁。

他下意識攔下她們說：「不要進去！有男生躲在裡面。」

女同學們站在女廁外，偷偷往裡看。

其中一個女同學說：「沒有啊。」

他說：「有啊，就在最後一間門外，你沒看到嗎？」

另外一個女同學說：「沒啊。」她開玩笑說，「你是看到鬼喔？」

他愣了一下，這才意識到自己看到的是鬼。他一邊後退一邊揮手說：「不好意思，我看錯了。」說完就馬上跑回教室。

但是來不及了，女同學們馬上就把這件事告訴其他班上同學。

相信許樂天的同學覺得廁所有鬼很恐怖，不相信的同學覺得許樂天是在裝神弄鬼、亂嚇人，就開始欺負他，還把他反鎖在女廁裡的最後一個隔間裡。

「喂、喂，開門！」他不停地拍門。

但是外面的同學非但不開，還從門上倒了一桶冷水下來，害他淋得渾身濕透。

「哈哈哈哈──」門外傳來女生的嘻笑聲。

他蹲坐在馬桶蓋上，全身縮成一團，委屈地哭了起來。

他們到底要什麼時候才放我出去？我該不會永遠被關在這裡吧？

為什麼沒有人相信我？為什麼只有我看得到？

為什麼我這麼笨，不小心就說溜嘴？為什麼就是不能假裝沒看到，然後就走掉就好？

這個時候，有人走進女廁裡，門外頓時一陣安靜。幾秒後，門開了。

同班同學羅震坤一肩扛著小小的樂樂棒球棒，一手伸向許樂天說：「出來吧，天兵。」

一個女同學有些急道：「地雷，你剛才不在，根本就不知道發生了什麼事。天兵亂講話嚇我們女生。」

另一個女同學理直氣壯地說：「對啊，他說謊！」

沒想到羅震坤直接球棒對著在場同學說：「你們都沒說過謊嗎？說謊就該被鎖廁所嗎？再敢動他試試看，我男的女的一起打！」

當時還是小一的他們，都不過是小小蘿蔔頭，但是羅震坤就是特別有氣勢，其他同學都被他震懾得後退好幾步，害怕地跑出女廁。

許樂天小小聲問羅震坤：「你也覺得我說謊嗎？」

羅震坤回答：「不覺得。」

許樂天正高興，羅震坤就冷不防補了一句：「我覺得你就是神經病，該去看醫生。」

許樂天嘴角和肩膀都垮了下來，很失望地說：「那你幹嘛來救我？」

「你是神經病，就應該被欺負嗎？你又沒有傷害到別人。」他頓了一下又說，「你平常對校狗很好，我都有看到，我覺得你是好人。」

「我是啊。」許樂天神情認真地說，「你也是。」

「嗯，所以我們應該要當好朋友。」

許樂天點頭，說：「以後我作業都借你抄。」

羅震坤不屑地說：「誰抄誰的，還不知道咧！」

雖然從那天起，許樂天對女生開始有了恐懼。但也是從那一天起，他和羅震坤成了莫逆之交。

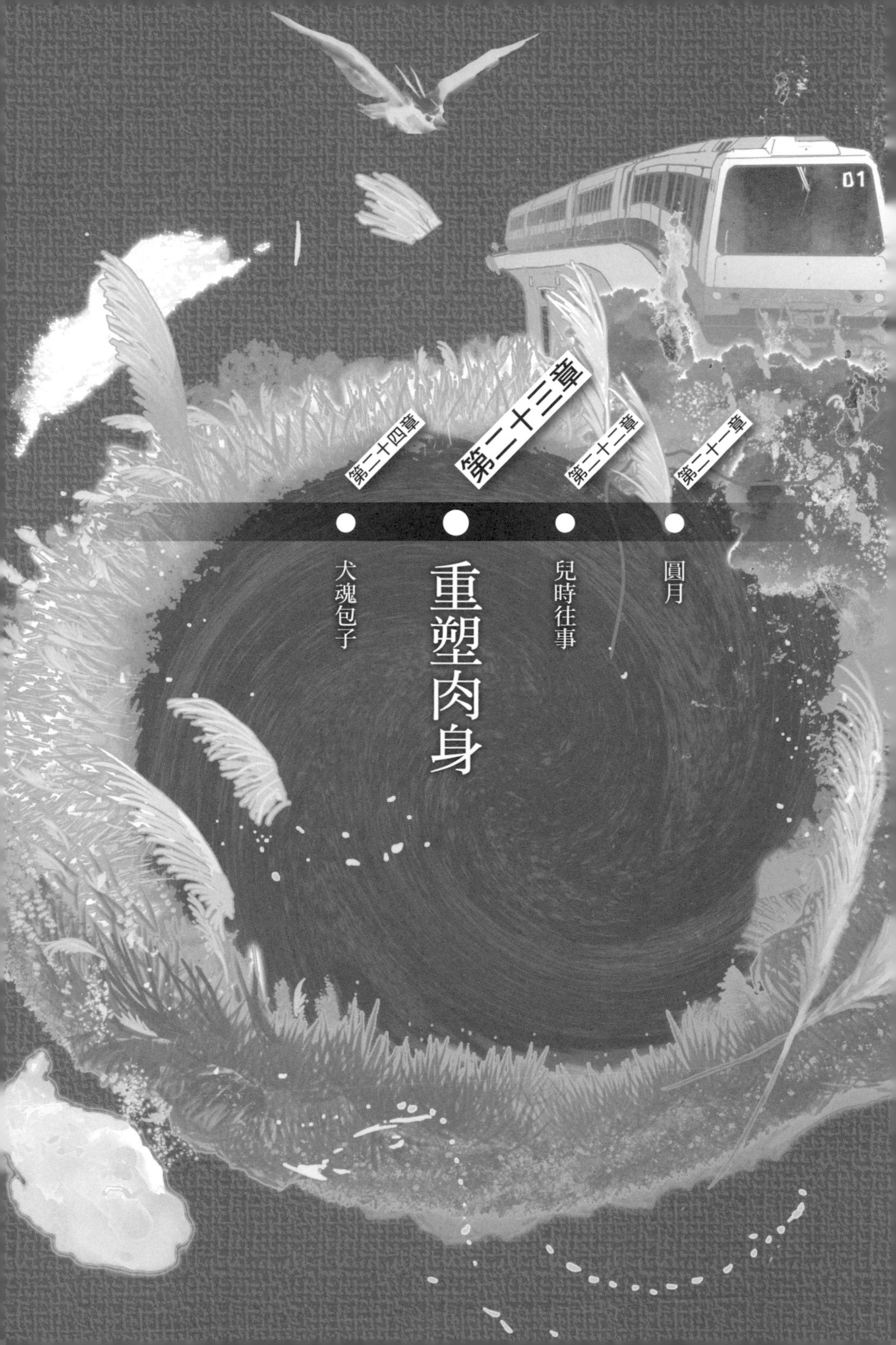
01
第二十一章
圓月
第二十二章
兒時往事
第二十三章
重塑肉身
第二十四章
犬魂包子

許樂天戴上手套，一邊將坑裡的白骨撿出來、放在毛巾上，一邊說：「就是因為我被關過廁所，明白那種出不去的恐懼，所以看到鐵籠裡的屍體的時候，就覺得裡面的小動物可能到死都是被關在籠子裡、出不去。所以在幫妳埋葬的時候，才感同身受地哭了。」

小狐狸聽了以後，低頭扶額，悔不當初地想：我不應該開羅震坤陰陽眼的，他根本不知道「後天陰陽眼」會遇到什麼事，我得趕快找機會把它封印起來才行。

小白菇說：「姊姊，快開始吧，叔叔已經把妳的骨頭都撿出來了。」

儘管已經十有八九無誤，小狐狸還是先閉眼感應。

她喜道：「果然是我的骨頭。」這才將驚雷珠放在骨骸上，再次閉上眼，腦中立即浮現她在藏經環第二層書庫裡看到的復生咒。

她一唸咒掐訣，原地馬上捲起狂風，風中落葉將她包圍，接著內丹和魂魄乘風注入骨骸。

骨骸中的內丹閃爍柔和白芒，半透明的小白狐形體隨即出現，零散的白骨開始重組，經脈、筋肉跟著生成，小白狐也緩緩站了起來。

然而，肌肉紋理才開始生成沒多久，小白狐突然昏厥似地閉眼倒地。

「她的靈力快用完了，生不出皮肉和血！」小白菇立即傳大量靈力給牠。

「怎麼了？」許樂天一個箭步上前，想去扶小白狐。

小綠芽將他推開說：「走開！」同時他也傳靈力給小白狐。

許樂天想幫忙又什麼都做不了，只能站在原地乾著急。

小白狐的肌肉生成到一半之際，小白菇和小綠芽的臉色忽然變得慘白，小白菇腳一軟、跪了下來。

小白狐忽然睜眼，對小樹人們說：「別再傳給我了，你們靈力也快耗盡了。」

「不行。」小綠芽咬牙道，「要是復生到一半就停下來，你會魂飛魄散的。」他才剛說完，也靈力不支、跪了下來。

小白狐阻止他們說：「你們再傳下去也會死的！」

她才失去阿公，實在不想再失去兩個弟弟、妹妹般的朋友。

「如果你們為了幫我轉生，靈力耗盡而死，就算我轉生成功了，也會痛苦後悔一輩子！」

小白菇道：「我們樹人沒那麼容易死的。如果靈力耗盡，頂多就是變回樹而已。」

小狐狸知道樹人並非是死後才成精，而是活得年久，巧遇機緣而直接轉生成精。然而樹成精是極為困難的，如果他們變回樹，再遇到機緣成精的機率幾乎是零。

因此牠著急道：「不准給我，都給我滾！」

可是小白菇和小綠芽還是固執地繼續傳靈力給牠。牠抬頭對許樂天說：「把他們帶走！快！」

許樂天靈機一動，對牠說：「快吸我精氣！」

小白狐搖頭，只說：「幫我照顧好他們兩個。」

牠眼睛閃了閃綠光，小樹人們雙雙被迷昏過去，接著原地狂風大作，風中的小白狐的身軀開始出現裂紋。

「不可以！你們三個都要活下去！」許樂天腦子一熱，抱著姑且一試的心情，發瘋似地拿起鏟子往手背一劃，熱血頓時湧出。他將血淋在小白狐和小樹人們身上。

「這樣沒用的。」

許樂天眼眶一紅，抱住小白狐道：「那我到底該怎麼做，才可以救妳？」

小白狐抬眼凝視了他一會，霍然咬住他的傷口，吸起血來。

一般情況下，妖鬼只吸人的精氣而不吸血，原因是人的精氣是小補，活血是大補；無痛無傷的情況下吸血，妖鬼的魂魄反而會被過重的陽氣給衝撞而傷身，但是現在人血對於小白狐來說卻是及時雨，恰恰能助牠重塑肉身。

牠的雙眼再度閃起綠光，周圍的風漸漸變弱，眨眼間，小白狐的身軀不只裂紋消失，肌肉、毛皮還以極快的速度成長。

小白狐忽然從許樂天的懷裡跳下、往前方空地奔跑。許樂天正要追上，眼前突然一道刺眼閃電下來，不偏不倚地劈中空地上的小白狐。

「磅！」雷聲轟然而至，周圍樹上的禽鳥都驚得振翅飛逃。

許樂天下意識地用手臂擋住眼睛，等到四周暗下來時，他往前一看，小白狐倒在地上動也不動，身軀有一半都變得焦黑，還冒著白煙，周遭冒著的火苗因山裡濕氣重，轉眼就滅了。儘管如此，地上的野草落葉也全都燒焦了。

他瞪大眼睛，心想：不會吧！

他心慌如麻地跑到牠身邊，輕輕碰牠道：「小狐狸？你……」他說到一半，聞到燒焦味，突然哽咽，「你醒醒啊……」

地上的小白狐忽然動了動耳朵，緊接著她化成了人形模樣，悠悠張開眼睛。

許樂天喜極而泣，緊抱著她。

「哭什麼？我死了？」她聲音有些沙啞。

「沒有沒有，妳還活著，不，應該說妳復活了！」

他擦乾眼淚，背對她，正要把身上的白色休閒襯衫脫下來給她時，她說：「不用。」

她一打響指，身上又出現平常愛穿的那件白洋裝。接著她看了看自己實體的雙手，感到有些不可思議。

「我、我成功了？我有肉身了？」

他點點頭、破涕為笑。這時才想起自己的傷口，趕緊加壓止血。

她糗他道：「愛哭鬼。」

「不過這實在太不科學了。妳的狐狸肉身是實體的，和人體結構差這麼多，怎麼有辦法轉化成人形？」

「我們的存在本來就不科學。」

他點點頭說：「有道理。」

林間忽傳來一陣唰唰聲，有一群東西飛快朝他們而來。

許樂天下意識抓住小狐狸手臂，將她拉到身後護著，沒想到她把他推開說：「就憑你？躲我後面。」

接著她雙眼轉綠，狐狸耳朵和尾巴彈出來，十指指甲也變得又長又利，全身緊繃地環顧四周，進入警戒狀態。

一眨眼，五、六隻猴精同時從四面八方的樹上跳下來，落在地上時都變成男人，同時快步朝他們聚集。他們全身都散發著「湧泉階」的湖水綠光暈。

小狐狸鬆了一口氣，頓時恢復原樣。

一個戴著眼罩的男人叫「獨眼」，他先是看了一眼許樂天，接著對小狐狸說：「老大，妳怎麼會在這？他是？」

她還沒來得及回答，另一個身材高大強壯的男人「神木」，一邊搔頭一邊繞著她打轉，問她：「不對啊，妳這是……但是不可能啊……」

獨眼跟著打量她一會，驚道：「妳有肉身了？」

「對。」小狐狸說，「我在內湖找到了驚雷珠，就在剛剛完成轉生的第一步。」

另一個臉特別紅的男人叫「紅面」。他說：「妳還真的去轉生啊？轉生成人有什麼好？一點法力也沒有，壽命又那麼短。」

獨眼眼珠轉了一圈，問小狐狸說：「難道剛才那道雷跟妳有關係？」

小狐狸說：「對。」

獨眼說：「怪不得。我想說，無風無雨的，怎麼突然一道旱雷憑空打下來。所以我們才好奇，過來看看。」

神木又繞著一旁的許樂天打轉，問小狐狸說：「他是誰？是妳的糧食嗎？我能吸他的精氣嗎？」

「不行！他是我朋友。」

神木被許樂天身上的血腥氣深深吸引，捧起他的臉，就要對嘴吸精氣時，突然被小狐狸一記昇龍拳揍回樹上，剎時驚飛許多鳥兒。

「你是幾天沒挨揍，皮癢了是嗎？」

掛在樹枝上的神木語帶哭音地說：「我一時控制不住啊。」

小狐狸問獨眼說：「獨眼，麗麗呢？她這幾天過得好嗎？」

獨眼抓抓手臂，一臉茫然地說：「我不知道啊。妳去內湖沒幾天後，她也跟著下山了，她不是去找妳嗎？」

「沒啊。」

紅面說：「是嗎？可是已經一個多月沒看到她了。」

「她會去哪呢？會不會是去內湖找我，但是剛好和我錯過了？」小狐狸又擔心又懊惱道，「唉，我怎麼沒在離開前對麗麗下追魂術呢？」

過去她們形影不離、感情深厚。麗麗很少離開她們的老窩一帶，所以小狐狸以為麗麗會一直在辛亥山區等她。沒想到她才離開沒多久，麗麗就不見了。

獨眼又說：「老大，妳別急。妳想啊，我們家麗麗雖然溫柔文靜，法力也沒妳高，但她特別聰明又會護身咒，普通妖鬼是傷不了她的。」

「不行，我得去找她，你們跟我來。」小狐狸低頭看向倒在地上的小樹人，對許樂天說，「你帶他們回大湖公園吧，他們在那裡休息幾天，靈力應該就能恢復了。」

她說完，轉頭就跑。跑了幾步以後，她不放心地回頭看了一眼，發現許樂天仍舊站在原地看著她。

她停下腳步，擺手催促道：「快走啊，都這麼晚了，旁邊就是公墓區耶。」

許樂天說：「那我回家等妳。」

「等我找到麗麗，就去找你。」她又告誡他，「千萬不可以再上山找我。白天、晚上都不可以。這裡不安全。」

「那如果妳一直沒來找我呢？」

「反正你就是不能再來這裡就對了。」

她看許樂天沒答應，就說：「聽到沒有？」

許樂天低下頭，不情願地說：「聽到了。」

周遭陷入一陣沉默，他抬頭一看，小狐狸和猴精們都消失了。

他往前追了幾步，但是四周半個人影也沒有。他忽然有種前所未有的失落感。

「不知道下次再見到她，是什麼時候……」他喃喃道。

第二十二章 兒時往事

第二十三章 重塑肉身

第二十四章 犬魂包子

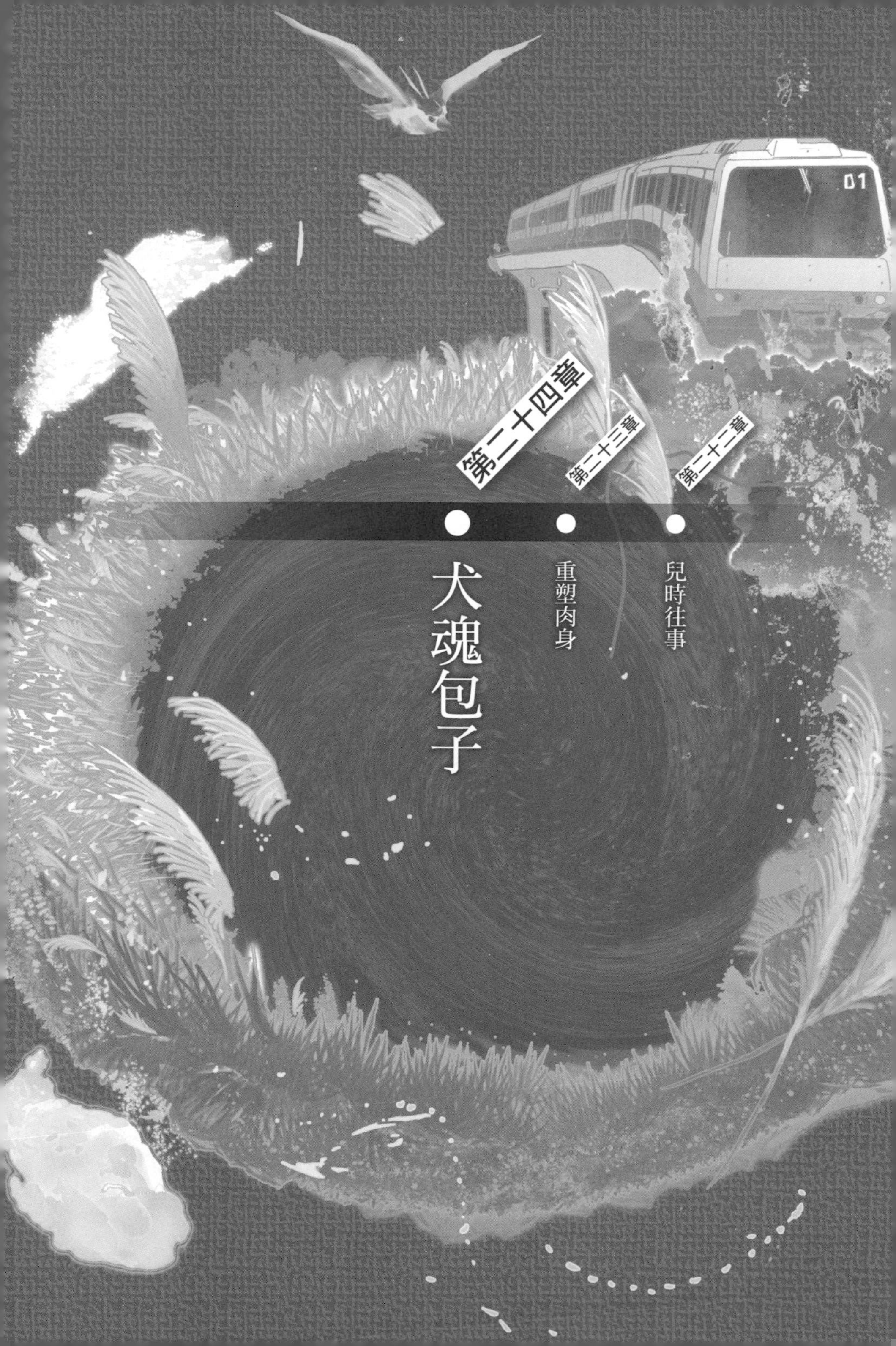

許樂天與小狐狸分別那日之後，就再也沒看到她。

等到他再次到大湖公園找小樹人的時候，他們已經恢復靈力了。沒了大湖凶靈的威脅，他們整天無憂無慮地玩耍嬉戲。

而許樂天的生活回歸平淡，每天上、下班擠捷運。

生活一成不變卻又什麼都變了。譬如，明明是尖峰時間，車廂裡有這麼多乘客，但他卻始終覺得車廂很空，好像少了什麼。

這種感覺，待他下班回到家就更明顯了。

現在這個家變得好大、好安靜，安靜到他難以忍受、安靜到他想逃。

他想不通，以前他也一直是一個人，但他從來沒有像現在這麼寂寞過。

於是他有了一個新習慣：如果他沒加班，他就會在下班後搭捷運到動物園站，再搭回東湖站。每當捷運經過辛亥站，他就會特別仰頭四處張望，希望能再見到小狐狸。

希望總是一直落空，但他向來是個樂天的人，每天醒來都會再次滿懷希望。

這天傍晚，他在辦公室座位上編寫程式的時候，忽然接到好友羅震坤打來的電話。

「天兵，你今晚有空嗎？我們碰個面。」

許樂天心想也好，他正愁一個人寂寞，便一口答應道：「好啊。你現在在哪？」

「我在家裡。就約動物園站行嗎？我載你上貓空吃飯。」

「嗯，餐廳你決定吧。」

「那個……」電話另一頭的羅震坤欲言又止。

「幹嘛啊？怎麼講話吞吞吐吐的，一點都不像你。」許樂天察覺他語氣不對，臉色轉為嚴肅地問，「怎麼了嗎？」

「沒，我、我就想跟你說聲對不起。」

「啊？你沒事道什麼歉啊？」

「原本是想等吃飯的時候再跟你說的，但是……哎管他的，就直接在電話上講好了。」羅震坤說，「上次我去你家的時候，家裡突然冒出一個女的，然後她說她幫我開了天眼，這件事你還記得嗎？」

「當然。」許樂天頓了一下才意會過來，「你這陣子應該有『看到』了什麼，對吧？」

「對。坦白說，我一開始以為我也得了某種精神病，畢竟我常相驗或解剖，工作壓力很大。但是後來發生了一些事，我才相信這世上真的有鬼。我想到我們認識這麼多年，我一直都不相信你，還一直勸你就醫，我真的……很後悔。對不起。」

「不用這樣啦，沒什麼好道歉的。」許樂天話鋒一轉，壓低聲音問他，「『見鬼』應該給你帶來很多困擾吧，也許可以請小狐狸幫你把陰陽眼封起來，只不過她現在不知道跑哪去了。」

「不，不必。見鬼反而有助於偵調案情。」

「喔？」

「晚點碰面再說吧。」

許樂天搭上捷運的時候，車門附近有點擁擠，他視線快速掃了一圈，雖然前方有一個空位，但空位旁坐的是女生，因此他下意識選擇靠門邊、拉拉環站立。

捷運經過辛亥站時，他習慣性地往月台瞥了一圈，之後再走到另一頭遠望漆黑的山區。之前小狐狸總有辦法能輕而易舉地找到他，但他卻只能像現在這樣四處碰碰運氣。這種被動感，真的糟透了。

他嘆了一口氣，心想：也不知道她現在在哪裡，是不是安全？

捷運越往終點站，車廂的人越少。當抵達動物園站時，這節車廂只剩他一個乘客。平日晚上的動物園站比他預期的還冷清，站內的乘客寥寥無幾。這讓平時習慣人潮洶湧的捷運站的他，頓時不太適應。

他才出站沒多久，陰沉沉的天空忽然下起傾盆大雨。雨勢又快又急，來得猝不及防。雖然捷運站就在身後，但是當他跑回站裡的時候，全身連同背包都已經濕透了。

他的手機鈴聲響起，一接起，電話另一頭的羅震坤說：「喂？天兵，對不起，對不起，我臨時接到電話，要趕去案發現場相驗，沒辦法過去。對不起、對不起！下次請你吃飯。」

「喔，沒關係啦。」他在心裡補上一句話：反正我本來就打算搭到動物園站再搭回東湖。

他掛上電話以後，有個陌生男人的聲音在旁邊響起：「嗨。」

他向右一看，沒人。轉了整整一圈，還是沒看到人。

「是我聽錯了嗎？」他自言自語地說。

「汪！」

他低頭一看，才看見一隻蹲坐在地上、捲著尾巴的半透明棕色柴犬。

「是我啦！」牠對著他咧嘴一笑。

他看牠脖子上有紅項圈，連著的繩子又綁在飲水機旁邊的欄杆上，想來應該是頭家犬，只是不知道為什麼會出現在這裡。

他蹲下來假裝綁鞋帶，趁沒人的時候摸摸牠的頭，好奇地翻起項圈上的狗牌來看。

「包子？」他唸著牌上的字。

「主人！」牠晶瑩的眼睛剎時亮了起來，「你終於來接我回家了！我好擔心你！」

「呃……我不是你主人啊。」他錯愕地想道：你該不會是要強迫中獎吧？

「可是你剛才喊我的名字。」牠堅持道。

「這牌子上寫的啊。」他指了指項圈上的牌子。

牠想要往下看，卻什麼都看不到，只擠出下巴一團肥肉。

「你真的不是嗎？不要騙我喔。」牠仍不放棄地問道。

牠圓滾滾的眼睛裡寫滿期盼，許樂天實在不忍傷牠的心，卻還是得據實以告。

「當然不是。」他站起身，靠到飲水機旁的牆邊，以免待會擋到人。

牠立即低下頭，悶悶地說：「是嗎？喔，對不起，我認錯人了……」

「你怎麼在這？你主人呢？怎麼會連我是不是主人，你都認不出來？」

包子歪著頭，開始思考了起來。久久之後，牠才說：「我已經不記得他臉長什麼樣子了，只記得他對我很好，總是叫我包子。」

「那你怎麼會在這？」許樂天重覆說了一遍問題。

「主人說他忘了拿東西，叫我在這邊乖乖等他，不要亂跑。可是他一直沒有回來，我想去找他，又怕他回來找不到我，只好一直在這裡等。」

許樂天聽牠這麼說，忽然覺得自己跟牠好像，也是一直在等待小狐狸的出現。感到同病相憐，他感傷地嘆了一口氣，又問牠：「那你……你等了多久了？」

「不知道啊。」

「不會吧，該不會是被拋棄了吧？」

「汪！」包子對他齜牙咧嘴，「才不會！主人最愛我了！那天下雨，他捨不得我淋雨，才自己跑出站、拿東西的。」

明明就是被拋棄了。

他心裡已下這個定論，但還是問牠：「那後來呢？都沒有人給你東西吃嗎？」

包子再次將頭歪向一邊，陷入緩慢的思考。

「喔！有耶。可是我通通都沒有吃。」牠抬頭挺胸，驕傲地說。

「有什麼好驕傲的？幹嘛不吃？」

「主人說不可以吃陌生人給的東西，又叫我乖乖等他。如果我吃了，那就不乖啦。」

「所以後來是……餓死的嗎？」

「好像不是。呃……這個嘛……後來……」牠又陷入自己的思考之中。過了一會才說，「喔，我想起來了，我忽然看見馬路對面有個長得很像主人的人，就跑過去，不小心就被車撞死了。」

「那個時候，也像現在這樣，下著雨嗎？」他猜測道。

「嗯。」

許樂天點點頭，心想：就像雪人一樣，只在冬季出現吧？也許包子之所以在下雨之後才突然出現，就是因為牠死的時候、與主人分開的時候，也都正巧下著雨吧。

他忍不住又嘆了一口氣，再次蹲下摸摸包子的頭。

牠舒服地閉起眼睛，吐著舌頭，像在笑。

「如果他一直不來怎麼辦？」他又問牠。

「我就等到他來啊。」包子理所當然地說。

「萬一他就是不想來呢？」

「他一定會來的。」

他感到一股揪心，不知道該說什麼，只能搖頭嘆息。

在搭捷運回東湖的路上，許樂天看著不停打在車窗上的雨滴，想起了包子，接著又想起小狐狸。

他心想：不知道她現在找到麗麗了沒有？如果她找不到，會不會回來找我？只要她回來，想住多久都行。只要她願意，我也可以給她一個家，為她命名、訂生日啊。只要她回來，想要什麼我一定盡力給她。

幾天後的夜晚，捷運動物園站的一號出口，外頭大雨滂沱，嘩啦嘩啦響。

柴犬包子仍舊蹲坐在飲水機旁，看著遠方，等待主人的到來。

可是獨自坐在這裡，坐久了實在很無聊。於是牠在繩子可及的距離內，到外頭來回踱步。走累了，就直接坐在地板上，抬腿搔癢。

牠忽然感受不到打在身上的雨滴。

嗯？雨停了？牠疑惑地想。

一抬頭，上方出現一把深藍色的傘，為牠遮去了大雨。

「汪！」包子叫道，興奮地搖起捲翹的尾巴，「是你啊！」

「不然呢？」許樂天沒好氣地說。

方才他搭捷運經過辛亥站時，窗外忽然下起大雨，他想起枯等主人的包子，於是抵達動物站後，特別出站來看看牠。

「說不定是主人來接我啦。」包子說。

「你還沒死心啊？雖然我也沒資格說你，我也一直在等一個人。」他心道：雖然確切來說，她不算是人。

「主人一定會來的。」包子說。

牠堅定不移的回答觸動了許樂天內心深處，他實在不願意再看到牠孤伶伶的背影，不忍牠一直等著那個久到自己都忘記長相的主人。

他心想：雖然我什麼都不能為小狐狸做，但至少可以幫幫包子吧。

於是他握緊了拳頭，決定為牠做些什麼。

「包子啊，你還記得主人長什麼樣子嗎？」

「嗯……好像跟你長得差不多？」牠偏著頭，不太肯定地說。

「呃，那你還記得最後一次看到他的時候，他穿什麼樣式的衣服嗎？」

這次牠很直接地搖頭。

「男的還女的，總該知道吧？」

「男的。」包子激動地抖了下耳朵。

「小孩還是大人？」

「大人。」牠挺胸說。

「那……」就在他苦思著要盡可能找出牠主人身分的線索時，突然看到牠脖子上晃動的狗牌，便問牠，「名字呢？你還記得他叫什麼名字嗎？」

「這……」牠想了足足六分鐘之後，才以不太有信心的口吻說，「好像叫什麼『安』的？」

「安全的安？」他馬上振奮地問。

「我不知道耶。」包子歪著頭，瞪大眼睛看著他。

「算了，沒關係。我還有事，先走囉。」他邊快步離開捷運站，邊對牠說。

「汪！」牠對他點點頭，目送他離去。

許樂天到附近的政治大學，找了家印刷店，製作簡易的尋人啟事，標題童叟無欺地寫著「尋找狗魂包子的主人」。

接著他開始在路上到處發放傳單，被人當作是神經病也不在乎。

直到深夜，他才回到動物園站，但那個時候，雨早就已經停了，包子也不見蹤影。

他喃喃道：「希望下次下雨之前，我能幫你找到主人。」

發完傳單後的頭幾天，許樂天常在工作之餘滑手機，期待會有人跟他聯絡。

但隨著日子一天天過去，他也越來越不抱期望。

雖然他安慰自己，盡人事聽天命，但心裡卻還是有個遺憾，沒能幫包子找到牠的家人。

所以儘管他還是習慣下班後搭捷運到動物園站，但他再也沒有出站去看包子過，因為他覺得自己沒臉去見牠。

有天，許樂天上班時，忽然有個陌生號碼打來。當時他剛被主管罵完，心情差得不想跟任何人講話，又以為這是詐騙電話，便不以為意地掛斷。

但是這位來電的人像是不死心，又接二連三地打來，令他越來越火大，便接起電話，打算罵罵詐騙份子。

沒想到，一接起來，是個台語口音頗重，講話有點怯生生的婦人：「那個……那個，請問是許樂天，許先生嗎？」

「呃，」他一下子腦筋轉不過來，愣了兩秒才回說，「對，是我，請問妳是？」

「我……唉，是這樣啦……」

打給他的人是張媽媽。她告訴他，她女兒上禮拜看到一張照片，是有人撿到一張詭異的尋人啟事，將它拍照放在網路上分享。她覺得他印在傳單上的狗狗合成照和一些敘述，好像是他們家的狗「包子」。傳單上關於狗主人的描述，則像是她兒子小安，所以才打給他，想確認一些事情。

許樂天聽她這麼一講，覺得應該就是這戶人家沒錯，便不客氣地說：「上禮拜？怎麼現在才跟我聯絡？那妳兒子呢？請他出來講啊！把狗丟在捷運站不聞不問是怎樣！」

張媽媽聽著聽著，竟然在電話的那頭哭了起來，抽抽噎噎地告訴他：她兒子小安十幾年前就去世了。

當時小安與家人吵架，牽著包子負氣出門。沒想到隔沒多久，就接到醫院的電話，家人才得知小安在家裡附近的馬路上，因闖紅燈被閃避不及的機車給撞飛出去，當場一命嗚呼。

許樂天沒想到小安已經過世，一下子不知該說什麼好。待張媽媽情緒稍微平復，他才接著說下去。

「那包子呢？你們就不管了嗎？」

「怎麼可能！」張媽媽激動地說，「那個時候，有人在我們家附近的動物園站看到包子，就把牠抱去動物醫院檢查，一掃到晶片，就打電話聯絡我們，我們就馬上去把包子接回來了。」

「咦？那怎麼會……」許樂天心想：會不會是搞錯人了？可是，真的會有這麼巧的事嗎？不過既然這樣，張媽媽為什麼還打給我？是要跟我確認什麼？

張媽媽繼續說：「唉，只是厚，後來包子每天都會自己跑出門，也都不回家。每次我們都在動物園站那裡找到牠。我們都不懂，為什麼牠要一直往那裡跑？後來搬到萬芳醫院附近……牠厚，明明年紀都已經這麼大了，還是每天走好遠的路去動物園站。把牠關起來，牠又會一直哭、一直叫。把牠栓起來，牠又會把繩子咬斷……」

張媽媽一家人都拿包子沒輒，索性就隨牠去，到後來都很習慣每天要去動物園站帶牠回家。直到五年前的某一天，包子又一如往常地往動物園站的方向跑。誰也沒想到，那天是牠最後一次出門。

後來張媽媽接到動物醫院的通知，得知包子被車撞到，當場死亡，只能忍痛請醫院代為處理遺體。

在張媽媽印象中，包子那個時候已經很老了，眼睛看不太清楚，聽力也有些不好，也許是過馬路的時候不小心，才會被車迎面撞上，結束生命。

而當她看到這張尋人啟事的時候，就在想，會不會包子的靈魂還在動物園站徘徊。所以猶豫了很久，才決定打電話跟許樂天聯繫看看。

許樂天聽到這，眼眶也有些紅了，對她說：「包子牠，就是在等小安啊。」

他將遇到包子的經過，原原本本地告訴張媽媽。

張媽媽聽了，這才恍然大悟。

「原來是在等小安！」她再度哽咽地說，「唉，包子牠厚，就是這麼固執啦。除了小安的話，誰也不聽。」

既然奇蹟出現，好不容易找到包子的家人，許樂天打鐵趁熱地問她：包子該怎麼辦？

她想了很久，決定趁農曆七月鬼門關前，請法師或道士幫忙，看能不能讓小安親自接包子走。

他一聽，覺得這樣也好，也決定在他們擇定日子那天到現場，看看能不能幫上什麼忙。

到了約定日期的當天晚上，天空飄著雨。

在道士和張媽媽一家來之前，許樂天特別提早來看包子，並且將牠那條繫在欄杆上的繩子給解開。

沒想到，包子卻說：「栓住我的，從來都不是這條繩子。」

「喔。」許樂天聞言，手轉而伸向牠的項圈。

「汪！」牠對他吠叫，往後退開，不讓他碰，「也不是項圈啦。」

「不然是？」

「是主人啦！我答應過他，我會等他來的。」

「拜託，他哪會知道啊。」

「答應了就要做到。」

「好啦好啦，隨便你。」他無奈地說。

深夜時分，細雨與落葉紛飛，許樂天跟張媽媽一家，與道士一同站在捷運動物園站外。

時辰一到，道士要張媽媽一家人拿紅繩、竹竿，自己則是一會燒符、一會搖鈴，口中唸唸有詞，看來頗有架勢。

許樂天心想：張媽媽一家人這個時候應該都是既期待又怕受傷害吧，萬一小安沒出現怎麼辦？

包子則是很聽話，一直很有耐心地乖乖蹲坐在地上，看著道士作法。

鈴聲一停，地上的沙石忽然順時針的轉了幾圈，一抹人影出現在其中。一個男鬼身穿深色T恤、牛仔褲，往張媽媽的方向飄來。

許樂天又驚又奇地想：哇！真的出現了！是小安嗎？

道士一個箭步擋在男鬼和張媽媽之間，告知請他來的原因。

原本看起來頗哀怨的男鬼，一聽到道士說包子還在捷運站等他，馬上瞪大雙眼、露出詫異的神色，低頭四處找包子。

「汪！」包子身上的繩子突然斷了。牠按捺不住朝他奔去，眼神中滿是興奮與期待，「是你嗎、是你嗎？你是我主人嗎？」

「包子！」那個男鬼立刻俯身一把將牠抱緊，當場淚流滿面，一下子說不出話。

良久，男鬼才激動地邊哭邊自責道：「對不起！你竟然在這邊等我等了那麼久，我怎麼會把你給忘了？我真的是……太對不起你了。」

「主人！」包子激動地搖起捲捲的尾巴，瞇起眼睛、張開嘴巴，像在笑一樣，「我就知道你一定會來！我就知道！」口氣中沒有絲毫責怪，只有滿滿的愛意與信任。

一旁的許樂天與道士同時抿嘴，又互看了一眼，知道彼此心裡都大為感動，正在壓抑著隨時會潰堤的熱淚。

任務大功告成，包子也要跟著小安一同離開。

看著他們轉身的那一刻，許樂天心裡頓時有些不捨，忍不住又紅了眼眶，喚道：「包子！」

包子停下腳步，回頭看許樂天：「汪！」

接著牠朝他跑來，在他跟前搖著尾巴：「謝謝你。你一定也可以等到的，那個你一直在等的人。」

「你又知道囉。」許樂天蹲下來，最後一次摸這毛絨絨的頭。

「我不就等到了嘛。」牠對他咧嘴一笑，「再見。」

「嗯，再見。」他抹著淚，看著他們的背影說道。

一眨眼，包子便跟著主人小安，就此消失在空氣之中。

張媽媽為了答謝許樂天，遞給他一個紅包，拍拍他的手臂說：「真的謝謝你，許先生。沒想到你這麼捨不得包子……」

「才不是咧。」他避開她的手，胡亂抹著淚說，「我哭是因為捷運站關了好不好。」

隔天早上，許樂天房內的鬧鐘響起。

被吵醒的他，一如往常地按掉鬧鐘、戴上眼鏡，下床往廁所走去。

經過陽台時，他的餘光瞥到落地窗外有個人影。

轉頭一看，赫然驚見陽台上有個赤裸的女人，正伏在地上睡覺！

他嚇得往後彈一大步，接著跑回床邊拿手機。

他正要撥打110報警時，陽台上的女人突然彈出狐狸耳朵和尾巴……

——下集待續

境外之城 130

怪奇捷運物語 1：妖狐轉生

作　　　者／芙蘿
企畫選書人／張世國
責 任 編 輯／張世國

發　行　人／何飛鵬
總　編　輯／王雪莉
業 務 經 理／李振東
行 銷 企 劃／陳姿億
資深版權專員／許儀盈
版權行政暨數位業務專員／陳玉鈴
法 律 顧 問／元禾法律事務所　王子文律師
出版／奇幻基地出版
城邦文化事業股份有限公司
台北市 104 民生東路二段 141 號 8 樓
電話：(02)25007008　　傳真：(02)25027676
網址：www.ffoundation.com.tw
e-mail：ffoundation@cite.com.tw
發行／英屬蓋曼群島商家庭傳媒股份有限公司城邦分公司
台北市 104 民生東路二段 141 號11 樓
書虫客服服務專線：(02)25007718・(02)25007719
24 小時傳真服務：(02)25170999・(02)25001991
服務時間：週一至週五09:30-12:00・13:30-17:00
郵撥帳號：19863813　　戶名：書虫股份有限公司
讀者服務信箱 E-mail：service@readingclub.com.tw
歡迎光臨城邦讀書花園 網址：www.cite.com.tw
香港發行所／城邦（香港）出版集團有限公司
香港灣仔駱克道 193 號東超商業中心 1 樓
電話：(852) 2508-6231 傳真：(852) 2578-9337
馬新發行所／城邦（馬新）出版集團
【Cite(M)Sdn. Bhd.(458372U)】
11, Jalan 30D/146, Desa Tasik,
Sungai Besi, 57000 Kuala Lumpur, Malaysia.
電話：(603) 90578822　　傳真：(603) 90576622

封面書衣插畫 / Blaze Wu
封面版型設計 / Snow Vega
排　　版 / 邵麗如
印　　刷 / 高典印刷有限公司
■2022 年（民 111）3 月 3 日初版一刷

售價 / 360元

國家圖書館出版品預行編目資料

怪奇捷運物語 1：妖狐轉生 / 芙蘿著 —初版—
台北市：奇幻基地出版；家庭傳媒城邦分公司
發行；2022.3（民 111.3）
面：公分 . –（境外之城：.130）
ISBN 978-626-7094-23-5（平裝）

863.57　　111000811

ISBN 978-626-7094-23-5

Printed in Taiwan.

※ 本故事內容純屬虛構，如有雷同，純屬巧合。

書號：1HO130　　書名：怪奇捷運物語 1：妖狐轉生

請於此處用膠水黏貼

奇幻基地

讀者回函卡

謝謝您購買我們出版的書籍！請費心填寫此回函卡，我們將不定期寄上城邦集團最新的出版訊息。

姓名：＿＿＿＿＿＿＿＿＿＿＿＿＿＿＿＿　性別：☐男　☐女

生日：西元＿＿＿＿＿年＿＿＿＿＿＿月＿＿＿＿＿＿日

地址：＿＿＿＿＿＿＿＿＿＿＿＿＿＿＿＿＿＿＿＿＿＿＿＿

聯絡電話：＿＿＿＿＿＿＿＿＿＿＿傳真：＿＿＿＿＿＿＿＿＿

E-mail ：＿＿＿＿＿＿＿＿＿＿＿＿＿＿＿＿＿＿＿＿＿＿

學歷：☐1.小學　☐2.國中　☐3.高中　☐4.大專　☐5.研究所以上

職業：☐1.學生　☐2.軍公教　☐3.服務　☐4.金融　☐5.製造　☐6.資訊

☐7.傳播　☐8.自由業　☐9.農漁牧　☐10.家管　☐11.退休

☐12.其他＿＿＿＿＿＿＿＿＿＿＿＿＿＿＿＿＿＿＿＿

您從何種方式得知本書消息？

☐1.書店　☐2.網路　☐3.報紙　☐4.雜誌　☐5.廣播　☐6.電視

☐7.親友推薦　☐8.其他＿＿＿＿＿＿＿＿＿＿＿＿＿＿＿

您通常以何種方式購書？

☐1.書店　☐2.網路　☐3.傳真訂購　☐4.郵局劃撥　☐5.其他

您購買本書的原因是（單選）

☐1.封面吸引人　☐2.內容豐富　☐3.價格合理

您喜歡以下哪一種類型的書籍？（可複選）

☐1.科幻　☐2.魔法奇幻　☐3.恐怖　☐4.偵探推理

☐5.實用類型工具書籍

對我們的建議：＿＿＿＿＿＿＿＿＿＿＿＿＿＿＿＿＿＿＿＿

＿＿＿＿＿＿＿＿＿＿＿＿＿＿＿＿＿＿＿＿＿＿＿＿＿＿

＿＿＿＿＿＿＿＿＿＿＿＿＿＿＿＿＿＿＿＿＿＿＿＿＿＿

請於此處用膠水黏貼